时习文库

世说新语
选

〔南朝宋〕刘义庆 著
徐传武 译注

齐鲁书社
·济南·

图书在版编目（CIP）数据

世说新语选 / (南朝宋) 刘义庆著 ; 徐传武译注. —— 济南 : 齐鲁书社, 2025.5. —— ISBN 978-7-5333-5126-7

Ⅰ. I242.1

中国国家版本馆CIP数据核字第20258TY485号

出 品 人：王　路
项目统筹：张　丽
责任编辑：王江源
装帧设计：亓旭欣

世说新语选
SHISHUOXINYU XUAN

〔南朝宋〕刘义庆　著　徐传武　译注

主管单位	山东出版传媒股份有限公司
出版发行	齐鲁书社
社　　址	济南市市中区舜耕路517号
邮　　编	250003
网　　址	www.qlss.cn
电子邮箱	qilupress@126.com
营销中心	（0531）82098521　82098519　82098517
印　　刷	山东临沂新华印刷物流集团有限责任公司
开　　本	710mm×1000mm　1/16
印　　张	22.25
插　　页	2
字　　数	202千
版　　次	2025年5月第1版
印　　次	2025年5月第1次印刷
标准书号	ISBN 978-7-5333-5126-7
定　　价	88.00元

《时习文库》专家委员会

主　　任：杜泽逊
成　　员：（以姓氏笔画为序）
　　　　　王承略　韦　力　方笑一　杨朝明
　　　　　张志清　罗剑波　周绚隆　徐　俊
　　　　　程章灿　廖可斌

《时习文库》
出版委员会

主　　任：王　路
副 主 任：赵发国　吴拥军　张　丽　刘玉林
成　　员：（以姓氏笔画为序）
　　　　　于　航　王江源　亓旭欣　孔　帅
　　　　　史全超　刘　强　刘海军　许允龙
　　　　　孙本民　李　珂　李军宏　张　涵
　　　　　张敏敏　周　磊　赵自环　曹新月
　　　　　裴继祥　谭玉贵

出版说明

文化乃国本所系，国运所依；文化兴盛则国家昌盛，民族强大。在源远流长的中华文化长河中，经典古籍宛如熠熠星辰，承载着先辈们的智慧、思想与情感，是中华民族精神内核的深厚积淀。

2017年以来，中共中央办公厅、国务院办公厅相继出台《关于实施中华优秀传统文化传承发展工程的意见》及《关于推进新时代古籍工作的意见》等重要文件，有力推动了大众对中华优秀传统文化的关注与重视，古籍事业亦借此良好契机，迎来了前所未有的跨越发展，步入了一个崭新的黄金时代。齐鲁书社作为文化传承的重要阵地，始终秉持对中华优秀传统文化的敬畏之心，肩负守正创新之使命，积建社四十余年之精华，汇国内学界群贤之伟力，隆重推出中华经典名著普及丛书——《时习文库》。

"学而时习之，不亦说乎？"文库之名，正是源自《论语》的这句经典语录。"时习"不仅是对知识的反复学习与实践，更是一种对中华优秀传统文化持续探索、深入理解的态度。文库共分为文化类和文学类两大辑，囊括了经史子集、诗词歌赋、戏曲小说等诸多经典，旨在为读者搭建一座通往中国古代文化瑰宝的坚实桥梁。文库的编纂宗旨在于，引导读者在阅读经典著作的过程中，将学习与思考深度融合，不断从古人的智慧海洋中汲取营养，从而得到心灵的润泽与智慧的启迪。通过对经史子集、诗词歌赋、戏曲小说等多元内容的系统整理与精良审校，让中华古籍真正成为可亲、可读、可传的"活的文化"。

为了确保文库的品质，我们除升级广受好评的原有经典版本作为开发基础外，亦精选其他优质底本，以确保版本选择的卓越性；文库会聚文史学界权威，如高亨、陆侃如、王仲荦、来新夏等学界大家，群贤毕至，各方咸集；文库延聘名家成立专家委员会，严格把控丛书质量，确保学术水准；文库针对不同层次读者，精心设计文化类与文学类品种：前者左原文右译文下注释，后者文中加简注评析，实用性强；文库采用纸面布脊精装，正文小四号字，双色印刷，装帧精美，版面舒朗，典雅大方，方便易读。

在习近平文化思想指导下，《时习文库》的出版是对中华优秀传统文化"两创""两个结合"的一次重要尝试。我们希望通过这套文库，让更多的人了解和喜爱中国古代典籍，让中华优秀传统文化在新时代焕发出新的生机与活力。同时，我们也期待广大读者在阅读文库的过程中，能够与古圣先贤进行跨越时空的对话，汲取智慧，启迪心灵，不断提升自我的文化素养和精神境界。让我们一起在经典的海洋中遨游，感受中华文化的博大精深，共同书写中华优秀传统文化传承与发展的新篇章。

齐鲁书社

2025 年 3 月

序

牟世金

《世说新语》是六朝笔记小说的代表作，是南朝宋临川王刘义庆编撰的一部志人笔记小说。全书原为八卷，刘孝标注本分为十卷，今传本皆为三卷。它以简洁隽永的文笔记言记事，千载传颂不绝。此书是古代小说的萌芽之作，其独到之处，后世众多仿效者难以企及。这主要表现在它能用三言两语捕捉事物的特征而传其神，其例甚多，如：

> 王蓝田性急。尝食鸡子，以箸刺之，不得，便大怒，举以掷地。鸡子于地圆转未止，仍下地以屐齿蹍之，又不得。瞋甚，复于地取内口中，啮破即吐之。（《忿狷》）

这个故事很可能是"王思性急"的发展（见《三国志·魏书·梁习传》注引《魏略·苛吏传》）。王思在"执笔作书"时，"蝇集笔端，驱去复来"，而怒起逐蝇，"不能得，还取笔掷地，蹋坏之"。这件小事，已把王思的性急刻画得入木三分了。王蓝田（王述）性急的故事与此很相似，却又更为曲折、逼真而传神。鸡子之圆形易转，确有不易刺中的特点，对性急的人来说，鸡子更能显现这种特点;王述怒而掷之于地,其圆转不止,对王述来说,这又是一种挑战,从而促使他更加性急。由于急不可耐,一脚踏之不中,是完全可能的。这就激得他怒不可遏,将鸡子放入口中狠狠咬破后再吐掉。这相比对王思性急的刻画显然大有发展。短短五十余字,用生动的形象把一个急性子的人刻画得淋漓尽致。这就是《世说新语》的独到之处。

像描述王蓝田这样的传神之笔,《世说新语》中不仅甚多,而且可说是全书写作上的主要特点。就这点来说,此书是很值得一读的,我们可从中得到许多写作技巧上的借鉴,而这些对今天的艺术创作还是颇为有益的。更值得注意的还在于被视为笔记小说的《世说新语》的内容,其基本上是符合历史事实的艺术再现,也可以说,《世说新语》是通过某些艺术加工写成的一部"历史集锦"。任何史书都不可能是绝对真实的,《世说新语》自不例外,它或掇拾旧闻,或记述近事而成,与纯属虚构的艺术创作不同,虽非字字有据,但在总体上是有较高的真实性的。本书《轻诋》有一条可资佐证:

庾道季诧谢公曰:"裴郎云:'谢安谓裴郎乃可不恶,何得为复饮酒?'裴郎又云:'谢安目支道林如九方皋之相马,略其玄黄,取其俊逸。'"谢公云:"都无此二语,裴自为此辞耳。"……于此《语林》遂废。

裴氏《语林》是早于《世说新语》的同类著作,既因记谢安语不实而废,其事又正为《世说新语》记载,看来《世说新语》编撰者已注意到记言不实的前车之鉴了。本书以记两晋人物言行为主,下及刘宋(如谢灵运等),这些人生活的年代大都与编撰者相去未远，如果编撰者不是打算书成再废，是不会毫无根据地胡编乱造的。

上举王述性急的故事，可以作为一个典型例子来研究。它既有相当离奇的故事情节，又很像是"王思性急"故事的加工或改编，其真实性难免令人生疑。但历史上不仅确有王述其人，且其确是一个"以性急为累"（刘孝标注引《中兴书》语）的人。再查《晋书·王述传》，亦谓其"性急为累"，也有食鸡子的记载，故事全同，只是文字略异。"时人叹其性急而能有所容"（《忿狷》），总体来看，他正是一个急性人。既然王述"以性急为累"，则对鸡子的圆转"大怒""瞋甚"，就是完全可能的了。这段描写，在细节上有一定的加工，但是它不仅不失其真实性，且更能突出人物的性格特征，应该说是可取的。

《世说新语》记人记事是在真实的基础上用简要的文字突出其特征，这就不仅在文学艺术上有其重要意义，还具有较大的史料价值。我们现在要了解魏晋士流、魏晋风度、魏晋玄学，以至于了解整个魏晋时期的思想政治面貌，都离不开《世说新语》所提供的史料。全书以晋代人事为重点，论及汉魏以来数百人，不少重要人物的各个方面都有一些记述。如谢安，在《德行》《言语》《文学》等二十余门中，共有一百多条记载；又如王导、桓温、庾亮、王敦等，也各有大量记载。除了一些军政要人，其中还特别注重记录大量文学艺术家、玄学家的言行，以及有关王妃、公主、妻妾等的言行，许多材料都是正史所无而有重要历史价值的。有的人物，虽然正史有传，但往往不如此书所记生动具体，更不及其琐闻趣事。如上举王述，虽《晋书》有传，但《世说新语》有十余条关于其言行的记载，本传只有寥寥数条，如果结合《晋书》未及的数条，就可能对其人了解得更加全面。更为难得的是，此书所记数百人中，不少是正史无传的。对于无足轻重的历史人物，史籍自然是载既无益，缺亦无憾，但对我们很需要了解而不见史传的人，此书就显得更为珍贵了。这样的珍贵史料，《世说新语》中是不少的。

仅就我偶得的一例来看，许询的例子就颇能说明问题。许询其人，大概是略知文学史的人都知道的，特别是六朝文学的研究者，无不知其为玄言诗的代表作家之一。但知道他的什么情况呢？钟嵘《诗品序》谓其作品"平典似《道德论》"，列之下品而评以"弥善恬淡之词"，仅此而已。此外，《晋书》无传，《文心雕龙》未置一词，《文选》未选一字。查严可均编《全晋文》，只辑得其《墨麈尾》《白麈尾》二铭；丁福保编《全晋诗》，只得《竹扇》一诗二十字（逯钦立辑校《晋诗》增残句二十字）。此外，《隋书·经籍志四》载"晋征士《许询集》三卷，梁八卷，录一卷"；《文选》之江淹《杂体诗三十首》李善注引《晋中兴书》云："高阳许询，字玄度，寓居会稽，司徒蔡谟辟不起。询有才藻，善属文，时人皆钦爱之。"此外，《剡溪诗话》中曾举许询诗句"丹葩耀芳蕤，绿竹荫闲敞""曲棂激鲜飙，石室有幽响"。其实，这四句是江淹的拟作（见《文选》卷三一），并非许诗。

玄言诗在六朝文坛上盛行百余年之久，其影响不可谓不大。但是，我们现在对玄言诗或玄言诗人，除了借"淡乎寡味""平典似《道德论》"之类做简单否定外，要做稍具体一点的分析研究，就难免有资料不足的困难，只好人云亦云。这似乎是一种遗憾。在上举材料面前，我们的确是束手无策的，但它提出了很值得思索的问题：既然有集数卷，则许询的作品当不会太少；既然"有才藻，善属文，时人皆钦爱之"，其人当不会太坏；且江淹还有模仿之作，从上引《剡溪诗话》误举的几句来看，江淹素以善拟著称，其诗应该是接近许诗原貌的，却又并非"淡乎寡味""平典似《道德论》"。这样，我们对许询就有更进一步了解的必要了。

《世说新语》虽不能完全满足我们的需要，但其《言语》《文学》《赏誉》《品藻》《规箴》《栖逸》《轻诋》等门中，总计记述许询言行事迹二十余条，在史所鲜载的情况下，就弥见珍贵了。加上刘孝标注引的部分材料，我们对许询就可得到一些较为具体的了解。这里仅举一条。

如果突然听到许询乃一代文宗之说，是要使人惊疑的。但这是史实。《文学》载："简文称许掾云：'玄度五言诗，可谓妙绝时人。'"注引《续晋阳秋》，则谓"询、绰并为一时文宗"。这个"一时文宗"，不过表示许、孙诗风盛极一时，而以他二人为代表。可是，既能成为"一时文宗"，其诗又"妙绝时人"，即使出于"知多偏好"，却也不是毫无原因的。上引《续晋阳秋》同时又说："询有才藻，善属文。"《晋中兴书》也有同样记载（已见上引）；《言语》注引《续晋阳秋》更云："许询……总角秀惠，众称神童。"上引三条，都是最早的晋史所载，故可视为原始记录，其可靠性是较大的。刘孝标之注，增加大量史料而增《世说新语》的价值，是为公认。还可从另一角度看：刘注以大量史料为佐证，也有力地说明了《世说新语》的真实性。

《赏誉》中有两条讲到许询的才情。一为："人问刘尹：'玄度定称所闻不？'刘曰：'才情过于所闻。'"照刘看来，所谓"众称神童""妙绝时人"等，不仅并非虚名，且许实际才情还要"过于所闻"。这可能有偏爱的成分，但就此条记录的真实性来看，正说明许有才名而为知者推重。另一条是：

> 许掾尝诣简文，尔夜风恬月朗，乃共作曲室中语。襟怀之咏，偏是许之所长，辞寄清婉，有逾平日。简文虽契

素,此遇尤相咨嗟,不觉造膝,共叉手语,达于将旦。既而曰:"玄度才情,故未易多有许。"

简文的"妙绝时人"之评,可能就是"故未易多有许"的内容之一,但"妙绝时人"是对许询五言诗的称赞,此处则是"曲室中语"的清谈。这种清谈和江左自夕达旦的玄谈风气分不开,却又并非论"三玄"以争胜,而是在月明风清环境的衬托下,用清淡委婉的言语表达自己的襟怀。这是颇富诗意的,简文由此联想到许询的才情就很自然了。其实,用"辞寄清婉"的言谈来表达"襟怀之咏",本身就和诗分不开,并且这充分体现了诗人的气质,又何况这"偏是许之所长"!我们不仅于此看到了玄学和文学的关系,也由许询这个玄言诗的代表人物及"妙绝时人"诸评、残存诗句,感到对所谓"玄言诗"及孙、许诸人,不能仅凭"平典似《道德论》"的印象视之。

提出许询的以上情况,并非意在翻案,其人其诗虽也稍有可取之处,但在文学史上是不可能有什么地位的。作为一例,企图借以说明的是《世说新语》的史料价值。一个正史不载、史料不多的历史人物,我们可从中得到一些较为具体的认识。《世说新语》只记许询言行事迹二十余条尚且如此,在所记数百人中,有多达七八十条乃至于百余条者,提供的史料就更为丰富了,涉及范围不仅包括历史人物,还包括汉晋时期的文学、语言、艺术、政治、思想、哲学、宗教等方面。如鲁迅先生所说,此书乃"为赏心而作",凡所记述,都有一定的生动性、趣味性,它本身就是选取可供"赏心"的人物言行且用简洁隽永的文字写成的,所以成为当时笔记小说的代表作,对后世有深远的影响。因此,《世说新语》并非史书,而是有高度史料价值的文学作品。

徐传武同志为学勤奋，有志为扫除《世说新语》的文字障碍做出自己的贡献，这是很值得鼓励的。他经过多年努力，广泛研究前人成果，搜集中外有关大量资料，然后逐条细究，加以详注和翻译，在译注过程中，可谓一丝不苟，有时遇到一句或一词难以把握，不惜花费几天时间，遍查有关资料，请教有关专家，直到得到较为正确的理解为止。这种精神是十分可贵的。虽然本书并非尽善尽美，但徐传武同志是尽了最大努力的。本书不仅为完成《世说新语》的普及工作做出了贡献，还在前人的基础上，纠正了某些旧注的错误。原书共一千一百多条，徐传武同志首先全部加以译注，然后精选出数百条而成此书。《世说新语》全书的基本内容，也可谓大备于此了。

目录
CONTENTS

001 | 序 / 牟世金

001 | 德行第一
016 | 言语第二
048 | 政事第三
057 | 文学第四
094 | 方正第五
115 | 雅量第六
131 | 识鉴第七
142 | 赏誉第八
179 | 品藻第九
197 | 规箴第十
206 | 捷悟第十一
209 | 夙惠第十二
213 | 豪爽第十三
217 | 容止第十四
225 | 自新第十五
229 | 企羡第十六
231 | 伤逝第十七

页码	篇目
236	栖逸第十八
240	贤媛第十九
249	术解第二十
253	巧艺第二十一
258	宠礼第二十二
260	任诞第二十三
276	简傲第二十四
281	排调第二十五
298	轻诋第二十六
305	假谲第二十七
310	黜免第二十八
312	俭啬第二十九
314	汰侈第三十
319	忿狷第三十一
321	谗险第三十二
323	尤悔第三十三
329	纰漏第三十四
333	惑溺第三十五
337	仇隙第三十六

德行第一

> 德行，道德品行，这里记述的是有良好道德品行的人及与之有关的事。德行为"孔门四科"之一。按照学生不同的品行和专长，孔子曾把他们分为四科：德行、言语、政事、文学。《世说新语》把"孔门四科"放在三十六门最前面，表现了对儒学的尊崇。本门共47篇，此处选译16篇。

【原文】

陈仲举言为士则①，行为世范。登车揽辔，有澄清天下之志②。为豫章太守③，至，便问徐孺子所在④，欲先看之。主簿白⑤："群情欲府君先入廨⑥。"陈曰："武王式商容之闾⑦，席不暇暖⑧。吾之礼贤⑨，有何不可？"（1.1）

【译文】

陈仲举的言谈是读书人的准则，行为是世间的典范。他刚走马上任，就有革新政治、澄清天下的志向。他当豫章太守时，刚到郡治就立即打听徐孺子的住处，想首先去拜访他。主簿禀告说："大家希望您先到官署里去。"陈仲举说："当年周武王连席子都来不及坐暖，就急于到商容居住的里巷去拜访致敬。我这样尊重贤人，又有什么不可以的呢？"

【注释】

❶陈仲举：陈蕃，字仲举。东汉汝南平舆（今河南平舆北）人。礼贤下士，正直不阿。汉灵帝立，任太傅，与大将军窦武谋诛宦官，不成，被害。士：统治阶级中知识分子的通称。

❷揽：持，握。辔：驾驭牲口的缰绳。后用"揽辔澄清"表示官吏初到任职之地即能澄清政治、稳定乱局。

❸豫章：郡名。治所在南昌（今属江西）。太守：官名。为一郡行政的最高长官。

❹徐孺子：徐穉，字孺子。东汉豫章南昌（今属江西）人。品行高超，不肯做官。陈蕃在豫章，平时不接待宾客，唯徐穉来，方设一坐榻，徐离开后则悬挂起来。所在：居住之处。

❺主簿：官名。掌管文书案牍。白：禀告。

❻府君：汉魏时，太守自置僚属如公府，人因称太守为"府君"。廨：官署。

❼武王：周武王。姬姓，名发。西周王朝的建立者。商容：商纣时的贤人，因直谏被纣王贬退。式：通"轼"，车前扶手横木。

❽席不暇暖：席子还没坐暖就得起身再忙别的事。比喻极为忙碌，没有休息的时候。

❾礼：尊敬，礼遇。贤：贤人。

【原文】

郭林宗至汝南①，造袁奉高②，车不停轨，鸾不辍轭③；诣黄叔度④，乃弥日信宿⑤。人问其故，林宗曰："叔度汪汪，如万顷之陂，澄之不清，扰之不浊。其器深广，难测量也⑥。"
(1.3)

【译文】

郭林宗到汝南，看望袁奉高，车辆还没停稳，车铃声还在震响，就离开了；拜访黄叔度，总要住个一两天。有人问他为何如此，他解释道："黄叔度那宽广的胸怀，像万顷水塘，澄清不能使之显清澈，纷扰不能使之显浑浊。他那深广的器量，是难以测量的啊！"

注释

❶郭林宗：郭泰，字林宗。东汉太原界休（今山西介休东南）人。博通典籍，擅长谈论，好奖拔士人，有知人之明，不肯为官。汝南：郡名。治所在平舆（今河南平舆北）。

❷袁奉高：袁阆，字奉高。东汉汝南慎阳（今河南正阳）人，有名于时，曾任太尉掾。

❸停轨：指车轮停止转动。鸾：古代车乘的马铃。辍：中止，停止。轭：马具，形状呈人字形，驾车时套在马的颈部。鸾不辍轭，即车铃不停地在轭上响，谓车子在不停地行进。

❹诣：前去探望，拜访。黄叔度：黄宪，字叔度。东汉汝南慎阳（今河南正阳）人。世代贫贱，父为牛医，人称"牛医儿"。为时人敬重，喻之为"颜子（颜回）复生"。

❺弥日：整整一天。信宿：连住两夜。

❻汪汪：原指水宽广貌，此处形容人的器量宏大，胸怀宽广。陂（bēi）：池塘，水池。器：器量，器度。

【原文】

李元礼风格秀整①，高自标持②，欲以天下名教是非为己任③。后进之士有升其堂者④，皆以为"登龙门⑤"。（1.4）

【译文】

李元礼风度秀雅，格调严整，自视甚高，想以正定名分、判断是非为己任。后辈学人受到他的接待，都认为像登上了"龙门"一样荣耀。

注释

❶李元礼：李膺，字元礼。东汉颍川襄城（今属河南）人。有节操名望，被太学生赞誉为"天下模楷李元礼"。官至司隶校尉。汉灵帝时，朝臣谋诛宦官，

事败被免官。风格：风度，风范。

❷高自标持：自视甚高。标持，犹"标置"。

❸名教：指以正定名分为主要内容的封建礼教。

❹后进：后辈，晚辈。堂：古代宫室，前为堂，后为室。

❺登龙门：此处用以比喻得到有名望者的接待而提高了声誉。唐李白《与韩荆州书》："一登龙门，则声誉十倍。"

【原文】

陈元方子长文①，有英才，与季方子孝先各论其父功德②，争之不能决③。咨于太丘④，太丘曰："元方难为兄，季方难为弟⑤。"（1.8）

【译文】

陈元方的儿子长文，有杰出的才能，与季方的儿子孝先各自谈论自己父亲的功德，争执不出个结果。于是，他们就去征询祖父太丘长陈寔的看法，陈寔说："元方难以作为兄长，季方也难以作为弟弟。"

注 释

❶陈元方：陈纪，字元方。东汉颍川许（今河南许昌）人。仕为尚书令、大鸿胪。长文：陈群，字长文，陈纪之子。先随刘备，后从曹操，仕为司空西曹掾属。

❷季方：陈谌，字季方。与其父陈寔、其兄陈纪被人称为"三君"。早卒。孝先：陈忠，字孝先，陈谌之子。功德：功业和德行。

❸决：断定，判定。

❹咨：征询，询问。太丘：本为古县名，治所在今河南永城西北。陈寔曾为太丘长，故称陈寔曰"太丘"。陈寔，字仲弓，陈纪和陈谌的父亲，曾为闻喜令、太丘长，谥号"文范先生"。

❺"元方难为兄"二句：刘孝标注："一作'元方难为弟，季方难为兄'。"表明陈氏兄弟才能难以分出高下。后用"难（nán）兄难（nán）弟""元方季方"表示兄弟才德俱优，难分高下。又，后多用"难（nàn）兄难（nàn）弟"，

表示曾共患难的人，或处于类似困难境地的人。严复曰："此记者述太丘语意耳，古无父字其子之事。"父亲不会称呼儿子之字，所以"元方难为兄"二句不可看作陈寔原话，乃后人叙述陈寔之"语意"。

【原文】

荀巨伯远看友人疾①，值胡贼攻郡②，友人语巨伯曰："吾今死矣，子可去③！"巨伯曰："远来相视，子令吾去，败义以求生④，岂荀巨伯所行邪⑤？"贼既至，谓巨伯曰："大军至，一郡尽空。汝何男子⑥，而敢独止？"巨伯曰："友人有疾，不忍委之⑦，宁以我身代友人命。"贼相谓曰⑧："我辈无义之人，而入有义之国⑨！"遂班军而还⑩，一郡并获全。(1.9)

【译文】

荀巨伯到远方去探视朋友的病情，正巧碰上外族贼兵攻打郡城，朋友对他说："看来今天我是活不成了，您应当离开这儿！"巨伯说："我大老远地来看望您，您却叫我走掉，损毁道义而换取生存，这难道是我荀巨伯所能做出的事吗？"外族贼兵来到，对巨伯说："大军前来，全城的人都跑光了。你是一个什么样的男子汉，竟敢单独留在这儿？"巨伯回答说："朋友有病，我不忍心抛弃他，宁愿用我的生命代替朋友去死。"贼兵们相互议论说："我们这些没有道义的人，竟然进入这讲道义的城邑！"于是就把军队撤了回去，整个郡城因而保全。

注释

❶荀巨伯：东汉桓帝时颍川（今属河南）人。生平事迹不详。

❷值：逢着，碰上。胡：我国古代对西北少数民族的泛称。

❸子：对人的尊称。

❹败义以求生：为保全性命而损害道义。

❺邪：表疑问语气的助词。

❻男子：男人，男子汉。犹言"大丈夫"。

❼委：舍弃，抛弃。

❽相谓：相对，相向。

❾国：指城邑。

❿班军：撤兵，退兵。

【原文】

管宁、华歆共园中锄菜①，见地有片金，管挥锄与瓦石不异，华捉而掷去之②。又尝同席读书③，有乘轩冕过门者④，宁读如故⑤，歆废书出看⑥。宁割席分坐⑦，曰："子非吾友也！"（1.11）

【译文】

管宁和华歆一块在菜园中锄草，看到地上有一小块金子，管宁照旧挥动锄头锄草，把它看得与瓦片、石块没什么两样，华歆却把金块捡起来扔掉。二人还曾同坐在一张席子上读书，有乘轩车、戴礼帽的达官贵人经过门口，管宁仍旧专心读书，华歆却扔下书本出去观看。管宁就割断席子与华歆分开来坐，说："你不是我的朋友啊！"

注 释

❶管宁：字幼安。三国北海朱虚（今山东临朐东南）人。东汉末年，遭世乱隐居辽东，魏文帝即位后还郡，屡被征召不仕。华歆：字子鱼。三国平原高唐（今山东禹城西南）人。东汉末任尚书郎，入魏，任司徒。锄菜：谓在菜地里锄草松土。

❷捉：抓，拾。

❸席：用芦苇、竹篾等编成的坐具。古时铺席于地，一席可坐数人。

❹轩：古代一种前顶较高而有帷幕的车子，供大夫以上的人乘坐。冕：古代帝王、诸侯及卿大夫所戴的礼帽。

❺如故：和往常一样，照旧。

❻废书：扔掉书本。

❼割席分坐：割开席子，不坐在一块，表示断绝朋友关系。

【原文】

华歆、王朗俱乘船避难①，有一人欲依附，歆辄难之②。朗曰："幸尚宽，何为不可③？"后，贼追至，王欲舍所携人。歆曰："本所以疑，正为此耳。既已纳其自托，宁可以急相弃邪④？"遂携拯如初⑤。世以此定华、王之优劣⑥。（1.13）

【译文】

华歆、王朗一块乘船逃避祸难，有一人想搭乘他们的船只，华歆多次拒绝他。王朗说："幸好还有宽裕之处，为何不让他搭乘呢？"后来，贼兵追赶了上来，王朗要丢弃所带的那个搭船人。华歆却说："起初我所以犹豫，正是因为考虑到这种急难情况。既然已接受了他托身的请求，怎能因情况危急就扔下他不管呢？"于是仍像开始那样带着这个人。世人就根据这件事来判定两人品德的高下。

注释

❶王朗：字景兴。东海郯（今山东郯城北）人。仕魏为司空、兰陵侯。

❷辄：就，即，表示不止一次。难：阻拦，拒绝。

❸宽：宽裕，指船还有容纳人的余地。何为：为何，为什么。

❹纳其自托：接受人的请托，指允许那个人上船。相弃：舍弃，指把那个人扔下不顾。

❺拯：援救，救助。

❻优劣：好和差。意谓华歆在危急关头，不改变初衷的做法是值得称道的；而王朗的做法应受到指责。后人对该事之真伪仍有些怀疑。程炎震云："据华峤《谱叙》，是献帝在长安时事。王朗方从陶谦于徐州，不得同行也。"（见余嘉锡《世说新语笺疏》）

【原文】

晋文王称阮嗣宗至慎①，每与之言，言皆玄远②，未尝臧否人物③。(1.15)

【译文】

晋文王司马昭称许阮嗣宗极为谨慎，司马昭每次和他谈论，他的话都玄妙深远，从来不曾褒贬过任何人物。

注释

❶晋文王：司马昭，字子上。三国河内温县（今河南温县西南）人。司马懿之子。继其兄司马师为魏大将军，灭蜀后自称晋公，后为晋王，其子司马炎代魏称帝，建立晋朝，追尊他为文帝，亦称晋文王、司马文王。阮嗣宗：阮籍，字嗣宗。三国魏陈留尉氏（今属河南）人。文学家、思想家。曾为步兵校尉，世称"阮步兵"。与嵇康齐名，为"竹林七贤"之一。至慎：极为谨慎，特别小心。阮籍被人称为"天下之至慎者"。阮籍这种"至慎"行为，实为在当时高压形势下采取的一种无可奈何的自我保护措施。

❷玄远：玄妙深远。

❸臧否人物：评论人物好坏。臧否，褒贬，评论。

【原文】

王戎云①："与嵇康居二十年②，未尝见其喜愠之色③。"(1.16)

【译文】

王戎说："我和嵇康相处了二十年，从来未见他脸上有过什么喜悦或怨恨的神情。"

注释

❶王戎：字濬冲。西晋琅邪临沂（今山东临沂北）人。好清谈，为"竹林七贤"之一。贪吝好财，为时人所讥。历任尚书令、司徒等。

❷嵇康：字叔夜。三国魏谯郡铚县嵇山（今属安徽涡阳）人。文学家、思想家、音乐家。曾任中散大夫。与阮籍齐名，为"竹林七贤"之一。不满司马氏集团，被杀。

❸喜愠之色：喜悦或怨恨的脸色。愠，怨恨。

【原文】

王平子、胡毋彦国诸人①，皆以任放为达②，或有裸体者③。乐广笑曰④："名教中自有乐地⑤，何为乃尔也⑥！"（1.23）

【译文】

王平子、胡毋彦国等人，都以任性放纵为通达，甚至有当着别人的面赤身裸体的。乐广笑着对他们说："名教中自然有其快乐之处，何必要这个样子呢！"

注释

❶王平子：王澄，字平子。西晋琅邪临沂（今山东临沂北）人。亢直旷达，仕至荆州刺史，被王敦杀害。胡毋彦国：胡毋辅之，字彦国。两晋泰山奉高（今山东泰安东）人。有知人之明，性嗜酒，放纵，不拘小节。历任陈留太守、湘州刺史等。

❷任放：任性放纵，不受礼法拘束。达：通达。

❸裸体：不着衣服，裸露身体。

❹乐广：字彦辅。西晋南阳淯阳（今河南南阳东南）人。有远见，善谈论，寡嗜欲。仕至尚书令，人因称之为"乐令"。

❺名教：指以正定名分为主要内容的封建礼教。

❻乃尔：如此，这样。

【原文】

顾荣在洛阳①，尝应人请。觉行炙人有欲炙之色，因辍己施焉②。同坐嗤之③。荣曰："岂有终日执之，而不知其味者乎？"后遭乱渡江④，每经危急，常有一人左右己⑤。问其所以⑥，乃受炙人也。(1.25)

【译文】

顾荣在洛阳时，曾应人邀请赴宴。他觉察到端送烤肉的人有想吃烤肉的神色，于是就自己不吃而把烤肉让给了端肉人。同席的人都嘲笑他。顾荣解释说："哪有整天端送烤肉，却不晓得烤肉滋味的道理呢？"后来遭受战乱，顾荣渡江避难，每遇到危急，常有一人在身旁救助自己。顾荣问他为何这样做，原来他就是那位曾经接受烤肉的人。

注释

①顾荣：字彦先。西晋吴郡吴县（今江苏苏州）人。历任尚书郎、太子中舍人等。

②行炙：端送烤肉。辍：中止，停止。

③嗤：讥笑，嘲笑。

④乱：指西晋末年"永嘉之乱"。渡江：指士人们纷纷从江北来到江南之事。

⑤左右：相帮，相助。

⑥所以：（这样做的）缘故。顾荣这种顾惜下人的行为是值得称道的，他也获得了丰厚的回报。

【原文】

庾公乘马有的卢①，或语令卖去②。庾云："卖之必有买者，即复害其主。宁可

【译文】

庾亮坐骑中有匹"的卢马"，有人劝说庾亮把它卖掉。庾亮说："卖它必定会有买它的人，那就会又害了它的新主人。

不安己而移于他人哉？昔孙叔敖杀两头蛇以为后人③，古之美谈④。效之，不亦达乎⑤？"（1.31）

怎能因这马对自己不利就把祸殃转嫁于他人呢？古时候孙叔敖杀死两头蛇就是为后人着想的，这件事成了历史上的美谈。我学习他，不也是很通晓事理吗？"

注释

❶庾公：庾亮，字元规。东晋颍川鄢陵（今河南鄢陵西北）人。其妹为明帝皇后。他历仕元帝、明帝、成帝三朝。太宁三年（325），以外戚与王导等辅立成帝，任中书令，执朝政。苏峻、祖约作乱，他与温峤推陶侃为盟主，平息叛乱。陶侃死后，他代镇武昌，握重兵。后忧愤而死。的卢：额部有白色斑点的马。刘孝标注引伯乐《相马经》曰："马白额入口至齿者，名曰榆雁，一名的卢。奴乘客死，主乘弃市，凶马也。"

❷或语：有人说。刘孝标注引《语林》曰："殷浩劝公卖马。"

❸孙叔敖：春秋时楚国期思（今河南淮滨东南）人，楚国令尹，辅佐楚庄王称霸诸侯。两头蛇：指颈部分叉的两头并列的双头蛇；一说指尾乍看颇类头部，首尾状似两头的蛇。古人传说见到两头蛇的人必死。孙叔敖为了除害，见两头蛇杀而埋之，结果并没死。

❹美谈：人们乐于称道的好事。

❺效：仿效，学习。达：有见识，明白事理。

【原文】

阮光禄在剡①，曾有好车，借者无不皆给。有人葬母，意欲借而不敢言。阮后闻之，叹曰②："吾有

【译文】

阮光禄在剡县时，曾有一辆很好的车子，凡是有人借用，他没有不答应的。有个人埋葬母亲，心里想借他的车子用却没有敢说出口。阮光禄后来听说这件事，感叹道：

车而使人不敢借，何以车为③?"遂焚之。(1.32)

"我有好车子却使人不敢来借，这哪里还算得上个好车子？"于是就把车子烧毁了。

注 释

❶阮光禄：阮裕，字思旷。东晋陈留尉氏（今属河南）人。曾被召为金紫光禄大夫，未就任，但后人仍称他曰"阮光禄"。剡：古县名。治所在今浙江嵊州。

❷叹：慨叹，叹息。

❸何以车为：哪里还算个车子。"何以……为"，古汉语表示反问的一种习惯用法。

【原文】

谢太傅绝重褚公①，常称："褚季野虽不言，而四时之气亦备②。"(1.34)

【译文】

谢安非常看重褚裒，常称赞他说："褚裒虽不说话，可是心里却非常清楚，像那四季的气象一样无不具备。"

注 释

❶谢太傅：谢安，字安石。东晋陈郡阳夏（今河南太康）人。曾任吏部尚书等职。在抵抗前秦苻坚的淝水之战中立了大功。后遭猜忌，死后赠太傅。绝：极，最。褚公：褚裒（póu），字季野。东晋河南阳翟（今河南禹州）人。女为康帝皇后，官征北大将军，镇京口，后进军彭城，兵败于代陂，引咎自贬，惭恨病死。

❷四时之气：指一年四季的气象，后以"四时之气"喻指人的气度宏阔。四时，指春夏秋冬四季。

【原文】

殷仲堪既为荆州①,值水俭②,食常五碗盘③,外无余肴④。饭粒脱落盘席间,辄拾以啖之⑤。虽欲率物,亦缘其性真素⑥。每语子弟云⑦:"勿以我受任方州,云我豁平昔时意。今吾处之不易⑧。贫者士之常⑨,焉得登枝而捐其本?尔曹其存之⑩!"(1.40)

【译文】

殷仲堪当了荆州刺史,恰好碰上水灾荒年,他吃饭通常只有五个小碗盘的饭菜,此外并无荤腥。吃饭时饭粒掉到盘外或座席间,他总是拾起来吃下。他这样做虽是要为人表率,但也因为他的本性就率真质朴。他常常告诫年轻一辈说:"不要因为我担任大州的长官,就认为我把平素的志向都抛弃了。今天我虽处在这个职位,但仍未改变初衷。安于贫苦是读书人的本分,哪能攀上高枝就丢弃了根本呢?你们好好地记住这些话吧!"

注 释

❶殷仲堪:东晋陈郡长平(今河南西华东北)人。擅长作文,能清言。晋孝武帝时,授荆州刺史。为荆州:任荆州刺史。

❷值:逢,遇。水俭:谓因水涝成灾而谷物歉收。

❸五碗盘:当时流行的一种成套食器,由一个托盘和五只小碗组成。

❹肴:荤菜。

❺脱落:谓饭粒从碗里掉下。啖:吃。

❻率物:为人表率。物,指人。缘:因为。真素:率真质朴。

❼每:每每,常常。子弟:后辈,晚辈。

❽方州:大州,指荆州刺史所治。豁:舍弃,丢弃。平昔:平素。处之:指任荆州刺史之职。易:改变,变更。

❾贫者士之常:语出刘向《说苑·杂言》:"(孔子见荣启期)问曰:'先生何乐也?'对曰:'……夫贫者,士之常也;死者,民之终也。处常待终,当何忧乎?'"

⑩捐：舍弃。本：树的主干或根，此处用以比喻做人的根本。尔曹：汝辈，你们。存：存于心，记在心上。

【原文】

　　王恭从会稽还①，王大②看之，见其坐六尺簟③，因语恭："卿东来④，故应有此物⑤，可以一领及我。"恭无言。大去后，即举所坐者送之。既无余席，便坐荐上⑥。后大闻之，甚惊，曰："吾本谓卿多⑦，故求耳。"对曰："丈人不悉恭⑧，恭作人，无长物⑨。"（1.44）

【译文】

　　王恭从会稽返回，王大去看望他，见他坐在六尺长的竹席上，就对他说："你从东方回来，当然少不了这种东西，可以拿一条给我。"王恭当时没作声。王大走后，王恭就拿出自己坐着的那条送去。既已没有另外的席子，王恭就只好坐在草垫上。后来，王大听说此事，非常吃惊，对王恭说："我本来认为你有好多席子，所以才向你索求啊。"王恭说："您老人家还不了解我，我王恭为人，是从来没有多余的东西的。"

注 释

❶王恭：字孝伯。东晋太原晋阳（今山西太原西南）人。清廉严正，曾任丹阳尹、中书令、青兖二州刺史等。会稽：郡名。郡治在山阴（今浙江绍兴）。

❷王大：王忱，字元达，小字佛大，故称"王大"或"阿大"。为王恭族叔，仕至荆州刺史。

❸簟：供坐卧用的竹席。

❹卿：六朝时长辈对晚辈或同辈间的称呼，即"你"。东来：会稽在建康以东，王恭从会稽还京，故称"东来"。

❺故：用以加重肯定的语气，犹"当然""确实"。

❻荐：草垫，质量较竹席为差。

❼谓：以为，认为。

❽丈人：对长辈的尊称。王忱为王恭的族叔，故王恭尊称其为丈人。悉：知道，熟悉。

❾长物：多余的东西。后常用"一无长物""身无长物"等形容做官清廉或生活寒苦。

言语第二

> 言语，为"孔门四科"之一。这里记述的是语言表达能力强、能言善辩、能说会道的人及与之有关的事。本门共108篇，此处选译36篇。

【原文】

孔文举年十岁，随父到洛①。时李元礼有盛名，为司隶校尉②，诣门者，皆俊才清称及中表亲戚乃通③。文举至门，谓吏曰："我是李府君亲④。"既通，前坐。元礼问曰："君与仆有何亲⑤？"对曰："昔先君仲尼与君先人伯阳有师资之尊⑥，是仆与君奕世为通好也⑦。"元礼及宾客莫不奇。太中大夫陈韪后至⑧，人以其语语之。韪曰："小时了了，大未必佳⑨。"文举曰："想君小时，必当了了。"韪大踧踖⑩。（2.3）

【译文】

孔文举十岁时，跟随父亲来到洛阳。当时李元礼极有名望，做司隶校尉，登门前来拜访的，只有才智杰出、有清高声誉的人以及他的中表亲戚才能经人通报而见到他。孔文举来到李家门口，对守门人说："我是李府君的亲戚。"通报以后，孔文举进去且到前面就座。李元礼问他说："您和我有什么亲戚关系啊？"孔文举回答说："从前我的祖先仲尼曾经拜您的祖先伯阳为师，这样说来我们两家世代都有交谊。"李元礼和宾客听了都感到惊奇。太中大夫陈韪此事过后才来到，别人就把孔文举的话说给他听。他说："小时候聪明的人，长大后未必一定就有出息。"孔文举回答说："看来您小的时候，一定是聪明的。"陈韪听后非常尴尬。

注 释

❶孔文举：孔融，字文举。汉末鲁国鲁县（今山东曲阜）人。孔子二十世孙，著名文学家，"建安七子"之一。曾任北海相，人因称"孔北海"。为人恃才负气，文多讥嘲之辞，后因触怒曹操被杀。父：孔融父孔宙，曾为泰山都尉。洛：洛阳。东汉都城。

❷李元礼：李膺。司隶校尉：官名。汉武帝时置，掌纠察京师百官及督察附近各郡，相当于州刺史。

❸俊才：才智出众的人。清称：有清高称誉的人。中表：与姑母、舅父、姨母之子女间的亲戚关系。通：传达，通报。

❹府君：汉代对太守的称呼。李膺为司隶校尉，有府舍，故称之为"府君"。

❺仆：自称之谦词。

❻先君：与下之"先人"，均指祖先。仲尼：孔子，名丘，字仲尼。春秋末期思想家、政治家、教育家，儒家学派创始人。伯阳：老子，即老聃，姓李名耳，字伯阳。春秋楚国苦县（今河南鹿邑东）人。做过周朝管理藏书的史官。道家学派创始人。传说孔子曾向他问礼，故下文曰"有师资之尊"。师资：能胜任教师职务的人，即老师。

❼奕世：世世代代，一代接一代。通好：相互友好往来。

❽太中大夫：官名，汉代主管议论政事。陈韪（wěi）：生平事迹不详。

❾小时了了，大未必佳：表示幼年聪明懂事，长大后不一定成才。了了，聪明，伶俐。本文中的陈韪是被讥讽的对象，但他的这句话却成了流传千古的名言。

❿踧踖（cùjí）：局促不安貌。

【原文】

孔融被收，中外惶怖❶。时融儿大者九岁，小者八岁，

【译文】

孔融被逮捕，朝廷上下一片惶恐。当时，孔融的大儿才九岁，小儿才八岁，

二儿故琢钉戏②，了无遽容③。融谓使者曰④："冀罪止于身，二儿可得全不⑤？"儿徐进曰⑥："大人岂见覆巢之下，复有完卵乎⑦？"寻亦收至⑧。（2.5）

两个孩子依旧在玩"琢钉"的游戏，毫无恐惧的表情。孔融对逮捕他的使者说："希望罪责只由我自己来担当，两个孩子能得到保全，可以吗？"孔融的儿子从容地走过来说："大人难道见过倾覆了的鸟巢里，还有完好的鸟蛋吗？"不久，两个孩子也被逮捕了。

注 释

❶收：逮捕。中外：指朝廷内外。惶怖：恐惧不安。

❷二儿：名字无考。《后汉书·孔融传》言孔融有一子一女，被害时女年七岁，男年九岁。《晋书·羊祜传》言："祜前母，孔融女，生兄发。"则孔融之女未遇害。故刘孝标注云："盖由好奇情多，而不知言之伤理也。"故：仍然，依旧。琢钉戏：古时一种儿童游戏。

❸了：全然。遽：惶恐，窘急。

❹使者：受命出使的人。

❺冀：希望，希图。身：自身，自己。不：同"否"。

❻进：进言。

❼覆巢：倾覆的鸟巢。完卵：完好的鸟卵。此处以"覆巢无完卵"比喻灭门之祸，无一幸免。

❽寻：旋即，不久。

【原文】

刘公幹以失敬罹罪①。文帝问曰②："卿何以不谨于文宪③？"桢答曰："臣

【译文】

刘公幹因礼节有失而获罪。曹丕问他说："你为什么在法令面前不谨慎小心一些呢？"刘公幹回答说："我这个人的确能力

诚庸短，亦由陛下网目不疏④。"（2.10）

低下，没有见识，但也因为您的法网太细密了。"

注释

❶刘公幹：刘桢，字公幹。汉末东平宁阳（今山东宁阳北）人。为曹操丞相掾属，"建安七子"之一。失敬罹罪：建安十六年（211），曹丕为五官中郎将，妙选文学，使刘桢随侍，酒酣坐欢，乃使夫人甄氏出拜，座中宾客多伏，而刘桢独平视。他日，曹操听说此事，就逮捕了刘桢。失敬，礼节有失。罹罪，获罪。罹，遭遇不幸的事。

❷文帝：曹丕，字子桓。谯县（今安徽亳州）人。曹操次子。曹操死，他袭位为魏王，不久代汉称帝，都洛阳，国号魏。

❸谨：谨慎小心。文宪：宪令条文。

❹短：能力低下，目光短浅。陛下：对帝王的尊称。刘孝标注："诸书或云：桢被刑魏武之世，建安二十年病亡。后七年文帝乃即位，而谓桢得罪黄初（文帝年号）之时，谬矣。"曹丕未称帝时发生此事，所以不应称之为"陛下"。因为曹丕后来称帝，后人转述此事，未考究此事发生在曹丕还未称帝时。网目：犹言法网。

【原文】

钟毓、钟会少有令誉①。年十三②，魏文帝闻之，语其父钟繇曰③："可令二子来。"于是敕见④。毓面有汗，帝曰："卿面何以汗？"毓对曰："战战惶惶，汗出如浆⑤。"复问会："卿何以

【译文】

钟毓、钟会小时候就有美名。钟毓十三岁时，魏文帝听闻他们的名声，就对他们的父亲钟繇说："可叫你的两个儿子过来见见。"于是下命令召见。钟毓脸上流着汗水，魏文帝说："你脸上为什么出汗？"钟毓回答说："发抖又惶恐，汗出如浆汤。"魏文帝又问钟会：

不汗？"对曰："战战栗栗，汗不敢出⑥。"（2.11）

"那你为什么没有出汗？"钟会回答说："惶恐又发抖，汗水不敢流。"

注 释

❶钟毓：字稚叔。三国颍川长社（今河南长葛）人。相国钟繇长子，机敏，善谈笑。年十四，为散骑侍郎。钟会：字士季，钟繇少子。官至司徒，为司马昭的重要谋士，与邓艾分兵灭蜀，后被杀。少：年轻。令誉：美好的名声。

❷年十三：揣文意似指钟毓。其弟钟会于黄初六年（225）才出生，曹丕于次年崩。按：此章所记钟会与曹丕问答事显非可能。

❸魏文帝：曹丕。钟繇：钟毓、钟会之父，字元常，曹魏大臣，为有名的书法家。

❹敕：帝王的诏书、命令。

❺战：发抖。惶：恐怖，惊慌。浆：黏稠的浆汤。

❻栗：恐惧。"栗""出"古音押韵。二子出口成章，俱成韵语。

【原文】

司马景王东征①，取上党李喜以为从事中郎②。因问喜曰："昔先公辟君不就，今孤召君，何以来③？"喜对曰："先公以礼见待，故得以礼进退；明公以法见绳，喜畏法而至耳④！"（2.16）

【译文】

司马师东征，叫来上党的李喜作为他的从事中郎。司马师于是问李喜："从前先父召您，您不肯前来；今天我召您，您为什么来了呢？"李喜回答说："尊父以礼节对待我，所以我能根据礼节决定自己前往还是不前往；您用法令约束我，我害怕触犯法令而不敢不来啊！"

注 释

❶司马景王：司马师，字子元。三国河内温县（今河南温县西南）人。司马懿长子，继其父为魏大将军，专国政。后废魏帝曹芳，立曹髦。毌丘俭反，司马师亲自征伐，病死。其侄司马炎代魏称帝，追赠他为景帝。故亦称"景帝""司马景王"。东征：指司马师率师亲征反叛的毌丘俭事。

❷李喜：字季如。上党（今山西长治）人。司马懿为太傅，征召其为官，其以疾固辞。司马师掌权，用为从事中郎，累迁光禄大夫等。《晋书》本传作"李憙"。从事中郎：官名。将帅的幕僚。

❸先公：犹"先父"，指司马懿。辟：征召。就：就任。孤：古代侯王的自称。

❹见待：对待，看待。明公：古代对有名位者的尊称。绳：准绳，约束。

【原文】

邓艾口吃①，语称"艾艾"②。晋文王戏之曰③："卿云'艾艾'，定是几艾④？"对曰："'凤兮凤兮'，故是一凤⑤。"（2.17）

【译文】

邓艾有口吃病，说话时自称己名常连说"艾艾"。司马昭和他开玩笑说："你'艾艾'不断，到底是几个'艾'呀？"邓艾回答说："凤啊凤啊，依然是一只凤啊。"

注 释

❶邓艾：字士载。原名范，字士则。三国义阳棘阳（今河南南阳南）人。初为司马懿掾属，后为魏镇西将军，同钟会分兵灭蜀。钟会诬其谋反，被杀。

❷艾艾：古人同别人说话，自称己名，以示谦恭。邓艾因口吃，所以自称常连说"艾艾"。后形容人说话口吃。

❸晋文王：司马昭。戏：嘲笑，逗趣。

❹定：究竟，到底。

❺"凤兮"句：《论语·微子》："楚狂接舆歌而过孔子曰：'凤兮凤兮，何德之衰？往者不可谏，来者犹可追。'""凤"在《论语》中暗喻孔子，邓艾以"凤"比"艾"，暗含着自我称誉而又不露痕迹，的确应对得巧妙。故：仍然，仍旧。

【原文】

满奋畏风①。在晋武帝坐②，北窗作琉璃扇屏风，实密似疏③，奋有难色④。帝笑之。奋答曰："臣犹吴牛，见月而喘⑤。"（2.20）

【译文】

满奋有怕风的毛病。有一次他在晋武帝旁边坐着，房中北面的屏风是用琉璃做成的，实际严密不通气，但乍看好像透风，满奋表现出为难的神色。武帝嘲笑他。他回答说："我就像吴地的水牛，看见月亮也大喘起来。"

注　释

❶满奋：字武秋。西晋高平（今山东微山西北）人。魏太尉满宠之孙。历任吏部郎、冀州刺史、尚书令等，后被杀。

❷晋武帝：司马炎，字安世。河内温县（今河南温县西南）人。司马昭之子，代魏建立晋朝。

❸琉璃：原指一种天然宝石，有多种颜色。后亦指用黏土、长石、石青等配制烧成的一种半透明材料。屏风：室内挡风或作为障蔽的用具。琉璃扇屏风，有的本子作"琉璃屏"。疏：稀疏，有缝隙。

❹难色：为难的表情。

❺"吴牛"句：江淮间的水牛，谓之吴牛。南方天气热，水牛怕热，看见月亮，误为太阳，而大喘粗气。满奋畏风，误认琉璃屏风有隙而通风，故引"吴

牛喘月"自喻。后以此典指酷热的夏天。

【原文】

蔡洪赴洛①，洛中人问曰："幕府初开，群公辟命②，求英奇于仄陋，采贤俊于岩穴③。君吴楚之士，亡国之余，有何异才而应斯举④？"蔡答曰："夜光之珠，不必出于孟津之河⑤；盈握之璧，不必采于昆仑之山⑥。大禹生于东夷，文王生于西羌⑦，圣贤所出，何必常处？昔武王伐纣，迁顽民于洛邑，得无诸君是其苗裔乎⑧？"（2.22）

【译文】

蔡洪来到洛阳，洛阳人问他："衙署刚刚设立，公侯们都在征召人才，想从出身卑微者中寻找特异出众之人，从山野隐逸者中选拔贤良英俊之士。你是吴楚之地的人，不过是国家败亡后的遗民，你有什么优异才能而来响应这次选拔呢？"蔡洪回答说："夜光珠不一定只出在孟津河中；满把的大玉璧，也不一定都从昆仑山上采来。大禹生在东夷，周文王生于西羌，圣人贤者的出现，为什么一定要在某个固定的地方呢？从前周武王讨伐殷纣王，把殷朝的顽民迁到了洛邑，莫非你们诸位都是他们的后代吗？"

注 释

❶蔡洪：字叔开。西晋吴郡（郡治在今江苏苏州）人。有才辩，初仕吴，入晋后官至松滋令。赴洛：指吴亡后，蔡洪入洛阳（西晋首都）求仕。

❷幕府：本指将帅在外的营帐，后也指衙署。开：开府。指成立府署，辟置僚属。辟命：指为成立府署而征召人才。

❸英奇：英俊奇秀之士。仄陋：隐僻之处。岩穴：山洞。仄陋、岩穴，指山野隐士的居处。

❹吴楚：指春秋时期属于吴国、楚国的地方，即今我国南部、东南部一带。亡国：指280年吴国为西晋灭亡之事。举：召选，选拔。

❺夜光之珠：隋珠。相传隋侯出行，见一被斩断之蛇，隋侯连而续之，蛇遂得生而去，后衔明月珠以报其德，光明照夜如同白昼，因称"夜光之珠"。孟津：古黄河渡口，在今河南洛阳市孟津区东、孟州市西南。孟津之河，即指黄河。

❻盈握：握着满拳，形容玉璧之大。昆仑：山名。相传为产玉之地。《史记·赵世家》："昆山之玉不出。"

❼大禹：传说中部落联盟领袖。姒姓，亦称禹、夏禹。以治水有功，被舜选为继承人。东夷：古时东方各少数民族地区。文王：周文王。商末周族领袖，姬姓，名昌。商纣时为西伯。西羌：西方少数民族地区。

❽纣：商朝末代君主。洛邑：河南洛阳。得无：该不是，莫非。推测语气词。苗裔：后代。

【原文】

陆机诣王武子①，武子前置数斛羊酪②，指以示陆曰："卿江东何以敌此③！"陆云："有千里莼羹，但未下盐豉耳④。"（2.26）

【译文】

陆机前往拜访王武子，武子跟前放着几斛羊酪，指着这些羊酪问陆机："你们江东有什么东西能和它匹敌？"陆机说："江东有用千里湖的莼菜煮的汤，只是无需再加咸豆豉罢了。"

注释

❶陆机：字士衡。西晋吴郡吴县华亭（今上海市松江区）人。祖父陆逊、父亲陆抗，皆三国吴名将。太康末，与弟陆云同至洛阳，文才倾动一时，时称"二陆"。曾任平原内史，世称"陆平原"。王武子：王济，字武子。西晋太原晋阳（今山西太原西南）人。官至侍中，喜好老庄，善清谈。

❷斛：容量单位，古以十斗为一斛。羊酪：用羊乳做成的半凝固食品。

❸江东：长江在芜湖、南京间作西南南、东北北流向，秦汉以后，习惯上称

自此以下的长江南岸地区为江东。三国时江东是孙吴的根据地,故当时又称孙吴统治下的全部地区为江东。敌:同等,相当。

❹千里:湖名,在今江苏溧阳。莼羹:用莼菜所煮的汤。盐豉:以盐和豆制成的豆豉,古时为调味品。"千里莼羹"二句,意谓千里湖的莼菜羹,其味甚美,无需用盐豉调味。后用"莼羹""千里莼""千里莼羹"等代指乡土特产风味,诗文中多用作思乡之词。

【原文】

过江诸人①,每至美日,辄相邀新亭,藉卉饮宴②。周侯中坐而叹曰③:"风景不殊,正自有山河之异④!"皆相视流泪。唯王丞相愀然变色曰⑤:"当共戮力王室,克复神州⑥,何至作楚囚相对⑦!"(2.31)

【译文】

那些从江北来到江南的名士们,每逢风和日丽的日子,就相互邀请着来到新亭,坐在草地上饮酒宴乐。周颉在饮宴中叹息道:"风光景色没什么变化,只是山河国土与从前大不相同了!"大家听了都对视流泪。只有丞相王导改变了脸色,悲愤地说:"我们应当为朝廷竭尽全力,去收复失地,为什么要像楚囚那样相对哭泣呢!"

注 释

❶过江诸人:指从北方南渡到建康的士人。

❷美日:风和日丽、天气晴朗的日子。新亭:亦名"劳劳亭"。三国时吴建,故址在今江苏南京南。藉卉:坐卧在草地上。卉,草的总称。

❸周侯:周颉,字伯仁。晋汝南安成(今河南汝南东南)人。善谈论,有名望。渡江后官至左仆射。王敦叛乱时被杀。

❹殊:不同。正自:只是。山河:代指国土。

❺王丞相:王导,字茂弘。东晋琅邪临沂(今山东临沂北)人。西晋末,为

司马睿移镇建康（今江苏南京）献策。司马睿称帝，王导任丞相。历仕元帝、明帝、成帝三朝，对稳定东晋在南方的统治起了重要作用。愀（qiǎo）然：凄怆之貌。

❻戮力：同"勠力"。努力，尽力。克复：收复。神州：中国亦称神州，此特指中原沦陷地区。

❼楚囚：本指楚人之被俘者。或用以比喻处境窘迫、无计可施的人。王导以"楚囚"比喻众人，是说他们空怀故国之悲，但不思奋发，如无所作为的囚徒一样。

【原文】

卫洗马初欲渡江①，形神惨悴，语左右云②："见此芒芒，不觉百端交集③。苟未免有情④，亦复谁能遣此？"（2.32）

【译文】

卫玠刚要渡江避乱时，面容凄苦，神情忧伤，他对随从的人说："看着这一望无际的长江逝水，令人禁不住百感交集。如果不是超脱世俗的人，谁又能排遣得了这深重的愁绪？"

注 释

❶卫洗马：卫玠，字叔宝。魏晋河东安邑（今山西夏县西北）人，姿容甚美，有"玉人"之称。任太傅西阁祭酒，拜太子洗马。洗马，官名，汉沿秦置，为东宫官属，太子出则为前导，故曰"太子洗马"。晋改为职掌图籍。

❷惨悴：憔悴，困顿萎靡的样子。左右：随从，近侍。

❸芒芒：茫茫，阔远貌。指一望无际的长江逝水。百端交集：各种感想汇集在一起。

❹苟：假若，如果。有情：有情是一般世俗之人的表现，圣人或超脱世俗者则能达到忘情或无情。亦：语气词，表示语气的加强。

【原文】

温峤初为刘琨使来过江①。于时江左营建始尔，纲纪未举②。温新至，深有诸虑。既诣王丞相③，陈主上幽越、社稷焚灭、山陵夷毁之酷④，有《黍离》之痛⑤。温忠慨深烈，言与泗俱⑥，丞相亦与之对泣。叙情既毕，便深自陈结，丞相亦厚相酬纳⑦。既出，欢然言曰："江左自有管夷吾⑧，此复何忧？"（2.36）

【译文】

温峤当初被刘琨派遣过江来到建康。当时江东经营建设方才开始，各种律令制度还未健全。温峤初到，见此景大为忧虑。接着去拜访丞相王导，温峤向他陈述了皇帝被拘禁而流离失所、国都神庙被焚毁、皇帝陵墓被铲平毁坏的惨景，表露出《黍离》诗所写的那种感伤宗庙宫室被毁的痛苦心情。温峤忠贞慷慨，深沉激烈，边说边痛哭流涕，王丞相也和他一块哭泣起来。叙述完情况，温峤深切地陈述了自己愿意结交之心，王丞相也真挚地接纳了他。温峤走出来以后，欢快地说："江东自有管夷吾一样的人辅佐，这还有什么可忧虑的呢？"

注 释

❶温峤：字太真。东晋太原祁县（今山西祁县东南）人。初为刘琨谋主，抵抗刘聪、石勒。建武元年（317）南下，受到朝士推重，任中书令、江州刺史等，在平定王敦、苏峻、祖约之乱中起到很大作用。刘琨：字越石。西晋中山魏昌（今河北定州东南）人。曾任并州刺史、大将军，长期坚守并州，与刘聪、石勒对抗，后被段匹䃅杀害。

❷于时：当时，那时。江左：古人在地理上以东为左，以西为右，故江东又称江左。东晋的统治中心在江左，所以南朝人以"江左"专称东晋王朝。纲纪：法度，法纪。举：举办，施行。

❸王丞相：指王导。

❹主上：古代臣下称君主为"主上"。此指被俘的晋愍帝。幽越：被拘禁而

流离失所。社稷：古代帝王和诸侯所祭的土神和谷神，常用作国土、国家的代称。山陵：帝王的陵墓。夷：削平，铲平。酷：惨痛。

❺《黍离》：《诗经·王风》篇名。《黍离》之痛，指因宗庙宫室被毁坏而产生的感伤心情。

❻忠慨：忠贞的心志，愤激的表情。言与泗俱：说话时，眼泪、鼻涕流了下来，表示极端悲痛的样子。泗，鼻涕。

❼陈结：陈述愿意交结的心情。酬纳：答谢以表愿意接纳之意。

❽管夷吾：管仲，名夷吾，字仲。春秋颍上（颍水之滨）人。由鲍叔牙推荐给齐桓公，被尊称为"仲父"。他辅助齐桓公成为春秋时的第一个霸主。此以管仲喻称王导，后以"江左夷吾"指称江东有作为的大臣。

【原文】

郗太尉拜司空①，语同坐曰②："平生意不在多，值世故纷纭，遂至台鼎③，朱博翰音，实愧于怀④。"（2.38）

【译文】

郗鉴拜领司空，对同座中的人说："我向来志向并不高，赶上世事纷乱，才登上这样的台鼎高位，就像朱博一样徒有虚名，心里实在感到惭愧。"

注释

❶郗太尉：郗鉴，字道徽。东晋高平金乡（治今山东嘉祥西阿城铺）人。博览经籍，忠贞勤勉。晋惠帝时任中书侍郎。东晋初，为兖州刺史。后参与平定王敦之乱。官至侍中。拜：用一定的礼节授予官职。司空："三公"之一，参议国政。

❷坐：通"座"。

❸平生：平素，向来。意：心意，志向。值：逢着，碰上。世故：犹言"世事"，特指变乱。纷纭：杂乱，纷乱。台鼎：古代称三公或宰相为"台鼎"。言其职位显要，犹星有三台，鼎足而立。

❹朱博：字子元。西汉杜陵（今陕西西安东南）人。翰音：向高空飞扬之声。朱博翰音，意即徒有虚名。此句意为自己像朱博一样，徒有虚名，是自谦之语。

【原文】

高坐道人不作汉语①。或问此意，简文曰②："以简应对之烦③。"（2.39）

【译文】

高坐道人不讲汉语。有人问这样做的用意，简文帝替他解释说："这是为了省去应酬对答的麻烦。"

注释

❶高坐道人：帛尸梨蜜多罗。原为西域龟兹国王，博通经论，兼通密法。永嘉年间来华，后避乱渡江。与王导、周颛等结交，得到王、周等的崇敬，一时贤达争着与他结交。卒于成帝咸康中，年八十余。道人，和尚的旧称。不作汉语：刘孝标注引《高坐别传》曰："性高简，不学晋语。诸公与之言，皆因传译。"

❷简文：晋简文帝司马昱，字道万，元帝少子。废帝被黜，被桓温立为帝。谥号简文。

❸以简应对之烦：史籍载帛尸梨蜜多罗高僧不学汉语，与王导等交谈时，都是通过翻译进行的，但彼此之间"神领意得"，心意相通。简，简略，省略。

【原文】

挚瞻曾作四郡太守①、大将军户曹参军②，复出作内史③，年始二十九。尝别王敦，敦谓瞻曰："卿年未三十，已

【译文】

挚瞻曾担任四个郡的太守、大将军王敦的户曹参军，又外出任内史，年龄才二十九岁。他曾辞别王敦，王敦对他说："你年龄还不到三十，已做

为万石，亦太蚤④。"瞻曰："方于将军，少为太蚤；比之甘罗，已为太老⑤。"(2.42)

到万石之官，也太早了些吧。"挚瞻说："比起将军您来，是稍微早了一些；但和甘罗相比，已经是太老了。"

注 释

❶ 挚瞻：字景游。晋京兆长安（今陕西西安）人，善为文，初任著作郎。后为王敦的户曹参军，历安丰、新蔡、西阳等太守，又出为随郡内史。后因抗拒王敦而被害。四郡太守：据刘孝标注引《挚氏世本》，挚瞻"历安丰、新蔡、西阳太守"，仅三郡，尚缺一郡，已无考，当有脱字。

❷ 大将军：王敦，字处仲。东晋琅邪临沂（今山东临沂北）人。西晋末，支持司马睿移镇建康，与王导等拥立司马睿建立东晋政权，并任大将军、荆州牧。后因司马睿抑制王氏势力，起兵反叛。户曹：掌管民户、祠祀、农桑的官署。户曹参军为户曹的重要幕僚。

❸ 出：指到京都以外做官。内史：官名，掌民政，诸侯王国内所置。挚瞻曾出任随郡内史。

❹ 万石：晋郡守俸禄为二千石。挚瞻为四郡太守、户曹参军、内史，俸禄计已达"万石"。言其官位之显。石，容量单位。十斗为一石。蚤：通"早"。下文挚瞻所言，颇为轻狂，敢在大将军王敦面前如此，或为后来被害埋下了伏笔。

❺ 方：比方，比拟。少：稍微，略微。甘罗：战国时楚国下蔡（今安徽凤台）人。十二岁做吕不韦家臣，吕不韦欲攻赵，他自请出使赵国，出色地完成使命，因功任为上卿。人们常以甘罗为年轻有为之人的典型。

【原 文】

梁国杨氏子，九岁，甚聪惠①。孔君平诣其父②，父不

【译 文】

梁国杨姓家有个小孩，才九岁，就非常聪明伶俐。孔君平前往拜访他父

在，乃呼儿出。为设果，果有杨梅。孔指以示儿曰："此是君家果。"③儿应声答曰："未闻孔雀是夫子家禽。"④（2.43）

亲，其父不在家，就招呼杨家这个小孩出来。小孩给他摆设水果，水果中有杨梅。孔君平指着杨梅对小孩说："这是你们杨姓家的水果啊。"小孩随声答道："没听说孔雀就是孔先生您家的鸟啊。"

注 释

❶梁国：郡国名，治所睢阳（今河南商丘南）。聪惠：聪慧。

❷孔君平：孔坦，字君平。晋会稽山阴（今浙江绍兴）人，其先世居梁国。历任太子舍人、廷尉等。

❸杨梅：水果名。君家果：杨梅的"杨"字与姓氏中的"杨"字相同，故孔君平以此戏杨氏子。后来，"君家果"成为杨梅的别称。

❹孔雀：鸟名。夫子：古代对男子的敬称，此称孔君平。孔雀的"孔"字与姓氏中的"孔"字相同，故杨氏子以"夫子家禽"回答孔氏。"家禽"不同于现在的"家禽"，这里的"家"和"禽"各自独立表达意思，翻译过来就是"先生您家的鸟"。夫子，亦可理解为指孔夫子孔丘，"夫子家禽"则可以理解为指孔夫子一家的家禽。杨氏子的婉转对答，既表现了应有的礼貌，又表达了"既然孔雀不是您家的鸟，杨梅岂是我家的果"之意，使孔君平无言以对。因为他要承认孔雀是他家的鸟，他说的话才立得住脚。这足以反映出孩子思维的敏捷及语言的机智幽默。

【原文】

陶公疾笃①，都无献替之言②，朝士以为恨③。仁祖闻之④，曰："时无竖刁，故

【译文】

陶侃病危，没说一句对君主劝谏的话，朝臣们都感到遗憾。谢仁祖听说后，说："现在没有竖刁那样的奸臣，所以陶

不贻陶公话言⑤。"时贤以为德音⑥。（2.47）

公也就没有留下规劝的话语。"当时的贤达们都认为这话说得太好了。

注 释

❶陶公：陶侃，字士行（一作"士衡"）。东晋庐江寻阳（今江西九江西南）人。在平定苏峻、祖约反叛中立了大功。后任荆、江二州刺史，都督八州诸军事。精勤吏职，为人称道。疾笃：病重，病危。

❷都：完全。献替："献可替否"的略语。谓臣对君劝善规过，议兴议革。

❸朝士：朝廷官员。恨：遗憾。

❹仁祖：谢尚，字仁祖。东晋陈郡阳夏（今河南太康）人，甚被王导器重。仕至镇西将军、豫州刺史。

❺竖刁：春秋时齐桓公近臣。管仲病危时遗嘱桓公勿用竖刁。管仲死，他与易牙、开方专权，杀害群臣，立公子无亏。太子昭奔宋，招致内乱。贻：遗留，留下。

❻时贤：当时的贤达。德音：善言。

【原文】

孙齐由、齐庄二人小时诣庾公①。公问齐由何字，答曰："字齐由。"公曰："欲何齐邪②？"曰："齐许由③。"齐庄何字④，答曰："字齐庄。"公曰："欲何齐？"曰："齐庄周⑤。"公曰："何不慕仲尼而慕庄周⑥？"对曰："圣人生知，

【译文】

孙潜、孙放二人小时候去拜见庾亮。庾亮问孙潜起的什么字，孙潜回答："字齐由。"庾亮接着问："想向谁看齐呢？"孙潜说："向许由看齐。"庾亮又问孙放起的什么字，孙放回答："字齐庄。"庾亮接着问："想向谁看齐呢？"孙放说："向庄周看齐。"庾亮说："为何不仰慕孔子而仰慕庄周啊？"孙放回答道："孔圣人生而知之，所以

故难企慕⑦。"庾公大喜小儿对⑧。(2.50)

难以仰慕。"庾亮非常喜欢孙放这个小孩子的回答。

注 释

❶孙齐由：孙潜，字齐由。晋太原中都（今山西平遥西南）人。任豫章太守，殷仲堪讨伐王国宝，逼齐由以为谘议参军，固辞不就。齐庄：孙放，字齐庄。孙潜之弟。自幼聪慧，仕至长沙相。庾公：指庾亮。

❷齐：看齐。《论语·里仁》："见贤思齐焉。"

❸许由：古隐士。相传尧要让君位给他，他逃往箕山农耕而食，尧请他做九州长，他到颍水边洗耳，表示不愿听。

❹齐庄何字：亦当为庾公问。

❺庄周：庄子，宋国蒙（今河南商丘东北）人。战国时哲学家、文学家，老庄学派的代表人物。

❻仲尼：孔子之字。

❼圣人：古代尊称孔子为圣人，此特指孔子。生知：生而知之，不待学习而知。企慕：仰慕，希冀达到。难企慕，谓高不可攀，高不可企望。

❽对：应对，对答。

【原文】

桓公北征①，经金城，见前为琅邪时种柳②，皆已十围③，慨然曰："木犹如此，人何以堪④！"攀枝执条，泫然流泪⑤。(2.55)

【译文】

桓温北伐，经过金城，看到自己从前做琅邪内史时栽种的柳树，都已十围粗，禁不住感慨地说："树木尚且长得这样粗大了，人怎么能忍受得住岁月流逝啊！"他攀抓着柳树的枝条，禁不住流下了眼泪。

注 释

❶桓公：桓温，字元子。东晋谯国龙亢（今安徽怀远西北）人。明帝女婿。曾灭成汉，攻前秦、前燕。废海西公，立简文帝。历任琅邪内史、荆州刺史、征西大将军，以大司马镇姑孰，专擅朝政。谥宣武公。北征：桓温北伐，前后三次。此指太和四年（369）伐燕事。"温时已成六十之叟，览此树之葱茏，伤大命之未集，故抚今追昔，悲不自胜。"（刘盼遂语）

❷金城：地名，在今江苏句容北。琅邪：郡名。东晋置。后桓温为太守，治金城。南朝宋改南琅邪郡。

❸围：计算圆周的约略单位，即两手的拇指和食指合拢起来的长度。

❹"木犹如此"二句：比喻时日迅速，壮志未酬。堪：忍受。后因用"木（树）犹如此"作感慨时光流逝之典。

❺泫然：伤心流泪貌。

【原文】

顾悦与简文同年①，而发蚤白②。简文曰："卿何以先白？"对曰："蒲柳之姿，望秋而落③；松柏之质，凌霜犹茂④。"（2.57）

【译文】

顾悦和简文帝年龄相同，但头发却早已变白。简文帝问他："你的头发为什么先白？"顾悦回答道："我像那蒲柳的体姿，刚到秋天叶子就落了；您如那松柏的资质，顶霜冒雪还十分茂盛。"

注 释

❶顾悦：字君叔。东晋晋陵无锡（今属江苏）人。顾恺之的父亲。历任扬州别驾、尚书右丞。同年：年岁相同；科举时代亦称同榜或同一年考中者。

❷蚤：通"早"。

❸蒲柳：植物名，即水杨。因其早凋，故用以比喻衰弱的体质。望：将近。

❹松柏之质：具有松柏一样经得起冰霜严寒而常青的品质。凌霜犹茂：一作"经霜弥茂"。凌，冒着。

【原文】

桓公入峡①，绝壁天悬，腾波迅急②，乃叹曰："既为忠臣，不得为孝子③，如何？"（2.58）

【译文】

桓温来到长江三峡，见山崖陡峭，悬天而下，波涛奔腾，迅猛汹急，不禁感慨地说："既然要做个忠臣，就不能成为孝子了，怎么才好呢？"

【注释】

❶桓公：桓温。桓温于永和二年（346）率军伐蜀，经三峡。峡：长江三峡。

❷绝壁天悬：陡峭的山崖，悬天而下。腾波：奔腾的波涛。

❸"既为忠臣"二句：忠于君国，孝于父母，谓之忠孝两全。《汉书·王尊传》："先是，琅邪王阳为益州刺史，行部至邛郲九折阪，叹曰：'奉先人遗体，奈何数乘此险！'后以病去。及尊（王尊）为刺史，至其阪，问吏曰：'此非王阳所畏道邪？'吏对曰：'是。'尊叱其驭曰：'驱之！王阳为孝子，王尊为忠臣。'"意谓历此险境，难得保全生命，为执行王命而死所以成为忠臣，但不能使"先人遗体"无毁，故曰"不得为孝子"。

【原文】

简文入华林园①，顾谓左右曰②："会心处不必在远③，翳然林水，便

【译文】

简文帝走进华林园，环顾四周对近侍们说："领略佳景不必到远处，置身于郁郁葱葱的林木与水流的怀抱中，就自然使人享受到庄

自有濠、濮间想也④，不觉鸟兽禽鱼，自来亲人⑤。"（2.61）

子至濠梁、濮上那样的快乐，不由让人感到那些飞鸟走兽、家禽游鱼，主动地来和人相亲近。"

注释

❶简文：晋简文帝司马昱。华林园：六朝时宫苑名，三国吴建，故址在今南京鸡鸣山南古台城内。南宋时尚有残存的遗迹。

❷顾：看。左右：近臣，近侍。

❸会心处不必在远：谓到处可领略林泉佳致，不必远地寻求。会心，领略，领会。

❹翳然：树木枝叶遮蔽貌。濠：水名。在今安徽凤阳东北。濮：水名。相传庄子与惠施游于濠梁之上，见鱼游从容而知鱼乐；又庄子钓于濮水，拒绝楚王之聘（见《庄子·秋水》）。后因以"濠濮"指高人寄身闲居之所。

❺不觉：不自觉地感到。一本无"不"字。自来亲人：主动地来和人相亲近。

【原文】

王长史与刘真长别后相见①，王谓刘曰："卿更长进②。"答曰："此若天之自高耳③。"（2.66）

【译文】

王长史和刘真长别离后又相见了，王长史对刘真长说："你更加提高了。"刘真长回答说："这就像天一样，本来就是高的嘛！"

注释

❶王长史：王濛，字仲祖。东晋太原晋阳（今山西太原西南）人。放诞不

羁，长于清谈。官至司徒左长史。刘真长：刘惔，字真长。东晋沛国相（今安徽濉溪西北）人。崇尚自然，喜好老庄，长于清谈，与王濛齐名，仕至丹阳尹。

❷长进：提高，进步。

❸天之自高：语出《庄子·田子方》："老聃曰：'不然。夫水之于汋也，无为而才自然矣；至人之于德也，不修而物不能离焉。若天之自高，地之自厚，日月之自明，夫何修焉！'"刘惔强调自己的才华本自天生，以此标榜自己修养已达到最高境界。

【原文】

王右军与谢太傅共登冶城❶。谢悠然远想，有高世之志❷。王谓谢曰："夏禹勤王，手足胼胝❸；文王旰食，日不暇给❹。今四郊多垒❺，宜人人自效。而虚谈废务，浮文妨要❻，恐非当今所宜。"谢答曰："秦任商鞅，二世而亡❼，岂清言致患邪❽？"（2.70）

【译文】

王右军和谢太傅一块登上冶城。谢太傅悠闲自在地出神遐想，颇有超脱世俗的志趣。王右军对谢太傅说："夏禹勤于王事，手脚都生满了老茧；周文王整天忙碌，一点空闲也没有，吃饭常拖到很晚。现今国家正处于战乱之中，每个人都应当为国家效力。但空谈虚理，荒废政务，讲究浮文，妨碍国事，恐怕不是今天所应当做的吧？"谢太傅回答说："秦任用商鞅实行严刑峻法，只传了两代就灭亡了，难道也是清谈所造成的祸害吗？"

注 释

❶王右军：王羲之，字逸少。东晋琅邪临沂（今属山东）人。著名书法家，官至右军将军、会稽内史。因与王述不和辞官，定居会稽山阴（今浙江绍兴）。谢太傅：谢安。冶城：古城名。故址在今江苏南京朝天宫一带。

❷悠然：悠闲自在貌。高世：超脱世俗。

❸勤王：尽力于王事，辛勤地处理国事。胼胝：茧子，老茧。

❹文王：周文王。旰食：晚食，指事忙不能按时吃饭。日不暇给：工作繁忙，时间不够用。

❺四郊多垒：国家战乱不安，四郊多军用壁垒，谓敌军充斥于四方。

❻虚谈：空谈。废务：荒废了国家事务。浮文：虚浮的文辞。要：要事，指国家大事。

❼商鞅：公孙氏，名鞅，战国时卫国人，亦称卫鞅。入秦辅孝公实行变法，封于商，号商君，因称商鞅。孝公死后被诬，车裂而死。二世：二代。秦由始皇传至二世胡亥而亡。谢安把秦亡之责归于商鞅，不符合历史事实。

❽清言：亦称"清谈"或"玄言"。魏晋时期崇尚虚无、空谈名理的一种风气。多用老庄思想解释儒家经义，摈弃世务，专谈玄理。

【原文】

谢太傅寒雪日内集，与儿女讲论文义①。俄而雪骤②，公欣然曰："白雪纷纷何所似？"兄子胡儿曰："撒盐空中差可拟。"③兄女曰："未若柳絮因风起。"④公大笑乐。即公大兄无奕女⑤，左将军王凝之妻也⑥。（2.71）

【译文】

在一个寒冷的雪天，谢太傅把家里人召集起来，同孩儿们谈论文章义理。不一会儿，雪下得又急又大，谢安兴致勃勃地说："这纷纷扬扬的雪花像什么？"侄儿谢朗回答说："和高空中撒盐差不多。"侄女谢道韫说："不如说柳絮随风飘舞更贴切。"谢安听了，快乐地大笑起来。道韫是谢安的大哥谢奕的女儿，左将军王凝之的妻子。

注释

❶谢太傅：谢安。内集：家里人聚集在一起，家庭聚会。文义：文章义理。

❷俄而：一会儿，表示时间短暂。骤：急速。

❸胡儿：谢朗，字长度，小字胡儿，官至东阳太守。是谢安次兄谢据的长子。撒盐：盐和雪都是白色，故以之为喻。差：尚，略。拟：比拟，比喻。

❹兄女：谢安长兄谢奕之女，名道韫。聪慧有才辩，能诗，原有集，已失传，作品留存很少。后因谢道韫之句而以"咏絮""咏絮才"称赞女子的文才。

❺大兄：长兄。无奕：谢奕，字无奕。历任晋陵太守、安西将军、豫州刺史等。

❻王凝之：字叔平，王羲之次子。历任江州刺史、左将军、会稽内史等。痴迷五斗米道，被孙恩起义军杀害。

【原文】

刘尹云①："清风朗月，辄思玄度②。"（2.73）

【译文】

刘惔说："看到那清风明月，就让人联想起许玄度来。"

注释

❶刘尹：刘惔。

❷朗月：明月。玄度：许询，字玄度。东晋高阳（今属河北）人，其五言诗有名于时，被征为司徒掾，不就。时人称其有高尚之志、迈世之风，故以"清风朗月"比之。后因用"清风朗月""清风明月"比喻雅人高士。

【原文】

支公好鹤①，住剡东岇山②。有人遗其双鹤③，少时翅长欲飞，支意惜之，乃铩其翮④。鹤轩翥不复能

【译文】

支遁对鹤非常喜爱，住在剡县东边的岇山上。有人赠送给他一对鹤，不久，这两只鹤翅膀长硬了想飞走，支遁很珍惜它们，就剪短了它们的翅膀。鹤扑展着双翅不能再

飞⑤，乃反顾翅垂头。视之，如有懊丧意。林曰："既有凌霄之姿，何肯为人作耳目近玩⑥？"养令翮成，置使飞去。(2.76)

飞，掉转过头来看看被剪短了的翅膀，又低下头去。支遁看着它们，感到它们心中好像有点懊丧的意思。于是说："既然有直上云天的丰姿，怎肯为人作观赏玩乐之物？"于是养到它们翅膀硬了，放它们飞走了。

注 释

❶支公：支遁，字道林，以字行（亦称林公）。本姓关，东晋陈留（今河南开封东北）人。年二十余出家，与谢安、王羲之等交游，好谈玄理。

❷剡：古县名。治所在今浙江嵊州。岇（àng）山：山名。在今浙江嵊州东。

❸遗：赠送，赠给。

❹铩：摧残，伤害。翮：翅膀。

❺轩翥：飞举貌。

❻凌霄：直上云霄，比喻志趣高迈或意气昂扬。耳目近玩：视听玩乐之物。

【原文】

晋武帝每饷山涛恒少①。谢太傅以问子弟②，车骑答曰③："当由欲者不多，而使与者忘少。"(2.78)

【译文】

晋武帝每次赏赐山涛的东西总是不多。谢安就这件事问子侄们，侄儿谢玄回答说："应当理解为被赏赐的人欲求不多，因而使得赏赐者不觉得东西太少。"

注 释

❶晋武帝：司马炎。饷：赠送，赏给。山涛：字巨源。西晋河内怀县（今河南武陟西南）人。为"竹林七贤"之一。好老庄学说。晋初，任吏部尚书、尚

书右仆射等职。选用官吏，都亲作评论，时号"山公启事"。

❷谢太傅：谢安。子弟：犹言"子侄"。

❸车骑：谢玄，字幼度。谢安之侄，谢奕之子。东晋名将，在淝水之战中立了大功。历任兖州刺史、广陵相、会稽内史等。死后赠车骑将军。

【原文】

谢胡儿语庾道季①："诸人暮当就卿谈，可坚城垒②。"庾曰："若文度来，我以偏师待之③；康伯来，济河焚舟④。"（2.79）

【译文】

谢胡儿对庾道季说："众谈客今晚要找您来谈论，应当把城垒修得坚固一些。"庾道季说："如果王文度来，我不用主力就可以对付他；如果韩康伯来，我就要渡河焚舟般地拼全力死战了。"

注释

❶谢胡儿：谢朗。庾道季：庾龢，字道季。东晋颍川鄢陵（今河南鄢陵西北）人，庾亮之子，以文谈著称于时，仕至丹阳尹，兼中领军。

❷暮：傍晚。一本作"莫"。就：趋，来。坚城垒：使城垒坚固，谓做好应战防御准备。

❸文度：王坦之，字文度。东晋太原晋阳（今山西太原西南）人。历任侍中、中书令、北中郎将等。偏师：全军的一部分，以别于主力。

❹康伯：韩伯，字康伯。东晋颍川长社（今河南长葛）人，著名谈客。历任豫章太守、吏部尚书等。济河焚舟：渡河而焚其舟，表示决心死战，有进无退。

【原文】

李弘度常叹不被

【译文】

李弘度经常慨叹自己不被人赏识。殷浩

遇①。殷扬州知其家贫②，问："君能屈志百里不③？"李答曰："《北门》之叹，久已上闻④；穷猿奔林，岂暇择木⑤？"遂授剡县⑥。(2.80)

了解他家庭贫困，就问他："您能屈就自己去做一个百里小县的县令吗？"李充回答说："我发出的像那《北门》诗所写的叹息之声，您久已听到了吧；被逼得走投无路的猿猴奔向森林里，哪儿还有闲暇去挑选树木的好坏呢？"于是，殷浩就任命他做了剡县令。

注释

❶李弘度：李充，字弘度。东晋江夏郾县（今河南罗山西）人。初任王导丞相掾，转记室参军，以贫困求为剡县令，迁大著作郎、中书侍郎。不被遇：不被人赏识。遇，赏识。

❷殷扬州：殷浩，字渊源。东晋陈郡长平（今河南西华东北）人。有识度，善清谈。历任司徒左长史、扬州刺史等。

❸百里：古时一县辖地约百里，因以百里为县之代称。不：通"否"。

❹《北门》：《诗经·邶风》篇名。上：尊称对方。

❺"穷猿"二句：比喻人的处境困厄，无暇选择栖身处所的好坏。

❻授：授职，任命。

【原文】

顾长康从会稽还①，人问山川之美，顾云："千岩竞秀，万壑争流②，草木蒙笼其上，若云兴霞蔚③。"(2.88)

【译文】

顾恺之从会稽回来，有人问他会稽山水怎样，他回答说："千座山崖竞秀比奇，万条溪河争流赛急，树木花草覆映遮蔽，像那云霭升腾、彩霞聚集。"

注释

❶顾长康：顾恺之，字长康，小字虎头。东晋晋陵无锡（今属江苏）人。曾为桓温及殷仲堪参军，后任通直散骑常侍。多才艺，工诗赋书画，为著名画家。会稽：郡名。还：指回到京都建康（今江苏南京）。

❷"千岩"二句：形容山中风景秀丽，千山万壑充满生机。岩，山崖。壑，深沟。

❸蒙笼：枝叶遮覆。云兴霞蔚：云霭升腾，彩霞聚集。形容绚烂美丽的景象。可见晋人对山水景物情有独钟，为后来山水诗孕育和产生准备了某些条件。

【原文】

孝武将讲《孝经》①，谢公兄弟与诸人私庭讲习②。车武子难苦问谢③，谓袁羊曰④："不问则德音有遗，多问则重劳二谢⑤。"袁曰："必无此嫌⑥。"车曰："何以知尔⑦？"袁曰："何尝见明镜疲于屡照，清流惮于惠风⑧？"（2.90）

【译文】

孝武帝将要给大臣们讲解《孝经》，谢安兄弟便在自己家里和一些人相互讨论学习。车武子有了疑问，但又为向谢安兄弟提问而感到为难，他对袁羊说："不问吧，善言妙义恐有遗漏；问得多了，又怕烦劳谢氏兄弟。"袁羊说："他们一定不会有这种抱怨。"车武子说："您怎么知道呢？"袁羊说："哪里见过明亮的镜子会因人们常照而疲倦，清澈的流水会因和风的吹拂而劳累？"

注释

❶孝武：东晋孝武帝司马曜，字昌明。简文帝第三子。《孝经》：儒家经典之一。论述封建孝道，宣扬宗法思想，一般认为是孔门后学所作。

❷谢公：谢安。私庭：自己家里。

❸车武子：车胤，字武子。东晋南平（今湖北公安西南）人。勤苦好学，相传曾囊萤读书。历任护军将军、丹阳尹、吏部尚书等。难苦问谢：以向谢氏兄弟提出疑问为难。

❹袁羊：袁乔，字彦升，小字羊。东晋陈郡阳夏（今河南太康）人。历任尚书郎、广陵相等，随从桓温平蜀，封湘西伯。追赠益州刺史。按：袁羊当为"袁虎（袁宏）"之误。此时袁乔已死。《晋书·车胤传》记此事即作"袁宏"。

❺德音：指谢氏兄弟讲解《孝经》中的善言妙义。遗：遗落，漏掉。二谢：指谢安、谢石（谢安弟，字石奴）。

❻嫌：厌恶，不满。

❼尔：这样。

❽"明镜"二句：谓明镜屡照仍明，清流风拂仍清，比喻人的智力多用也无妨，因而多问不致重劳二谢。惮：劳。

【原文】

王子敬云①："从山阴道上行，山川自相映发，使人应接不暇②。若秋冬之际，尤难为怀③。"（2.91）

【译文】

王子敬说："在山阴的道路上行走，山水的景色相互映衬，使人觉得美不胜收，目不暇接。如果是秋末冬初的时节，那美好的景色就更加使人怀念了。"

注 释

❶王子敬：王献之，字子敬，王羲之的儿子，著名书法家，历任秘书郎、中书令等。

❷山阴：旧县名。因在会稽山之阴（北）得名，治所在今浙江绍兴。应接不暇：指胜景太多，目不暇接，美不胜收。后常用"山阴道上行"比喻景物十分优美。也常用"应接不暇"形容美景很多，来不及观赏。后多形容人事纷繁，应付不过来。

③秋冬之际：秋末冬初之时。尤难为怀：更加使人想念，更加使人难以忘怀。

【原文】

毛伯成既负其才气①，常称："宁为兰摧玉折②，不作萧敷艾荣③。"（2.96）

【译文】

毛伯成以才气自负，常常声称："宁可像兰、玉一样被摧残折毁，也不愿像萧、艾一样繁茂昌盛。"

注释

❶毛伯成：毛玄，字伯成。东晋颍川（今河南许昌）人。仕至征西行军参军。负：倚恃，倚仗。才气：才能气魄。

❷兰摧玉折：意谓宁可像兰草、美玉一样被摧残。后因以比喻有节操、才能的人死亡。

❸萧敷艾荣：比喻委曲求全而飞黄腾达。萧、艾，古人以为恶草，喻品质低劣的小人。敷、荣，指花叶繁盛。

【原文】

司马太傅斋中夜坐①，于时天月明净，都无纤翳②。太傅叹以为佳。谢景重在坐③，答曰："意谓乃不如微云点缀④。"傅因戏谢曰⑤："卿居心不净，乃复强欲滓秽太清邪⑥？"（2.98）

【译文】

太傅司马道子在静室中夜坐，这时月明天净，万里无云。司马道子赞叹不止，认为这景致真是太美好了。谢景重当时在座，插话说："我认为还不如有点云彩，略加衬饰好。"司马道子于是取笑他说："你心中不洁净，还执拗地想再来玷污太空吗？"

注释

❶司马太傅：司马道子，晋简文帝之子，封会稽王，领徐州、扬州刺史，后专擅朝政，被桓玄杀害。斋：静室。

❷于时：当时，这时。都：全部。纤翳：稍微的遮蔽。

❸谢景重：谢重，字景重。东晋陈郡阳夏（今河南太康）人。曾任司马道子骠骑长史。坐：通"座"。

❹点缀：略加衬饰。

❺戏：调笑，逗趣。

❻居心：存心。玷秽：玷污。太清：太空，天空。玷秽太清，即使清明的天空受到污染。后用以比喻玷污清白。谢景重的看法，暗合艺术美学原则；司马道子的批评虽为调笑，亦有以权势压人之感。

【原文】

桓玄既篡位①，后御床微陷，群臣失色②。侍中殷仲文进曰③："当由圣德渊重④，厚地所以不能载。"时人善之⑤。（2.106）

【译文】

桓玄已篡位，后来坐榻微有下陷，群臣吃惊得变了脸色。侍中殷仲文走上前说："这是由于圣上的德行太厚重了，所以这样坚厚的大地也不能载起。"当时的人们认为这话说得好。

注释

❶桓玄：字敬道，一名灵宝。东晋谯国龙亢（今安徽怀远西北）人。桓温之子。袭爵南郡公，曾任义兴太守。与王恭、殷仲堪起兵，反对专擅朝政的司马道子父子，进而控制了长江中上游地区，与朝廷相对抗。元兴元年（402）举兵东下，攻入建康，掌握朝政。次年底，代晋自立，国号楚。不久兵败被杀。

❷御床：皇帝的坐榻。失色：由于吃惊而改变了脸色。

❸侍中：官名，侍从皇帝左右。初仅处理杂事，由于接近皇帝，地位渐显贵重。殷仲文：东晋陈郡长平（今河南西华东北）人。曾任尚书、东阳太守等。桓玄反叛，仲文前往投奔，甚被宠遇，后以谋反罪名被诛。

❹圣德：称颂帝王之德行。渊重：深重，沉重。

❺时人善之：当时人们认为殷仲文的话说得好，实际殷仲文助纣为虐，献媚取宠，为人不齿。

政事第三

> 政事，指行政事务，也指有行政管理才能者。晋代士族阶层为了巩固自己的政权，必然要维护法制，严格执法，强化国家机构的管理，这就要重视政事和官吏的政绩。中国古代多数王朝主张施行"猛政"，使人不敢犯法，对行为危及忠孝和人伦关系者，主张严惩，决不饶恕。政事为"孔门四科"之一。本门共26篇，此处选译11篇。

【原文】

陈元方年十一时①，候袁公②。袁公问曰："贤家君在太丘，远近称之，何所履行③？"元方曰："老父在太丘，强者绥之以德，弱者抚之以仁，恣其所安，久而益敬④。"袁公曰："孤往者尝为邺令，正行此事。不知卿家君法孤，孤法卿父⑤？"元方曰："周公、孔子异世而出，周旋动静⑥，万里如一。周公不师孔子，孔子亦不师周公。"（3.3）

【译文】

陈元方十一岁时，前往探望袁公。袁公问他："尊父大人在太丘时，远近各地的人都称誉他，他做了些什么？"元方回答："老父在太丘，用道德来安抚富强者，用仁爱来恤慰贫弱者，听任他们安居乐业，久而久之，他们对父亲就产生了特别崇敬之心。"袁公说："我以前曾做过邺县令，也正是这样做的。不知道是尊父跟着我学的，还是我跟着尊父学的？"元方说："周公、孔子不处在同一时代，交际、行止隔那么久远，却像同一个人。周公没有师法孔子，孔子也没有师法周公。"

注释

❶陈元方：陈纪。年十一时：元方十一岁时，其父陈寔尚未为太丘长，"此必魏晋间好事者之所为，以资谈助，非实事也"（余嘉锡语）。

❷候：探望，问候。袁公：已无考。刘孝标注曰："检众《汉书》，袁氏诸公，未知谁为邺令，故阙其文以待通识者。"

❸贤家君：尊称对方之父。陈纪之父是陈寔。陈寔曾为太丘长。称：称誉，称扬。履行：实行，实施，作为。

❹绥：安抚。抚：体恤，抚慰。恣：放纵，听任。

❺孤：古代王侯自谦称呼。邺：古县名。在今河北临漳西南。法：效法。

❻周公：姬姓，名旦，周武王之弟，因采邑在周（今陕西岐山北），故称周公，曾助武王灭商，扶助成王执政，是西周初年有名的政治家。周旋：古代行礼时进退揖让的动作。引申为应接、交际。动静：行止，行为。

【原文】

山司徒前后选①，殆周遍百官②，举无失才。凡所题目③，皆如其言。唯用陆亮，是诏所用④，与公意异⑤，争之不从。亮亦寻为贿败⑥。（3.7）

【译文】

山司徒前前后后选拔人才，几乎遍及所有官员，推举没有不合适的。凡经他所品评的人物，后来都证明像他说的那样。唯独任用陆亮，是皇帝下诏书任命的，和他意见不同，发生了争执也没听从他。不久，陆亮就因受贿而免官。

注释

❶山司徒：山涛。选：铨选，量才授官。

❷殆：几乎。周遍：遍及。百官：泛指所有官员。

❸题目：对被举荐者的品题、品评之语。

❹陆亮：字长兴。西晋河内野王（今河南沁阳）人。贾充亲信。诏：诏书，

皇帝颁发的命令文件。

❺意异：意见不同。

❻亦：乃。寻：不久。贿：贿赂，受贿。

【原文】

王安期为东海郡①，小吏盗池中鱼，纲纪推之②。王曰："文王之囿，与众共之③。池鱼复何足惜！"(3.9)

【译文】

王安期任东海太守时，府中有个小吏偷了水池中养的鱼，主簿要追究制裁他。王安期说："周文王的园林，与众人共有。池中几条鱼，又哪里值得这样珍惜！"

注 释

❶王安期：王承，字安期。晋太原晋阳（今山西太原西南）人。历任骠骑参军、司空从事中郎、东海太守等。清虚寡欲，为政宽容，不以苛察为事，为吏民怀念。东海：郡名。治所在郯（今山东郯城北）。

❷吏：吏役。纲纪：公府及州郡主簿。推：推问，推究。

❸文王之囿：囿是古代帝王养蓄鸟兽的园林和进行狩猎之处。据《孟子·梁惠王下》载，周文王之囿方七十里，与民共之，老百姓可以入内砍樵捕猎。

【原文】

王安期作东海郡，吏录一犯夜人来①。王问："何处来？"云："从师家受书还②，不觉日晚。"王曰："鞭挞宁越以立威名，

【译文】

王安期任东海太守时，有一次吏役逮捕了一个触犯夜行禁令的人。王安期问他："你从哪里来？"那人回答："我在老师家里读完书回家，不觉天晚了。"王安期说："鞭打像宁越一样的读书人，用来树立自己的声

恐非致理之本③。"使吏送令归家。(3.10)

威，恐怕不是使政治清明的根本办法。"于是就派吏役把他送回了家。

注释

❶录：逮捕。犯夜：触犯夜行的禁令。

❷受书：从师读书。

❸鞭挞：用鞭子抽打。宁越：战国时中牟（今河南鹤壁西）人。出身贫寒，年轻时发愤苦读，"人将休，吾将不敢休；人将卧，吾将不敢卧"，后成为周威王之师。致理：指"致治"（唐人避高宗讳改"治"作"理"），治下秩序安定。本：根本。

【原文】

陆太尉诣王丞相咨事①，过后辄翻异②。王公怪其如此③。后以问陆，陆曰："公长民短④，临时不知所言，既后觉其不可耳⑤。"(3.13)

【译文】

陆太尉拜访王丞相商议事情，事过之后往往变卦。王丞相对他的做法感到奇怪。后来就询问陆太尉，他回答说："您见识长，我见识短，当时不知说什么好，过后又觉得不可以罢了。"

注释

❶陆太尉：陆玩，字士瑶。东晋吴郡吴（今江苏苏州）人。历任侍中、尚书左仆射、尚书令等，死后追赠太尉。王丞相：王导。咨：询问，咨询。

❷辄：表示多次重复。"总是""往往"的意思。翻异：改变说法，谓事后立异或意见不同。

❸怪：惊异，骇疑。

④公：对人的尊称。此尊称王丞相。民：百姓对地方长官的自称，虽显达者亦不例外。长、短：指见识长短。

⑤临时：当时。既后：过后。

【原文】

　　丞相末年①，略不复省事②，正封箓诺之③。自叹曰："人言我愦愦④，后人当思此愦愦⑤。"（3.15）

【译文】

　　王导晚年，几乎不再处理政务，只在封好的簿籍文书上签字画诺。他自己叹息说："人们都说我糊涂，后代人当会思念这种糊涂的。"

注　释

❶丞相：王导。刘孝标注引徐广《历纪》曰："导阿衡三世，经纶夷险，政务宽恕，事从简易，故垂遗爱之誉也。"末年：晚年。

❷略：大体，大概。省事：指办事，办公。

❸正：仅，只。封箓：封，即封事，一种密封的奏章；箓，指文书。诺之：指在文书上签字画押，批示许可。

❹愦愦：糊涂。

❺后人当思此愦愦：此写王导的自叹，说明他自知就是靠宽恕与糊涂，为东晋赢得了几十年的稳定，可见他并不糊涂，这实际上是无为而治的思想。后人曰"难得糊涂"。

【原文】

　　陶公性检厉①，勤于事。作荆州时，敕船官悉

【译文】

　　陶侃性情方正而严厉，总是勤勤恳恳地工作。他任荆州刺史时，命令监造船只

录锯木屑，不限多少。咸不解此意②。后正会，值积雪始晴，听事前除雪后犹湿③，于是悉用木屑覆之，都无所妨。官用竹，皆令录厚头④，积之如山。后桓宣武伐蜀，装船，悉以作钉⑤。又云⑥，尝发所在竹篙，有一官长连根取之，仍当足，乃超两阶用之⑦。(3.16)

注释

① 陶公：陶侃。检厉：方正而严厉。

② 敕：自上命下之词。录：收藏。咸：都，全。

③ 正会：指元旦集会。听事：大堂，官府治事之所。前除：台阶前面。除，台阶。

④ 厚头：指竹子的根节，根节粗故曰"厚"。

⑤ 桓宣武：桓温。伐蜀：西晋时，李雄据蜀（今四川一带）称帝。后东晋桓温任征西大将军，于347年灭蜀。钉：竹钉。以上事即"竹头木屑"成语的来源，后以之比喻可以利用的废置之材。

⑥ 又云：指又传说。

⑦ 发：征调。竹篙：撑船用的竹竿，通常在下端包铁制的篙头，支撑河底，使船前进。仍当足：用竹根代替竹篙铁足。仍，用。超两阶：超越两级。阶，官级。

【原文】

王、刘与林公共看何骠骑①，骠骑看文书，不顾之。王谓何曰："我今故与林公来相看，望卿摆拨常务，应对玄言②，那得方低头看此邪？"何曰："我不看此，卿等何以得存③？"诸人以为佳。（3.18）

【译文】

王濛、刘惔和支遁和尚一块去看望骠骑将军何充，何充埋头看阅公文，没有搭理他们。王濛对何充说："今天我特地和林公来看望您，希望您能摆脱日常事务，和我们来谈论玄学，哪能光低着头看这玩意儿呢？"何充说："如果我不看这些东西，你们这些人怎能得以存活呢？"大家都认为他的话说得好。

注 释

❶王：王濛。刘：刘惔。林公：支遁。何骠骑：何充，字次道。东晋庐江灊县（今安徽霍山东北）人。有风韵文才，刚直不阿。历任会稽内史、中书令、骠骑将军、徐州刺史等。

❷故：特地。摆拨：摆脱，丢开。玄言：亦作"玄谈""清谈"。

❸"我不看此"二句：意谓我不管这些国家大事，你们能这样平安吗？当时东晋偏安江左，常受北方侵扰，故有是说。

【原文】

殷浩始作扬州①，刘尹行，日小欲晚，便使左右取幞②。人问其故，答曰："刺史严，不敢夜行③。"（3.22）

【译文】

殷浩刚当上扬州刺史时，刘惔出行，天稍晚，就叫仆从取出行李要走。有人问他为什么这样，他说："殷刺史法令威严，不敢在夜间行走。"

注释

❶始作：初任。

❷刘尹：刘惔。小：稍微。左右：近侍，随从。襆（fú）：包袱，行李。

❸不敢夜行：谓怕触犯夜行的禁令。

【原文】

王大为吏部郎，尝作选草①，临当奏，王僧弥来，聊出示之②。僧弥得，便以己意改易所选者近半③。王大甚以为佳，更写即奏④。(3.24)

【译文】

王忱任吏部郎，曾写了选拔官吏的初稿，正要上奏皇帝，王僧弥前来，王忱就把初稿随便给他一看。王僧弥拿到初稿，就根据自己的意见改换了其中将近一半的人选。王忱认为改得非常好，就重新写定后上奏朝廷。

注释

❶王大：王忱。吏部郎：官名。主管选举。魏晋时特重吏部郎人选，职位高于诸曹郎。选草：选拔官吏的初稿。

❷王僧弥：王珉，字季琰，小字僧弥。王导之孙。历任散骑侍郎、国子博士、侍中等，代王献之为中书令（二人齐名，世因谓献之为"大令"，王珉为"小令"）。聊：姑且，略微。

❸改易：改换，改变。

❹更写：改写，重写。

【原文】

殷仲堪当之荆州①,王东亭问曰②:"德以居全为称,仁以不害物为名③。方今宰牧华夏,处杀戮之职,与本操将不乖乎④?"殷答曰:"皋陶造刑辟之制,不为不贤⑤;孔丘居司寇之任,未为不仁⑥。"(3.26)

【译文】

当殷仲堪要去荆州任刺史时,东亭侯王珣问他说:"具有完美的品格称为有德行,不伤害人就称有仁爱之心。现今你去治理荆州,处在掌握生杀大权的职位上,你不觉得这是背离了向来的节操吗?"殷仲堪回答道:"皋陶创建了刑法制度,不是不贤德;孔子处在司寇的职位上,也不算不仁爱。"

注释

❶ 当:值,在……时。之荆州:指去任荆州刺史。

❷ 王东亭:王珣,字元琳,王导之孙。历任侍中、征虏将军、尚书令等。

❸ 称:赞扬,称许。害物:害人。名:指有声名,名誉好。

❹ 方今:当今,现在。宰牧:管理,统治。华夏:汉族先民或中国(中原)的古称。戮:杀害。本操:本来的操行,一贯的节操。乖:违背。

❺ 皋陶:传说中的贤人,曾被舜任为掌管刑法的官。刑辟:刑法。

❻ "孔丘居司寇之任"二句:孔子五十余岁时,由鲁国中都宰升任司寇,曾诛杀被认为乱政的大夫少正卯。司寇:官名。掌管刑狱、纠察等事。

文学第四

文学，指辞章修养，还包括对经典及文献资料的研究等内容。本门所载有很多关于清谈的活动，编纂者以之为文学活动而记述下来。魏晋时代，清谈的名士们不但高谈老庄，而且一些人还留心佛教经义，跟佛教徒关系密切，这已经形成一种文学风气。他们经常聚会，清谈名理，对文章、书籍的评论更为常见。另外还有探讨一些问题的问答，也因受到编纂者的赏识而被收录。文学为"孔门四科"之一。本门共104篇，此处选译46篇。

【原文】

郑玄在马融门下①，三年不得相见，高足弟子传授而已②。尝算浑天不合，诸弟子莫能解③。或言玄能者，融召令算，一转便决，众咸骇服④。及玄业成辞归，既而融有"礼乐皆东"之叹⑤。恐玄擅名而心忌焉⑥。玄亦疑有追，乃坐桥下，在水上据屐⑦。融果转式逐之⑧，告左右曰："玄在土下水上而据木，此必

【译文】

郑玄在马融家里学习，三年没能见到老师，高才学生间接传授给他罢了。马融曾经计算日月星辰的运行与天体不合，众学生也都不会算。有人说，郑玄能算，马融就召唤郑玄前来，让他计算，郑玄拨动栻盘一算就成功了，众人无不惊服。到了郑玄学业完成告辞回家，接着马融发出了"礼乐都随着郑生传播到东方去了"的感叹。马融恐怕郑玄独擅声名而心里忌妒。郑玄也疑心有人会追赶他，就躲在土桥下面，抓着木屐浮在水面上。马融果然转动栻盘，用占卜的方法来推算郑玄的踪迹，一看占卜结果，就对随从们说："郑玄在土下面，水上面，靠在木头之

死矣⑨。"遂罢追，玄竟以得免⑩。（4.1）

上，这必定会死的啊！"于是就不再追赶，郑玄终于因此走脱而免于被害。

注释

❶郑玄：字康成。东汉北海高密（今属山东）人。曾从马融学古文经。游学归里，聚众讲学。因党锢事被禁，潜心著述，遍注群经，成为汉代经学之集大成者，世称"郑学"。马融：字季长。东汉右扶风茂陵（今陕西兴平东北）人。遍注群经及《老子》《淮南子》。聚众讲学，生徒常有千余人。曾任校书郎、议郎、南郡太守等职。门下：门庭之下。指权贵者或老师的家。

❷高足弟子：才能优异的学生。后因以"高足"美称他人弟子。

❸浑天：古代解释天体的一种学说。认为天地的关系好像鸟卵壳包着卵黄那样，天的形体浑圆如弹丸，因称"浑天"。此指计算日月星辰运行的一种古天文算法。

❹转：转动，指拨转栻盘来计算。咸：都，皆。骇服：吃惊而佩服。

❺礼乐皆东：意谓礼乐方面的知识都随着郑玄的东归而传播到了东方。郑玄家高密在马融家茂陵之东，故有是说。

❻擅名：独揽声名。忌：妒忌。此言马融"恐玄擅名而心忌"及要加害于郑玄之事不可信。刘孝标注："马融海内大儒，被服仁义。郑玄名列门人，亲传其业，何猜忌而行鸩毒乎？委巷之言，贼夫人之子！"

❼据：凭靠。

❽转式：占卜。据栻盘所指方位以推寻郑氏的踪迹。转，旋转。式，通"栻"，卜具。

❾土下水上而据木：犹埋于地下棺木中人，故曰"此必死矣"。

❿竟：终于。

【原文】

郑玄欲注《春秋传》①，尚未成时，行与服子慎遇，宿客舍②。先未相识，服在外车上，与人说己注《传》意。玄听之良久③，多与己同，玄就车与语曰："吾久欲注，尚未了。听君向言④，多与吾同。今当尽以所注与君。"遂为服氏注⑤。(4.2)

【译文】

郑玄打算注释《春秋传》，还没完成时，有一次外出，和服子慎相遇，并同住在一家客舍里。早先二人并不认识，服子慎在外面车子上，和别人谈起注释《春秋传》的大意。郑玄听了好久，他谈的大部分和自己的意见一致，于是走到车边对他说："我很久以来就想作注，至今还未完成。听到您刚才的谈论，好多和我相同。现在，我就把我所有的注释都给您吧。"于是，服子慎就完成了《春秋传》的注释。

注释

❶《春秋传》：《春秋左氏传》，简称《左传》。相传为春秋时鲁国人左丘明所作。近人认为是战国初年人据各国史料编成，多用事实解释《春秋》。

❷服子慎：服虔，初名重，又名祇，字子慎。东汉荥阳（今属河南）人。曾任九江太守。撰有《春秋左氏传解谊》。东晋元帝时，服氏《左传》曾立博士，南北朝时北方盛行服《注》。后散佚，今有辑佚本。客舍：供旅客投宿的房舍。

❸良久：好久，许久。

❹向：刚才。

❺服氏注：服虔所撰《春秋左氏传解谊》。

【原文】

郑玄家奴婢皆读书①。尝使一婢不称旨，将挞之，方自

【译文】

郑玄家里的男女奴仆都读书。郑玄曾经使唤一女婢不称心，将要抽打她，

陈说②。玄怒，使人曳著泥中③。须臾④，复有一婢来，问曰："胡为乎泥中⑤？"答曰："薄言往诉，逢彼之怒⑥。"（4.3）

她仍在那里不停地诉说理由。郑玄发火了，就让人把她拖拉到泥水之中。不大一会儿，又有一女婢走来，问她说："为什么在泥水之中？"她回答道："向人家去倾诉，正逢人家在发怒。"

注 释

❶奴婢：丧失自由、无偿劳役的人。通常男称奴，女称婢。

❷称旨：称心，不合心意。挞：用鞭子或棍子打。方自：正自，正当。陈说：叙述，诉说。

❸曳：拖，拉。

❹须臾：片刻，一小会儿。

❺胡为乎：为什么。

❻"薄言"二句：语出《诗经·邶风》。薄、言，都是语助词。《诗经》中写女子诉说其不为丈夫所容的忧苦之情，这里借用为对主人的不满。

【原文】

服虔既善《春秋》①，将为注，欲参考同异。闻崔烈集门生讲传②，遂匿姓名，为烈门人赁作食③。每当至讲时，辄窃听户壁间。既知不能逾己，稍共诸生叙其短长④。烈闻，不测何人，然素闻虔名⑤，意疑之。明蚤

【译文】

服虔精通《春秋》，将要给它作注解，他打算参考各种和自己相同与不同的意见。听说崔烈召集学生讲释《春秋》，就隐姓埋名，受雇为崔烈的学生们做饭。每当到了崔烈讲解时，就躲在门外墙后偷听。已知崔烈不能超越自己，就略微和崔烈的学生们谈论起崔烈讲释的优缺点。崔烈听说后，猜想不出这人是谁，但是他早就听说过服虔的名声，心里怀疑这人就是

往,及未寤⑥,便呼:"子慎!子慎!"虔不觉惊应,遂相与友善⑦。(4.4)

服虔。第二天一早,他就来到服虔的住处,趁服虔还未睡醒,就喊道:"子慎!子慎!"服虔不由得惊醒而答应,于是,两人就友好地来往起来。

注 释

❶《春秋》:编年体春秋史。相传孔子依据鲁国史官所编鲁史加以整理修订而成。

❷崔烈:字威考。东汉涿郡安平(今属河北)人。官至司徒、太尉,后为乱兵杀害。门生:汉时称再传弟子,后亲身授业者亦称门生,此泛指学生。讲传:指讲释《春秋》。传,阐述经义的文字。

❸匿:隐藏。赁:被人雇用。

❹逾:超越,超过。稍:稍微,略微。短长:是非,优劣。

❺测:猜测,推想。素:向来,往常。

❻蚤:通"早"。寤:睡醒。

❼惊应:惊醒而答应。

【原文】

何平叔注《老子》始成①,诣王辅嗣②。见王注精奇③,乃神伏④,曰:"若斯人,可与论天人之际矣⑤!"因以所注为《道》《德》二论。(4.7)

【译文】

何平叔注解《老子》刚刚完成,前去拜访王辅嗣。看到王辅嗣对《老子》的注解精深奇妙,因而从心底里非常钦佩,说:"像王辅嗣这样的人,可以和他谈论天道和人事相互关系的高深理论了。"于是就把自己注解的《老子》称为《道》《德》二论。

注 释

❶何平叔：何晏，字平叔。三国魏南阳宛县（今河南南阳）人。何进之孙，曾随母为曹操收养。仕至侍中尚书。和夏侯玄、王弼等倡导玄学，竞相清谈，开一时风气。因附曹爽，为司马懿杀害。《老子》：亦称《道德经》《老子五千文》。道家的主要经典，相传春秋末老聃著，可能编定于战国中期。

❷诣：造访。王辅嗣：王弼，字辅嗣。三国魏山阳（今河南焦作）人。著名玄学家，少年即享高名。好谈儒道，辞才逸辩，开玄学清谈风气。曾任尚书郎。

❸精奇：精深奇妙。

❹神伏：从内心深处十分佩服，极言佩服程度之深。

❺斯人：此人，这样的人。天人之际：指天道和人事的相互关系。司马迁《报任安书》中有此语，后成为魏晋玄学的中心思想。天，指天道；人，指社会人事，包括政治措施。既是哲学学说，又是社会政治学说。

【原文】

裴成公作《崇有论》①，时人攻难之，莫能折。唯王夷甫来，如小屈②。时人即以王理难裴，理还复申③。(4.12)

【译文】

裴成公写了《崇有论》，当时的人们驳斥他，但不能把他驳倒。只有王夷甫前来和他辩论，他才像稍有屈服的样子。于是别人用王夷甫的道理驳斥他，他还能据己理而反复申辩。

注 释

❶裴成公：裴頠（wěi），字逸民。西晋河东闻喜（今属山西）人。博学多闻，兼明医术。以"言谈之林薮"见称于时。官至尚书左仆射。为赵王司马伦杀害。《崇有论》：针对王弼等唯心主义的"贵无论"而作，认为无不能生有，

"济有者皆有也，虚无奚益于已有之群生哉！"

❷王夷甫：王衍，字夷甫。西晋琅邪临沂（今山东临沂北）人。出身士族，喜谈老庄，所论义理，随时更改，时人称为"口中雌黄"。曾任中书令、尚书令、司徒、司空、太尉等要职，被石勒俘后杀害。

❸难：诘责，驳诘。申：申辩，表达。

【原文】

客问乐令"旨不至"者①，乐亦不复剖析文句，直以麈尾柄确几曰："至不?"②客曰："至"。乐因又举麈尾曰："若至者，那得去?"③于是客乃悟服④。乐辞约而旨达⑤，皆此类。(4.16)

【译文】

有位客人询问乐广关于"到与不到"的意旨，乐广也不再去解释文句，仅仅用麈尾敲击着桌面说："到了没有?"客人说："到了。"乐广接着又举起麈尾说："如果说到了，怎么又离开了?"因此，客人就明白了"到与不到"的意旨，而且心悦诚服。乐广言语简约而意旨表述得非常清楚，都是这一类事。

注释

❶乐令：乐广。旨不至：在不在、到不到的意旨。

❷剖析：解剖，分析。直：特，但。麈（zhǔ）尾：拂尘。魏晋时人清谈时常执的一种拂子，用麈（似鹿之兽）的尾毛制成。确：坚物相触，敲击。几：几案，搁置物件的小桌子。

❸"若至者"二句：乐广关于"旨不至"的回答，发挥了庄子相对主义的思想。以麈尾确几表示"至"，旋又将麈尾拿开否认"至"，这是表示"至"与"不至"都是相对的、不确定的，是以事物在变化中的不稳定性否认事物的确定性。当时的清谈家正是在这种玄虚的义理上求得精神上的超脱。

❹悟服：醒悟而佩服。

❺辞约而旨达：话语简约，但意旨表达得非常清晰。

【原文】

　　初，注《庄子》者数十家，莫能究其旨要①。向秀于旧注外为解义，妙析奇致，大畅玄风②，唯《秋水》《至乐》二篇未竟，而秀卒③。秀子幼，义遂零落，然犹有别本④。郭象者，为人薄行，有俊才⑤，见秀义不传于世，遂窃以为己注。乃自注《秋水》《至乐》二篇，又易《马蹄》一篇，其余众篇，或定点文句而已⑥。后秀义别本出，故今有向、郭二《庄》，其义一也。(4.17)

【译文】

　　起初，为《庄子》作注解的有几十家，但都没有探究出它的要旨。向秀在这些旧注之外，对其义理作了新的注解，剖析奥妙，表述奇美，极大地张扬了谈玄的风气，只剩下《秋水》《至乐》两篇没有注完，向秀就不幸去世了。向秀的儿子年幼，于是向注的内容就散佚了，但还有别的抄本存留在世上。郭象这个人，做人品行低下，但有过人的才智，看到向注的内容不传于世上，于是就偷窃过来当作自己的注释。自己仅注解了《秋水》《至乐》两篇，又改注了《马蹄》一篇，其余诸篇，有的不过只是作点文字修改罢了。后来向注别的抄本又传播开来，所以现在有向秀、郭象两家《庄子注》，它们的内容是相同的。

注释

❶《庄子》：亦称《南华经》，道家的经典，庄子及其后学所著。《汉书·艺文志》著录有五十二篇，但今本只有三十三篇。究：彻底推求。旨要：同"要旨"，即根本思想。

❷向秀：字子期。魏晋河内怀（今河南武陟西南）人。哲学家、文学家。"竹林七贤"之一。官至黄门侍郎、散骑常侍。玄风：谈玄的风气，指谈论道家

义理之言成风。

❸《秋水》《至乐》：皆《庄子》篇名。竟：完毕，结束。

❹义：文义，内容。零落：散佚，飘零。别本：正本以外的本子。

❺郭象：字子玄。西晋洛阳（今属河南）人。官至黄门侍郎、太傅主簿。好老庄，善清谈。把向秀《庄子注》述而广之，别为一书，阐述老庄思想。后向本佚失，仅郭注存。薄行：品行不好。俊才：过人的才智。

❻《马蹄》：《庄子》篇名。定点：亦作"点定"。文字作点修改而最后定稿。按：郭窃向注之事，此始发之，《晋书·郭象传》因之，而《晋书·向秀传》则称郭"又述而广之"。现多认为郭把向注"述而广之"而别为一书之说较可信。

【原文】

阮宣子有令闻①，太尉王夷甫见而问曰②："老庄与圣教同异③？"对曰："将无同④？"太尉善其言，辟之为掾⑤。世谓"三语掾⑥"。卫玠嘲之曰："一言可辟，何假于三？"⑦宣子曰："苟是天下人望，亦可无言而辟，复何假一⑧！"遂相与为友。(4.18)

【译文】

阮宣子有美名，太尉王夷甫见到他问："老子、庄子的学说与圣人的教导有什么相同和不同之处？"宣子回答说："莫非相同？"王太尉认为他回答得好，就召他做了属官。世人称他为"三语掾"。卫玠嘲笑他说："说一个字也可以被征召，何必还要依仗三个字？"宣子说："如果是天下极有声望的人，也可以一言不发就被征召，又何必依仗一个字呢！"于是二人相互结交为朋友。

注释

❶阮宣子：阮修，字宣子。西晋陈留尉氏（今属河南）人。好老庄，善清言，性简任。曾任鸿胪寺丞、太傅参军、太子洗马等。令闻：美好的名声。

❷太尉：官名。与司徒、司空并称"三公"。王夷甫：王衍。

❸老庄：指以老子和庄子为代表的道家学说。圣教：儒家称禹、汤、文、武、周公、孔子等的教导为圣教，此主要指以孔子为代表的儒家思想。

❹将无同：犹言"莫不是相同"。"将无"表示测度的语气，犹"莫非""莫不"。

❺辟：征召。掾：属官。

❻三语掾：因说了三个字就当上了掾官。后来诗文中便把"三语掾"当作对幕府官的赞美之词。

❼假：凭借，借用。

❽苟：如果，假如。人望：众人所崇拜的人，声望很高的人。

【原文】

殷中军为庾公长史①，下都，王丞相为之集②，桓公、王长史、王蓝田、谢镇西并在③。丞相自起解帐带麈尾④，语殷曰："身今日当与君共谈析理⑤。"既共清言，遂达三更⑥。丞相与殷共相往反，其余诸贤略无所关⑦。既彼我相尽⑧，丞相乃叹曰："向来语乃竟未知理源所归，至于辞喻不相负⑨。正始之音，正当尔耳⑩。"明旦⑪，桓宣武语人曰："昨夜听殷、王清言甚佳，仁祖亦不寂寞，我亦时复造心⑫，

【译文】

殷浩做庾亮的长史，来到京都，丞相王导为他举行集会，桓温、王濛、王述、谢尚都在其中。王丞相亲自起身解下帐帷带上拴挂的拂尘来，对殷浩说："我今天要和您一块谈论、剖析义理。"于是就共同清谈起来，直到半夜。王导和殷浩反复辩难，其余诸位名贤毫无牵涉。双方把自己的义理讲完了以后，王导于是感慨地说："刚才的谈论竟然分不清义理的本源在谁一方，以至于单在言辞解说上互不认输。正始年间的清谈，当亦不过是这个样子吧！"第二天一早，桓温对别人说："昨夜听殷中军、王丞相清谈得非常佳妙，仁祖也不感到冷清，我也时常听到心里去，再看看王

顾看两王掾,辄翣如生母狗馨⑬。"(4.22) | 濛、王述两位掾属,眨着眼像两只初来未驯的母狗一样。"

注 释

❶殷中军:殷浩。庾公:庾亮。长史:官名。三公府设长史,职任颇重,号为"三公辅佐"。刘孝标注:"按《庾亮僚属名》及《中兴书》,浩为亮司马,非为长史也。"

❷下都:来到京都。王丞相:王导。集:集会,聚会。

❸桓公:桓温,即下言之"桓宣武"。王长史:王濛。王蓝田:王述。谢镇西:谢尚,下言"仁祖"是其字。

❹解帐带麈尾:麈尾悬于帐带,故自起解之。

❺身:自称。

❻清言:亦作"清谈""玄言"。三更:古时分一夜为五更,三更为半夜子时,即夜间十一时至一时。

❼相往反:谓反复辩难。略:稍微,略微。

❽彼我相尽:谓双方把要讲的义理说完了。彼我,指论辩的双方。

❾向来:刚才。理源所归:指义理的本源在谁一方。辞喻:言辞解说。相负:认输。

❿正始之音:魏晋之际,时人崇尚玄学清谈,后人称当时的风尚言论为正始之音。正始,三国魏齐王曹芳年号。尔:这样。

⓫明旦:次日早晨。

⓬寂寞:孤单冷清。时复:时常,经常。造心:入心,会心。

⓭王掾:指王濛、王述。二人都曾被王导召为掾属。翣(shà):用同"眨",眨眼。馨:作语助,犹"般""样"。

【原文】

殷中军见佛经①，云："理亦应阿堵上②。"（4.23）

【译文】

殷浩见到佛经，说："儒道玄理也应包含在佛经上面。"

注 释

❶殷中军：殷浩。

❷理亦应阿堵上：佛教自东汉明帝时传入中国，至魏晋时，佛教经义与儒道玄理互相渗透，儒道玄理也应包含在佛教经义之中。阿堵，当时口语，即这、这个。这里指佛经而言。儒道玄理也应包含在佛经上面，表现了魏晋名士的佛教崇拜风气，说明佛学已经成为魏晋清谈的主流文化之一。

【原文】

谢安年少时，请阮光禄道《白马论》①。为论以示谢，于时谢不即解阮语，重相咨尽②。阮乃叹曰："非但能言人不可得，正索解人亦不可得③。"（4.24）

【译文】

谢安年轻时，请阮光禄讲解《白马论》。阮光禄写成文章拿给谢安看，这时谢安不能立即理解阮光禄论述的深切含义，就一再仔细探问。阮光禄于是感慨地说："不但像我这样能讲解《白马论》的人难以找到，就是像你这样认真探求其真意的人也不会有了。"

注 释

❶阮光禄：阮裕。《白马论》：战国时公孙龙著，提出"白马非马"的名辩命题，它揭示了事物与概念、个体与一般之间的差别，包含事物皆是可分的思想，但过分夸大了这种差异，没有认识到一般和个别的辩证关系。

❷于时：当时，这时。重相咨尽：一再仔细探问。

❸能言人：指能讲解《白马论》的人。指自己（阮裕）。正：止，仅。索解人：索求解答的人。指对方（谢安）。阮裕之慨叹，既隐然自负，又暗誉对方。

【原文】

褚季野语孙安国云①："北人学问，渊综广博②"。孙答曰："南人学问，清通简要③。"支道林闻之④，曰："圣贤固所忘言⑤。自中人以还，北人看书，如显处视月；南人学问，如牖中窥日⑥。"（4.25）

【译文】

褚季野对孙安国说："北方人做学问，深广渊博而融会贯通。"孙安国应答说："南方人做学问，明白通达而简明扼要。"支道林听到他们的这些谈论后，说："圣贤们做学问本来略于具体事物而究心于抽象原理。自中等才质以下的人，北方人读书，像在显亮的地方看月亮；南方人做学问，像从窗缝里看太阳。"

注 释

❶褚季野：褚裒，字季野。孙安国：孙盛，字安国。东晋太原中都（今山西平遥西南）人。博学强记，善言名理。历任佐著作郎、秘书监等。

❷北人：指北方的学者。北人、南人的概念是以长江为界的（一说以淮河或黄河为界）。渊综广博：指学识深广渊博而能融会贯通。

❸清通简要：明白通达，简明扼要。

❹支道林：支遁。

❺圣贤：指有极高的道德修养和才能的人。固：本来。忘言：指心领神会，无需用言语来表达。圣贤们"得意忘言"，略于具体事物而究心于抽象原理，注重会意，这也是魏晋玄学追求的一种至高境界。

❻中人：中等才质的人。以还：以往，以下。显处视月：在显亮处看月亮，

喻视野广阔，但看得很不精细。牖中窥日：在窗缝中看太阳，喻视野不广，但看得精细。牖，窗户。窥，从小孔、缝隙或隐僻处看。这两句言做学问北人博而不精，南人精而不博。按：北方学者深受汉代经学的影响，崇尚"渊综广博"；南方玄学占压倒优势，故以"清通简要"为高；而圣贤们"得意忘言"是不分南北界限的，所以说"圣贤固所忘言"。

【原文】

殷中军云①："康伯未得我牙后慧②。"（4.27）

【译文】

殷中军说："康伯不重复我说过的话。"

注 释

❶殷中军：殷浩。

❷康伯：韩伯。牙后慧：说过的话，陈旧的言论。后称蹈袭别人的见解、言论为"拾人牙慧"，即源于此。

【原文】

孙安国往殷中军许共论①，往反精苦，客主无间②。左右进食，冷而复暖者数四③。彼我奋掷麈尾，悉脱落，满餐饭中。宾主遂至莫忘食④。殷乃语孙曰："卿莫作强口马，我当穿卿

【译文】

孙安国到殷中军处一块谈论，激烈争辩使人非常困苦难堪，双方往复辩难毫无间断。仆从们端上饭菜，冷了再去温热就有好几次。双方用力挥动着拂尘以助言谈，拂尘上面的麈尾毛全部脱离，弄得满桌饭菜上面都有。双方辩难直到天黑，连饭也顾不得吃。殷中军于是对孙安国说："你不要做嘴口执拗的马，我会穿透你的

鼻⑤！"孙曰："卿不见决鼻牛？人当穿卿颊⑥！"（4.31）

鼻子！"孙安国则说："你没见过豁鼻牛吗？人家会把你那面颊穿透的！"

注 释

① 孙安国：孙盛。殷中军：殷浩。许：处，所。

② 往反：往复辩难。精苦：形容争辩得使人非常困苦难堪。客主：指论辩的双方。无间：没有闲空，连续不断。谓论辩激烈。

③ 食：端上饭菜。暖：指把冷了的饭菜加热。数四：多次。

④ 彼我：指客主双方。莫：通"暮"。

⑤ 强口马：烈性马。强，固执不顺。

⑥ 决鼻牛：烈性牛。决鼻，豁鼻。因其固执不顺，鼻圈把鼻子撕裂，故下文曰"穿卿颊"。按："穿鼻""穿颊"，谓给牲口之鼻、颊穿进一铁环，便于控制。穿鼻尚能决鼻而脱，穿颊则逃亦不可能。穿颊更胜穿鼻一筹，谓制驭更甚。二人这场"激战"，也可见一斑。

【原文】

三乘佛家滞义①，支道林分判，使三乘炳然②。诸人在下坐听，皆云可通。支下坐，自共说，正当得两，入三便乱③。今义弟子虽传，犹不尽得④。（4.37）

【译文】

佛教"三乘"含义晦涩难懂，支道林辨析后，使"三乘"的含义豁然明白。众人在下面座中听他讲解，都说可以通晓了。支道林走下讲座，徒弟们仍自在一块讲说，但只学会了第一、第二两乘，说到第三乘就又混乱模糊起来了。现在的教义弟子们虽然仍在传承，但并没有完全学到手中。

注释

❶三乘：佛教术语。指引导、教化众生达到解脱的三种方法、途径或教说。一曰声闻乘，二曰缘觉乘，三曰菩萨乘。滞义：含义晦涩难懂。

❷支道林：支遁。分判：分辨，分别。炳然：明白。

❸"正当得两"二句：谓仅能讲明白两乘，到了第三乘又混乱不清了。

❹"今义弟子虽传"二句：按：支遁之分判三乘，不仅升座宣讲，且已撰述成书《辩三乘论》。可见其义非仅弟子传耳。

【原文】

支道林、许掾诸人共在会稽王斋头①。支为法师，许为都讲②。支通一义，四坐莫不厌心③；许送一难，众人莫不抃舞④。但共嗟咏二家之美⑤，不辩其理之所在。(4.40)

【译文】

支道林、许询等人一块在会稽王司马昱的静室里。支道林做讲经的法师，许询做唱经的都讲。支道林讲通一段义理，全座中人无不心满意足；许询唱出一句难解的经文，众人又无不欢腾雀跃。大家只是齐声赞美两人讲解唱诵的美妙，也不去辩论道理在什么地方。

注释

❶支道林：支遁。许掾：许询。会稽王：后来位的晋简文帝司马昱。斋头：静室。静室可以斋心，因名曰斋。头，助词。

❷法师、都讲：魏晋以来和尚开讲佛经时，一人唱经，一人解释。解释的叫"法师"，唱经的叫"都讲"。

❸四坐：指四周座位上的人，全座中人。厌：通"餍"。饱，满。引申为满足，心服。

❹送一难：唱出一句难解的经文让法师讲。抃舞：鼓掌欢跳，形容高兴极了。
❺嗟咏：赞叹欢呼。

【原文】

佛经以为祛练神明，则圣人可致①。简文云②："不知便可登峰造极不？然陶练之功，尚不可诬③。"（4.44）

【译文】

佛经认为经过修炼，人人都可以成佛。简文帝说："不知道能否达到这种成佛的最高境地？可是陶冶修炼的功夫，还是不能够轻视的。"

注释

❶祛练：修炼。神明：指人的精神。圣人：佛教对佛祖的尊称。
❷简文：指晋简文帝司马昱。
❸登峰造极：比喻修养、造诣达到最高的境界。这里指成佛。也比喻学问、技艺等已达到最高的境界。陶练：陶冶，修炼。诬：诬蔑，诽谤。此有忽视、轻视之意。

【原文】

人有问殷中军："何以将得位而梦棺器？将得财而梦矢秽①？"殷曰："官本是臭腐，所以将得而梦棺尸②；财本是粪土，所以将得而梦秽污③。"时人以为名通④。（4.49）

【译文】

有人问殷中军："为什么将要得到官位却梦见棺材？将要得到钱财却梦见粪便？"殷中军说："官位本来就是腐烂发臭之物，所以将要得到时就梦见棺材、死尸；钱财本来和粪土没什么两样，所以将要得到时就梦见些肮脏污浊的东西。"当时的人们都认为这话通达事理。

注 释

❶殷中军：殷浩。位：爵位，官职。棺器：棺材。矢秽：粪便一类脏臭东西。矢，通"屎"。

❷棺尸：棺木及所殓之尸体。古迷信，以梦尸为得官之预兆。

❸秽污：指肮脏物。

❹名通：通达的名言。

【原文】

殷中军被废东阳①，始看佛经。初视《维摩诘》②，疑"般若波罗密"太多③；后见《小品》，恨此语少④。（4.50）

【译文】

殷中军被废黜到东阳，开始阅读佛经。初看《维摩诘经》，疑心"般若波罗密"这话太多；后来看《小品经》，却又遗憾这话太少了。

注 释

❶殷中军：殷浩。被废东阳：殷浩因北伐失败，遭桓温上疏弹劾，殷浩被废为庶人，徙于东阳信安（今浙江衢州）。废，放黜。东阳，郡名。治所在长山（今浙江金华）。

❷《维摩诘》：《维摩诘所说经》，亦称《维摩诘经》《维摩经》。

❸般若波罗密：梵文音译。谓通过智慧达到涅槃之彼岸。"密"亦作"蜜"。

❹《小品》：《小品般若》，亦称《小品经》。恨此语少：刘孝标注："渊源（殷浩）未畅其致，少而疑其多；已而究其宗，多而患其少也。"恨，遗憾。

【原文】

谢公因子弟集聚，问："《毛诗》何句最佳？"①遏称曰②："昔我往矣，杨柳依依；今我来思，雨雪霏霏③。"公曰："訏谟定命，远猷辰告④。"谓此句偏有雅人深致⑤。(4.52)

【译文】

谢安趁子侄们聚集在一起时，问道："《毛诗》中哪句最好？"谢玄说以下诗句最好："昔我往矣，杨柳依依；今我来思，雨雪霏霏。"谢安却吟咏道："訏谟定命，远猷辰告。"他认为这两句诗最有高人雅士的深远情趣。

注释

❶谢公：谢安。因：趁着。子弟：子侄。《毛诗》：相传为西汉初毛亨和毛苌所传。东汉郑玄又为之作笺，唐孔颖达又为毛传和郑笺作疏。

❷遏：谢玄小字。谢安的侄儿。

❸"昔我"四句：出自《诗经·小雅·采薇》。依依：轻柔貌。形容柳丝随风飘舞。思：语助词。雨雪：下雪，降雪。霏霏：纷纷，雪盛貌。意谓：从前我远离家乡，杨柳轻轻飘荡；今天我回到家乡，雪花纷纷飞扬。这四句诗情景交融，富有艺术表现力和感染力。谢玄称赞它是很有文学眼光的。

❹"訏谟"二句：出自《诗经·大雅·抑》。訏谟：宏谋，大计。定命：确定政令。远猷：长远大计。辰：时。意谓：伟大计划要逐一审定，远大政策要随时宣告。这两句诗表现了政治家的风度，所以为谢安欣赏，但缺乏艺术表现力。

❺偏：特别，最。雅人深致：高雅人的深沉情趣。致，情致，情趣。

【原文】

司马太傅问谢车骑①：

【译文】

太傅司马道子问谢玄："惠子著述有五

"惠子其书五车，何以无一言入玄②？"谢曰："故当是其妙处不传③。"（4.58）

车之富，为什么没有一句话达到玄妙的境界？"谢玄回答说："或许是因为其精微、奥妙之处非言语、笔墨所能表达吧。"

注释

❶司马太傅：司马道子。谢车骑：谢玄。

❷惠子：惠施。战国时宋人，名家的代表人物，曾任魏相。《汉书·艺文志》著录《惠子》一篇，已佚。其书五车：语出《庄子·天下》。因当时用竹木作为书写材料，故以"五车"形容，极言其著述之多。玄：奥妙，微妙。

❸故当：用作商榷或推测的语气。妙处不传：精微、奥妙之处非言语、笔墨所能表达，要留待自己体会。

【原文】

殷仲堪精核玄论①，人谓莫不研究。殷乃叹曰："使我解《四本》，谈不翅尔②。"（4.60）

【译文】

殷仲堪精细地研究了道家的义理，人们认为他在这些方面没有不研究的。他于是感慨地说："假如我掌握了《四本论》的话，清谈还不止这个样子呢。"

注释

❶精核：精细研究。玄论：道家义理之论。

❷《四本》：《四本论》。是钟会集傅嘏、李丰、王广等说来论述才性同、异、合、离之文。对清谈影响颇大，甚为清谈家重视。其文已佚。不翅：亦作"不啻"。犹言"不止"。尔：如此，这样。

【原文】

殷仲堪云："三日不读《道德经》①，便觉舌本间强②。"（4.63）

【译文】

殷仲堪说："我如果三天不读《道德经》，就感到舌头根子发硬。"

注释

❶《道德经》：《老子》。道家的主要经典。
❷舌本：舌根。间强：谓舌根发硬而梗阻，说话不方便。

【原文】

文帝尝令东阿王七步中作诗①，不成者行大法②。应声便为诗曰："煮豆持作羹，漉菽以为汁③。萁在釜下然，豆在釜中泣④。本自同根生，相煎何太急⑤！"帝深有惭色⑥。（4.66）

【译文】

魏文帝曹丕有一次命令弟弟曹植在七步以内作出诗来，如果作不成就要处死刑。曹植随声就作成了："煮豆持作羹，漉菽以为汁。萁在釜下然，豆在釜中泣。本自同根生，相煎何太急！"魏文帝听后，露出了深感惭愧的表情。

注释

❶文帝：魏文帝曹丕。东阿王：曹植，字子建，曹操子，曹丕弟。建安文学的杰出代表。曹操几次想立他为太子，曹丕因忌其才常想迫害他。后封陈王，谥曰思，世称陈思王。
❷大法：大刑，处死。
❸羹：汁汤。漉：过滤。菽：大豆。
❹萁：豆茎，豆秸。釜：古代炊器，相当于现在的锅。

❺本自同根生，相煎何太急：后以"煮豆燃萁""相煎何急"比喻骨肉相残，同胞相害。

❻帝深有惭色：曹丕听了曹植"七步诗"，觉得自己骨肉相残，深感惭愧。然而帝王如果做错了事情，会强词夺理，甚至把错的也要说成对的，曹丕为了上位，不顾一切，怎么会有惭色呢？

【原文】

魏朝封晋文王为公①，备礼九锡②，文王固让不受③。公卿将校当诣府敦喻④。司空郑冲驰遣信就阮籍求文⑤。籍时在袁孝尼家⑥，宿醉扶起，书札为之，无所点定⑦，乃写付使。时人以为神笔⑧。(4.67)

【译文】

魏朝封司马昭为晋公，准备赏赐给他九锡大礼，司马昭坚决推辞不肯接受。朝中文武大臣们将往他的府邸敦促劝说他。司空郑冲赶紧派使者找阮籍求他写劝进的文章。阮籍当时正在袁孝尼家中，隔夜的余醉还没消除就被人搀扶起来，直接在书简上挥笔而写，一点也没修改润色，写完就交付给了使者。当时的人们称誉阮籍真是"神来之笔"。

注释

❶晋文王：司马昭。公：爵位名。五等爵的第一等。

❷九锡：古代帝王赐给有大功或有权势的诸侯大臣的九种物品：车马、衣服、乐器、朱户、纳陛、虎贲、弓矢、铁钺、秬鬯（chàng）。后世权臣篡位之前，往往先赐九锡。

❸固让：坚决辞让。

❹公卿将校：泛指朝廷中的文武高级官员。公卿，三公九卿。将校，古代武官的职称。敦喻：催促劝说。

❺郑冲：字文和。魏晋荥阳开封（今属河南）人。清虚寡欲，喜论经史。历

任散骑常侍、司空、司徒、太保等。晋朝建立后位至太傅。信：信使，使者。就：趋，向。求文：请求阮籍作劝受九锡文。

❻袁孝尼：袁准，字孝尼。魏晋陈郡阳夏（今河南太康）人。以儒学知名。官至给事中。

❼宿醉：隔夜犹存的余醉。书札：书简。点定：修改文字，最后定稿。

❽神笔：如神来之笔，称扬人之文学才能非凡。

【原文】

左太冲作《三都赋》初成①，时人互有讥訾，思意不惬②。后示张公③，张曰："此《二京》可三。然君文未重于世，宜以经高名之士④。"思乃询求于皇甫谧⑤。谧见之嗟叹，遂为作叙⑥。于是先相非贰者，莫不敛衽赞述焉⑦。（4.68）

【译文】

左太冲刚刚写成《三都赋》，当时人们纷纷嘲笑诽谤他，他心中很不高兴。后来把赋拿给张华看，张华说："这赋可以和《二京赋》并列为三。但是您的文章还未受到世人重视，应当经过有名望的人推荐。"左思就向皇甫谧请教。皇甫谧看了赋后，非常赞赏，于是就为《三都赋》写了序言。这一来，原先非议左太冲的人，也无不对他表示恭敬和称扬了。

注释

❶左太冲：左思，字太冲。西晋齐国临淄（今山东淄博市临淄区北）人。仕为秘书郎。《三都赋》是其代表作。《三都赋》：分《蜀都赋》《吴都赋》《魏都赋》三篇。前两篇分别由假想人物西蜀公子和东吴王孙称颂蜀都和吴都的形势、物产、宫室等，末篇由魏国先生盛赞魏都的建设和魏国的政治措施，反映出三国统一是人心所向、大势所趋。《晋书·左思传》言左思写《三都赋》构思十年，赋成，竞相传写，使得洛阳纸贵。起初陆机也想作此赋，闻

左思作，讥为"须其成，当以覆酒瓮耳"。左思赋成，陆机非常叹服，以为不能过，遂辍笔。

❷讥訾：讥讽毁谤，嘲笑非议。惬：快意，满足。

❸张公：张华，字茂先。西晋范阳方城（今河北固安西南）人。晋初，劝武帝灭吴。历任侍中、司空等，后被赵王司马伦和孙秀所杀。

❹《二京》：《二京赋》，分《西京赋》《东京赋》两篇，东汉张衡作。当时封建统治者穷奢极欲，张衡作此赋意在讽谏，撰述十年乃成。可三：可并列为三。意谓《三都赋》可与《二京赋》相媲美。

❺皇甫谧：幼名静，字士安，自号玄晏先生。魏晋安定朝那（今宁夏固原东南，一说甘肃灵台境内）人。著名文人、医学家。

❻嗟叹：赞赏。

❼非贰：非难，有异议。敛：整襟敛袖，表示恭敬。衽，衣襟。赞述：称赞，赏识。有关皇甫谧为《三都赋》作序的真伪，历来颇多争议。

【原文】

刘伶著《酒德颂》❶，意气所寄❷。（4.69）

【译文】

刘伶撰写了《酒德颂》，他将自己的志向情趣等都寄托在这篇颂文之中了。

注释

❶刘伶：字伯伦。西晋沛国（今安徽濉溪西北）人。嗜酒成性，为"竹林七贤"之一。曾任建威参军，后以无能罢官。《酒德颂》：刘伶所撰。

❷意气：指意志、气概、性格和情趣等。

【原文】

孙子荆除妇服①,作诗以示王武子②。王曰:"未知文生于情,情生于文③?览之凄然,增伉俪之重④。"(4.72)

【译文】

孙子荆为妻子逝世服丧期满以后,作了诗给王武子看。王武子看了以后说:"我也说不清文章是由于有了情感而产生,还是情感因为文章而萌发?读了这首诗使人心情非常悲伤,感到夫妻间的感情更加深厚了。"

注 释

❶孙子荆:孙楚,字子荆。西晋太原中都(今山西平遥西南)人。富有文才。除妇服:丧期满了之意。

❷作诗:孙楚之妇为胡毋氏。其《除妇服诗》曰:"时迈不停,日月电流。神爽登遐,忽已一周。礼制有叙,告除灵丘。临祠感痛,中心若抽。"见刘孝标注引《孙楚集》。王武子:王济。

❸"文生于情"二句:刘孝标注:"一作'文于情生,情于文生'。"

❹凄然:心情悲伤。伉俪:夫妻。重:指感情深厚。

【原文】

江左殷太常父子并能言理①,亦有辩讷之异②。扬州口谈至剧③,太常辄云:"汝更思吾论④。"(4.74)

【译文】

江东殷太常叔侄二人都能谈论义理,只不过说话有滔滔不绝与迟钝缓慢的差别罢了。侄儿殷扬州辩论太激烈时,论辩不胜的殷太常就说:"你再好好考虑考虑我写的论著吧!"

注 释

❶江左：江东。殷太常：殷融，字洪远。西晋陈郡长平（今河南西华东北）人。能清谈。官至吏部尚书、太常卿。父子：古人称叔侄亦曰"父子"，此句指殷融与其兄子殷浩。

❷亦：不过，只是。辩：口才好，善言辩。讷：说话迟钝。

❸扬州：指殷浩，因其曾任扬州刺史。口谈：谈论，辩论。剧：剧烈，激烈。

❹"汝更思"句：殷融之言意谓：虽然谈论我不如你，但论著方面你就不行了。

【原文】

庚子嵩作《意赋》成①，从子文康见②，问曰："若有意邪，非赋之所尽；若无意邪，复何所赋③？"答曰："正在有意无意之间④。"（4.75）

【译文】

庾子嵩写成了《意赋》，侄儿庾亮看完后，问道："这篇赋如果说有用意呢，好像并没有显露出来；如果说没有用意呢，那又为什么要写它呢？"庾子嵩回答道："正是在那有用意和没有用意之间啊。"

注 释

❶庾子嵩：庾敳（ái），字子嵩。西晋颍川鄢陵（今河南鄢陵西北）人。有度量，好老庄。历任吏部郎等。《意赋》：《晋书·庾敳传》载有此赋，并说："敳见王室多难，终知婴祸，乃著《意赋》以豁情，犹贾谊之《服鸟》也。"

❷从子：侄儿。文康：庾亮。

❸有意：有用意所在，有所寄托。

❹有意无意之间：指用意含而不露，形容自然率真，非曲意雕琢。

【原文】

庾仲初作《扬都赋》成①，以呈庾亮。亮以亲族之怀，大为其名价②，云："可三《二京》，四《三都》③。"于此人人竞写，都下纸为之贵④。谢太傅云⑤："不得尔。此是屋下架屋耳⑥，事事拟学，而不免俭狭⑦。"（4.79）

【译文】

庾仲初写成了《扬都赋》，把它呈送给庾亮看。庾亮念及他和自己是亲近的同族关系，就极力地为其抬高声名身价，说："这赋可与《二京赋》相配成三，与《三都赋》相联为四。"因此人人争着抄写，都城的纸张都为此提高了价格。谢太傅说："不能这样啊。这赋像屋下架屋，处处摹拟别人，就难免贫乏浅陋。"

注 释

❶庾仲初：庾阐，字仲初。颍川鄢陵（今河南鄢陵西北）人。庾亮同族，九岁即能作文。历任散骑侍郎、零陵太守、给事中等。《扬都赋》：内容铺张，语言华美，描写扬都的风物。扬都，即扬州。

❷亲族：亲近的同族。怀：思想感情。大为其名价：大大地为他宣扬，以抬高其声名身价。

❸《二京》：东汉张衡的《二京赋》。《三都》：左思的《三都赋》。"可三"二句：意谓它可以和《二京赋》相配为三，与《三都赋》相联为四。即可和《二京赋》《三都赋》并驾齐驱，以相媲美。

❹于此：于是，因此。竞写：争着抄写。都下纸为之贵：《三都赋》写成之后，抄写的人非常多，纸因此都涨价了。后延用为"洛阳纸贵"，比喻著作广泛流传，风行一时。

❺谢太傅：谢安。

❻尔：如此，这样。屋下架屋：比喻毫无意义的重复、模仿。

❼拟学：模拟性地学习。俭狭：指手法浅陋，内容贫乏。

【原文】

习凿齿史才不常①，宣武甚器之，未三十，便用为荆州治中②。凿齿谢笺亦云③："不遇明公，荆州老从事耳④！"后至都见简文，返命⑤，宣武问："见相王何如⑥？"答云："一生不曾见此人⑦。"从此违旨，出为衡阳郡，性理遂错⑧。于病中犹作《汉晋春秋》，品评卓逸⑨。（4.80）

【译文】

习凿齿有非凡的撰修历史之才，桓温非常器重他，不到三十岁，就任用他为荆州治中。他在谢恩书中也说："如果不是遇到明公您，我到老也就是做个从事史罢了！"后来他被派往京都谒见了相王司马昱，完成任务回来，桓温问他："你看相王这人怎样？"他回答说："我这一生还没见过这样好的人。"因为这话违背了桓温的心意，桓温就叫他外出做了衡阳太守，于是他的神志就错乱了。他在病中仍然写作《汉晋春秋》，评论人事极有见地。

注 释

❶习凿齿：字彦威。东晋襄阳（今属湖北）人。博学多闻，以文笔著称，历任从事、别驾、衡阳太守等。不常：不凡，非凡。

❷宣武：桓温。器：器重，重视。治中：官名。州刺史的助理，也称治中从事史。

❸谢笺：谢恩信，感谢信。

❹从事：从事史，州刺史的佐吏，比治中从事史低微。

❺简文：晋简文帝司马昱。返命：完成任务返归。

❻相王：指司马昱。此时尚未即位，为相（丞相）而又封王（会稽王），故称"相王"。

❼一生不曾见此人：盛赞相王（晋简文帝）的话。此时桓温有觊觎帝位之心，所以听后很不高兴。

❽违旨：违背意旨。衡阳：郡名。治所在湘乡（今湖南湘潭西）。一作"荣

阳"，一作"荥阳"，以作"衡阳"为是。性理：神志。错：错乱。

❾《汉晋春秋》：记述东汉光武帝至西晋愍帝历史的史书，共五十四卷。已散佚，现仅有辑佚本。品评：评论。卓逸：卓越超群。

【原文】

孙兴公云①："《三都》《二京》②，五经鼓吹③。"（4.81）

【译文】

孙兴公说："《三都赋》和《二京赋》，是宣扬五经的作品。"

注释

❶孙兴公：孙绰，字兴公。东晋太原中都（今山西平遥西南）人。爱隐居，有文才。为诗宣扬玄学，枯淡寡味，是玄言诗的代表。官至廷尉卿，领著作。

❷《三都》：指西晋左思的《三都赋》。《二京》：指东汉张衡的《二京赋》。

❸五经：五部儒家经典，即《诗》《书》《礼》《易》《春秋》。鼓吹：宣扬，宣传。

【原文】

孙兴公云①："潘文烂若披锦，无处不善②；陆文若排沙简金，往往见宝③。"（4.84）

【译文】

孙兴公说："潘岳的文章华美鲜明得像披上了锦绣，无处不美；陆机的文章如果能沙里淘金，往往也可找到珍宝。"

注释

❶孙兴公：孙绰。

❷潘：潘岳，字安仁。西晋荥阳中牟（今属河南）人，曾任河阳令、著作

郎、给事黄门侍郎等职。后被孙秀杀害。烂：指文章的华美鲜明。

❸陆：陆机。排沙简金：沙里淘金。喻多中取精，于芜杂中选取精华。排，除去；简，选取。此句意谓陆机之文并非全篇都好，但其中自可找到精彩处。

【原文】

简文称许掾云①："玄度五言诗，可谓妙绝时人②。"(4.85)

【译文】

晋简文帝称赞许询说："玄度的五言诗，可以说称冠当时。"

注释

❶简文：指晋简文帝司马昱。许掾：许询。
❷妙绝时人：谓作品冠于一时。

【原文】

孙兴公作《天台赋》成①，以示范荣期②，云："卿试掷地，要作金石声③。"范曰："恐子之金石，非宫商中声④！"然每至佳句⑤，辄云："应是我辈语。"(4.86)

【译文】

孙兴公写成《天台赋》，拿给范荣期看，说："您试着扔到地上听听，会有金石般的响声。"范荣期说："恐怕您所说的金石声，不是乐律中金石的声音吧！"但每读到赋中的优美语句，他总是说："这应是我们的语句。"

注释

❶孙兴公：孙绰。《天台赋》：内容描写天台山风光的美好。天台山，在今浙

江天台北。

❷范荣期：范启，字荣期。东晋慎阳（今河南正阳）人。仕至秘书郎、黄门侍郎。

❸金石声：古代乐器钟（金）和磬（石）发出的响亮声音，借以称誉诗文音节、文辞优美。

❹"范曰"二句：讥讽孙绰艺术造诣达不到"金石声"的境界。宫商中声：指切合乐律的声调。

❺佳句：刘孝标注曰："'赤城霞起而建标，瀑布飞流而界道'。此赋之佳处。"

【原文】

桓公见谢安石作简文谥议①，看竟②，掷与坐上诸客曰："此是安石碎金③。"（4.87）

【译文】

桓温见到谢安所作简文帝谥议，看完以后，扔给座中的众位客人说："这是安石的零碎佳作。"

注释

❶桓公：桓温。谢安石：谢安。简文：晋简文帝司马昱。谥议：文体名，为议定谥号而作之文。

❷竟：终了，完了。

❸碎金：喻零篇佳作。金，言其可贵。后多有用"碎金"作书名者。桓温对晋简文帝多有芥蒂，看了谢安所作简文谥议后，实不愿赞成，又不得不赞成；勉为其难，又故作姿态。描写曲尽其妙，极有情致。

【原文】

袁虎少贫，尝为人佣载运租①。谢镇西经船行②，其夜清风朗月，闻江渚间估客船上有咏诗声，甚有情致③。所诵五言，又其所未尝闻，叹美不能已④，即遣委曲讯问⑤，乃是袁自咏其所作《咏史诗》⑥。因此相要，大相赏得⑦。(4.88)

【译文】

袁虎年轻时家中贫困，曾被人雇佣运载租谷。镇西将军谢尚乘船在江中泛游，那天夜晚风清月明，谢尚听到江间洲畔的商贩船上有吟咏诗歌的声音，很有情趣。那人所吟诵的五言诗，又是他从来没听到过的，他赞叹不止，就派人前往辗转打听，原来是袁虎在吟诵自己作的《咏史诗》。谢镇西于是邀请他前来，对他非常满意，大加赏识。

注释

❶袁虎：袁宏，字彦伯，小字虎。东晋陈郡阳夏（今河南太康）人。曾任谢尚安西参军、吏部郎、东阳太守。佣载：被雇佣做运载工作。

❷谢镇西：谢尚。经船行：乘船泛游。

❸清风朗月：风清月明，景致很好。渚：水中小块陆地。估客：商贩。情致：情趣，风味。

❹叹美：赞美，赞叹。已：停止，罢了。

❺委曲：辗转曲折之意。讯问：查问。

❻《咏史诗》：其诗共二首，通过历史人物周昌等抒发自己的思想感情。

❼要：通"邀"。赏得：赏识，满意。

【原文】

孙兴公云①："潘文浅

【译文】

孙绰说："潘岳的文章虽然浅近，但很

而净②，陆文深而芜③。"(4.89) | 洁净；陆机的文章虽然深刻，但有些芜杂。"

注释

❶孙兴公：孙绰。

❷潘：潘岳。浅：浅显，浅近。净：洁净，纯净。

❸陆：陆机。深：深刻，深入。芜：芜杂，杂乱。

【原文】

孙兴公道①："曹辅佐才如白地明光锦②，裁为负版袴③，非无文采，酷无裁制④。"（4.93）

【译文】

孙兴公说："曹辅佐的才智就像白色质地的明光锦一样华美，却做成了背负图籍的贱隶穿的套裤，不是没有文采，而是没有一点剪裁。"

注释

❶孙兴公：孙绰。

❷曹辅佐：曹毗，字辅佐。东晋谯国（今安徽亳州）人。好文籍，善辞赋，历任太学博士、尚书郎、下邳太守等。白地明光锦：十六国时后赵织锦署所织的一种白底有文彩的丝织品。白地，白色质地。此用色质非常好的锦帛来比喻文采很好。

❸负版：背负国家图籍。刘孝标注引郑玄注曰："版谓邦国籍也。负之者，贱隶人也。"袴：同"裤"。古指套裤。

❹酷：甚，极。裁制：剪裁。

【原文】

袁彦伯作《名士传》成①，见谢公②。公笑曰："我尝与诸人道江北事，特作狡狯耳③，彦伯遂以著书。"（4.94）

【译文】

袁宏写成了《名士传》，拿给谢安看。谢安笑着说："我曾给大家说江北的事，不过开开玩笑，彦伯竟然作为素材写成了《名士传》这本书。"

注释

❶袁彦伯：袁宏。《名士传》：袁宏以夏侯玄、何晏、王弼为正始名士，以阮籍、嵇康、山涛、向秀、刘伶、阮咸、王戎为竹林名士，以裴楷、乐广、王衍、庾敳、王承、阮瞻、卫玠、谢鲲为中朝名士，而为之作《名士传》。已散佚。

❷谢公：谢安。

❸江北：指南渡以前的西晋。狡狯：游戏，玩笑。

【原文】

桓宣武北征①，袁虎时从，被责免官②。会须露布文③，唤袁倚马前令作④。手不辍笔，俄得七纸，绝可观⑤。东亭在侧，极叹其才⑥。袁虎云："当令齿舌间得利⑦。"（4.96）

【译文】

桓温北伐，当时袁虎随从，因事被桓温责罚罢官。当时急需撰写文告，桓温召唤袁虎过来，命令他倚靠在战马背旁写。袁虎手不停笔，刹那间就写满了七张纸，极有观赏价值。王东亭在旁边，非常赞叹他的文才。袁虎说："不过仅仅能得到齿舌间的一点赞叹罢了。"

注释

❶桓宣武：桓温。北征：北伐。指桓温在太和四年（369）征伐前燕事。

❷袁虎：袁宏。

❸会：正当，适逢。露布：指檄文、捷报或紧急文书。

❹倚马：靠立在马背旁。后因以"倚马可待""倚马才"形容文思敏捷，援笔立就。

❺辍笔：停笔。俄：刹那间。绝：极，最。一本作"殊"。可观：谓有观赏之价值。

❻东亭：王珣。叹：赞赏。

❼"齿舌"句：刘应登曰："谓文须利口也。"

【原文】

殷仲文天才宏赡①，而读书不甚广博。亮叹曰②："若使殷仲文读书半袁豹③，才不减班固④。"（4.99）

【译文】

殷仲文富有非凡的才能，但读书不太广博。傅亮感慨地说："假使殷仲文读书能有袁豹的一半，他的才能就不会在班固之下。"

注释

❶宏赡：宏富。

❷亮：傅亮，字季友。南朝宋灵州（今宁夏灵武）人。博涉经史，尤善文辞。仕晋为中书黄门侍郎、太尉从事中郎，刘宋时任尚书仆射。

❸袁豹：字士蔚。东晋陈郡阳夏（今河南太康）人。好学博闻，擅长为文。仕至太尉长史、丹阳尹。后以"半豹"谓读书不多之典。

❹班固：字孟坚。东汉扶风安陵（今陕西咸阳东北）人。著名文学家、史学家，《汉书》的作者，后因窦宪事受牵连，死于狱中。

【原文】

王孝伯在京行散①，至其弟王睹户前②，问："《古诗》中何句为最③？"睹思未答。孝伯咏"所遇无故物，焉得不速老④"："此句为佳。"（4.101）

【译文】

王孝伯在京城里行散，来到他弟弟王睹门前，问道："《古诗》中哪句最好？"王睹思考着没有回答。王孝伯吟诵着"所遇无故物，焉得不速老"道："这两句是最好的。"

注释

❶ 王孝伯：王恭。行散：魏晋士大夫好服用"五石散"之类，药性燥烈，服后须缓步以消释之，谓之行散。

❷ 王睹：王爽，字季明，小名睹。王恭之弟，鲠直方正。历任给事黄门侍郎、侍中等。后随王恭起事，失败后被杀。

❸《古诗》：《古诗十九首》。最：指最好。

❹ "所遇"二句：出自《古诗十九首》之一《回车驾言迈》。故物：在诗中指去年的枯草，承上句"东风摇百草"而言。老：衰老。二句抒发时光流逝、人生易老之叹。

【原文】

桓玄尝登江陵城南楼①，云："我今欲为王孝伯作诔②。"因吟啸良久，随而下笔，一坐之间，诔以之成③。（4.102）

【译文】

有一次桓玄登上江陵城南楼，说："我现在要给王孝伯写诔文。"因而吟咏了好久，接着下笔就写，刹那间就把诔文写成了。

注 释

❶江陵城：故址在今湖北江陵。

❷王孝伯：王恭。诔：古代用以表彰死者德行并致哀悼的文辞，后成为哀祭文体的一种。

❸吟啸：吟咏，歌啸。良久：好久，许久。一坐之间：喻时间极短。

方正第五

> 方正，正直、刚正，指说话、行事坚持正确的原则，不因受到压力或其他缘故而放弃原先的主张，违心地随声附和。刚直不阿、当仁不让、义不受辱等都是本门所称道的行为。当然，士族阶层的人自以为高人一等，恃贵而骄，看不起普通人，处处要显示自己的身份，这也被编纂者看成是"方正"的行为，这应该是时代的局限。本门共66篇，此处选译22篇。

【原文】

陈太丘与友期行，期日中①。过中不至，太丘舍去，去后乃至②。元方时年七岁，门外戏③。客问元方："尊君在不④？"答曰："待君久不至，已去。"友人便怒曰："非人哉！与人期行，相委而去⑤。"元方曰："君与家君期日中，日中不至，则是无信⑥；对子骂父，则是无礼。"友人惭，下车引之。元方入门不顾⑦。(5.1)

【译文】

陈太丘和友人约好一同外出，时间约定在正午。过了正午友人还没来，太丘就不再等他而自己走了，太丘走后友人才到。元方这时才七岁，在门外玩耍。友人问元方："尊父在家吗？"元方回答："等您好久不来，已经走了。"友人就发怒道："真不是人啊！和别人约好一起外出，却丢下别人独自走了。"元方说："您和父亲约定在正午，到了正午您不来，就是不讲信用；当着儿子的面骂父亲，就是不讲礼貌！"友人听了感到惭愧，就下车拉他的手。元方径直走进家门，不再搭理他。

注 释

❶陈太丘：陈寔。期：约定时间。日中：正午。

❷中：中午，正午。舍：丢下，不管。

❸元方：陈纪。戏：游戏，玩耍。

❹尊君：犹如"尊父""令尊"。尊称他人之父。

❺非人：不是人。骂人的话。相委：相舍。

❻家君：称呼自己的父亲。犹"家父"。

❼引：拉。顾：回看，理睬。

【原文】

诸葛亮之次渭滨①，关中震动②。魏明帝深惧晋宣王战③，乃遣辛毗为军司马④。宣王既与亮对渭而陈，亮设诱谲万方⑤。宣王果大忿，将欲应之以重兵⑥。亮遣间谍觇之⑦，还曰："有一老夫，毅然仗黄钺⑧，当军门立⑨，军不得出。"亮曰："此必辛佐治也。"（5.5）

【译文】

诸葛亮的军队驻扎在渭河南岸，关中震惊。魏明帝很怕司马懿出战，就派遣辛毗作为军师。司马懿已和诸葛亮隔着渭河摆开了阵势，诸葛亮用尽各种办法引诱敌方出战。司马懿果然非常愤怒，打算用重兵应战。诸葛亮派间谍刺探敌情，间谍回报说："有个老头儿，坚定地持着饰金大斧，在军营门口站着，所以他们的军队不敢出来。"诸葛亮说："这个老头儿一定是辛佐治啊。"

注 释

❶诸葛亮：字孔明。琅邪阳都（今山东沂南南）人。三国蜀政治家、军事家。早年隐居隆中，人称"卧龙"，后协助刘备联孙抗曹，建立蜀汉政权。又辅助后主刘禅，曾五次出兵伐魏。次：临时驻扎。渭滨：渭河岸边。

❷关中：古地区名。所指范围不同，这里指函谷关以西。

❸魏明帝：曹叡，字元仲。谯县（今安徽亳州市谯城区）人。曹丕之子。晋宣王：司马懿，字仲达。河内温县（今河南温县西南）人。初为曹操主簿，多谋略，善权变。魏明帝时任大将军，多次率军对抗诸葛亮。后专国政。其孙司马炎代魏称帝，追赠他为宣帝。

❹辛毗：字佐治。三国颍川阳翟（今河南禹州）人。先随袁绍，后从曹操，为丞相长史，魏文帝时，迁侍中，明帝时为颍乡侯，出为卫尉。军司马：应为"军师"。晋避司马师讳，改为"军司"。"马"为衍字。

❺对渭而陈：在渭河两岸相对列成阵势。陈，同"阵"。诱谲：诱骗，设计引诱。"诱谲"事，如刘孝标注引《晋阳秋》曰："亮虽挑战，或遗高祖巾帼。巾帼，妇女之饰，欲以激怒，冀获曹咎之利。"

❻大忿：大怒。重兵：力量雄厚之军。

❼间谍：受委派窃取、刺探或传送机密情报者。觇：视探，侦察。

❽老夫：老年男子。毅然：坚定貌。仗：持，拿。黄钺：以黄金为饰之斧。古代帝王专用，或特赐给专主征伐的重臣。

❾当：面对着。军门：营门。

【原文】

高贵乡公薨①，内外喧哗②。司马文王问侍中陈泰曰③："何以静之？"泰云："唯杀贾充以谢天下④。"文王曰："可复下此不⑤？"对曰："但见其上，未见其下⑥。"（5.8）

【译文】

高贵乡公曹髦被杀身死，朝廷内外议论纷纷。司马昭问侍中陈泰说："用什么方法使人们平静下来呢？"陈泰说："只有杀死贾充向全国人谢罪。"司马昭说："能否杀个地位比他低下的？"陈泰回答说："我只考虑过杀地位比他高的，没考虑过杀地位比他低的。"

注 释

❶高贵乡公：曹髦，字彦士，曹丕之孙。初封高贵乡公。曹髦被立为帝，后被司马昭亲信贾充指使成济杀死。薨：古代诸侯或大臣死称薨。曹髦虽为帝，史称高贵乡公，不以帝视之，故曰薨。

❷内外喧哗：指朝廷内外一片扰攘，谓人们对杀害高贵乡公事反应很强烈。

❸司马文王：司马昭。陈泰：字玄伯。三国魏颍川许昌（今属河南）人。历任散骑侍郎、尚书右仆射等。死后追赠司空。

❹贾充：字公闾。西晋平阳襄陵（今山西临汾东南）人。曹魏时任大将军司马、廷尉，为司马氏亲信。晋初任司空、侍中、尚书令。谢：认罪，谢罪。

❺可复下此不：意谓能否找个比他（贾充）地位低下的。后来没有杀贾充，杀了成济。

❻但：只，仅。

【原文】

和峤为武帝所亲重①，语峤曰："东宫顷似更成进，卿试往看②。"还，问："何如？"答云："皇太子圣质如初③。"（5.9）

【译文】

和峤为晋武帝亲近器重，武帝对和峤说："太子近来好像比以前聪慧多了，你前往试看试看。"和峤试看回来，武帝问："我说得怎么样？"和峤回答说："皇太子的天资和以前没有什么两样。"

注 释

❶和峤：字长舆。西晋汝南西平（今河南西平西）人。晋武帝时为黄门侍郎、中书令，深得武帝器重。惠帝时任太子少保，加散骑常侍。武帝：晋武帝司马炎。亲重：亲近器重。

❷东宫：太子所居之宫，因以指太子。此指晋武帝次子司马衷。衷智能低下，和峤等有废太子另立之意，因贾后等作梗未果，后继位，即晋惠帝。因致贾后专权，导致"八王之乱"。顷：近来。成进：长进。谓比以前聪慧。

❸圣质：尊称皇太子的质性、天资。和峤直言"皇太子圣质如初"，决不违心逢迎，但也不说得难听，不能让晋武帝太难堪。

【原文】

诸葛靓后入晋①，除大司马，召不起②。以与晋室有仇，常背洛水而坐③。与武帝有旧，帝欲见之而无由，乃请诸葛妃呼靓④。既来，帝就太妃间相见⑤。礼毕，酒酣⑥，帝曰："卿故复忆竹马之好不⑦？"靓曰："臣不能吞炭漆身，今日复睹圣颜⑧。"因涕泗百行⑨。帝于是惭悔而出⑩。(5.10)

【译文】

诸葛靓在吴国灭亡以后来到晋国，被任命为大司马，他不肯就任。因为和晋室有杀父之仇，他常常背对洛水而坐。他和晋武帝有老交情，晋武帝想和他见面但没有途径，就趁着他到姐姐诸葛太妃住处时和他相见。行过礼，又喝足了酒，晋武帝对他说："你还能再回想起我们小时候的友谊吗？"诸葛靓回答说："我不能像豫让那样吞炭漆身，来替我父亲报仇，今天却又和您见了面。"说着，泪水、鼻涕流得满脸都是。晋武帝于是惭愧而又懊悔地退了出去。

【注释】

❶诸葛靓：字仲思。三国琅邪阳都（今山东沂南南）人。司空诸葛诞之子。诸葛诞发动叛乱，遣诸葛靓入质于吴。吴用为右将军、大司马。吴灭后入晋。

❷除：授予官职。大司马：官名，掌邦政。

❸以：因为。与晋室有仇：诸葛靓之父诞曾任镇东将军，因被疑而叛归吴，后被司马昭部下杀害。洛水：河南洛河，在洛阳附近。

④武帝：晋武帝司马炎。旧：旧交，旧时的友情。由：因由，途径。诸葛妃：诸葛靓之姊，武帝的叔母，是琅邪王司马伷之妃。

⑤就：趋近，到。太妃：对皇帝父辈遗留之妃嫔的称呼。间：房间。

⑥酣：饮酒尽兴。

⑦故复：尚复，还能再。竹马：儿童游戏时当马骑的竹竿。竹马之好，谓儿童玩伴时代的友谊。

⑧吞炭漆身：赵襄子杀智伯，智伯之客豫让乃"漆身为厉，吞炭为哑"，使容貌不可认，谋刺赵襄子而替智伯报仇。圣颜：尊称皇帝的容颜。

⑨涕泗百行：眼泪、鼻涕流得很多，形容悲痛之极。涕，眼泪。泗，鼻涕。

⑩惭悔：羞愧后悔。

【原文】

武帝语和峤曰①："我欲先痛骂王武子，然后爵之②。"峤曰："武子俊爽③，恐不可屈。"帝遂召武子，苦责之，因曰："知愧不？"武子曰："'尺布斗粟'之谣，常为陛下耻之④！它人能令疏亲，臣不能使亲疏⑤，以此愧陛下！"（5.11）

【译文】

晋武帝对和峤说："我打算先痛骂王武子一顿，然后再封给他爵位。"和峤说："王武子英俊直爽，恐怕不会使他屈服。"武帝仍召见王武子，狠狠地责骂了他一顿，然后问："你知道羞愧了吧？"王武子说："想起那'尺布斗粟'的民谣，我就常替陛下感到羞耻！别人能使疏远的变亲近，我不能使亲近的变疏远，就是在这点上我有愧于陛下吧。"

注 释

❶武帝：晋武帝司马炎。

❷王武子：王济。爵：以爵位分封贵族功臣。

❸俊爽：才智过人，性格直爽。

❹"尺布斗粟"句：汉文帝之弟淮南王刘长谋反失败，被徙蜀郡，途中绝食而死，后有民谣曰："一尺布，尚可缝；一斗粟，尚可舂。兄弟二人不能相容。"后以"尺布斗粟"比喻兄弟间因利害冲突而不能相容。

❺"它人"二句：《晋书·王济传》作："他人能令亲疏，臣不能使亲亲。"

【原文】

晋武帝时，荀勖为中书监，和峤为令①。故事，监、令由来共车②。峤性雅正，常疾勖谄谀③。后公车来④，峤便登，正向前坐，不复容勖。勖方更觅车，然后得去。监、令各给车自此始。(5.14)

【译文】

晋武帝时，荀勖任中书监，和峤任中书令。按照惯例，中书监和中书令从来都是共乘一辆车子的。和峤性情正直不阿，常恨荀勖善于谄媚奉承。后来接他们的官车一到，和峤就先上车，正对着前面端坐，再也容不下荀勖。荀勖只好另外找车，然后才得前往。中书监、中书令分别供给车辆，就是从这时候开始的。

注释

❶荀勖（xù）：字公曾。西晋颍川颍阴（今河南许昌）人。仕魏为安阳令、骠骑从事中郎。晋武帝时任中书监兼侍中，领著作，曾劝皇太子娶贾充之女，甚为正直者所恨，有"佞媚"之称。中书监：官名，三国魏始置，与中书令职务相等，而位次略高。中书监、令同掌机要，为事实上的宰相。令：指中书令。

❷故事：成例，旧日的典章制度。由来：从来。

❸雅正：方正，指人的品行正直不阿。疾：恨。谄谀：谄媚，奉承。刘孝标注引王隐《晋书》曰："勖性佞媚，誉太子，出齐王。当时私议：'损国害民，孙、刘之匹也。后世若有良史，当著《佞幸传》。'"

❹公车：官车。

【原文】

卢志于众坐问陆士衡①："陆逊、陆抗是君何物②？"答曰："如卿于卢毓、卢珽③。"士龙失色④。既出户，谓兄曰："何至如此，彼容不相知也⑤。"士衡正色曰⑥："我父、祖名播海内⑦，宁有不知？鬼子敢尔⑧！"议者疑二陆优劣，谢公以此定之⑨。(5.18)

【译文】

卢志在众人聚会的场合问陆士衡："陆逊、陆抗是您的什么人？"士衡回答说："如你和卢毓、卢珽的关系。"士龙惊怕得脸上都变了颜色。走出门去以后，他对哥哥士衡说："何必弄到这个地步，他或许不知道我们的祖父和父亲是谁。"士衡表情严肃地说："我们的祖父和父亲名扬四海，他怎么会不知道呢？这鬼儿子竟敢这样无理！"人们对二陆谁好谁差议论起来常常疑惑难决，谢安就根据这件事判定了他们的优劣。

注释

❶卢志：字子道。晋范阳涿（今河北涿州）人。初任公府掾、尚书郎，出为邺令。被成都王司马颖信任，用为谋主。后投刘琨，被俘遇害。陆士衡：陆机。

❷陆逊：字伯言。吴郡吴县华亭（今上海市松江区）人。陆机祖父。曾与吕蒙定袭取关羽之计，在夷陵大败刘备，官至丞相。陆抗：字幼节。陆机之父。何物：什么人。陆机怒是因卢志犯其父、祖之讳。

❸卢毓：字子家。卢志祖父。历任侍中、吏部尚书等。卢珽：字子笏。卢志之父。历任泰山太守、尚书等。

❹士龙：陆云，字士龙，陆机之弟。以文才与兄齐名，时称"二陆"。曾任清河内史（故称"陆清河"）等职。后来，兄陆机被卢志谗杀，陆云亦同时遇害。失色：惊怕得脸色大变。

❺彼：他，指卢志。容：容或，或许。

❻正色：表情端庄严肃。

❼名播海内：名扬全国，极言声名之盛。

⑧鬼子：骂人的话。刘孝标注引《孔氏志怪》曰：卢志的祖先卢充出猎，入崔少府墓中，与早已死去的崔氏少女婚配，生子，故曰"鬼子"。不可信。敢尔：竟敢如此。

⑨疑：疑惑不定。谢公：谢安。以此定之：根据这件事判定了他们的优劣。虽未明言二陆之优劣，但置于"方正"之门，言外之意是刚直不阿的陆机要胜陆云一筹。

【原文】

王太尉不与庾子嵩交①，庾卿之不置②。王曰："君不得为尔③。"庾曰："卿自君我，我自卿卿④。我自用我法，卿自用卿法⑤。"（5.20）

【译文】

王太尉不和庾子嵩结交，庾子嵩仍不停地用"卿"称呼他。王太尉说："你不要这样做了吧。"庾子嵩说："您仍然称呼我'君'，我照旧称呼您'卿'。我仍旧用我的办法对待您，您照常用您的办法对待我。"

注 释

❶王太尉：王衍。庾子嵩：庾敳。

❷卿之不置：称呼他"卿"不休。表示亲近，愿和对方结交。一本"卿"前有"曰"字。卿，侪辈间亲昵而不拘礼数的称呼。

❸君不得为尔：您不要这样做。王不称呼庾"卿"而称呼"君"，表示仍不愿和他亲近结交。

❹自：照原样，仍旧。君我：称我为"君"。卿卿：称您为"卿"。前一个"卿"为动词，即称呼人为"卿"；后一个"卿"为代词，犹言"您"。

❺我自用我法：我仍旧用我的办法。卿自用卿法：您仍旧用您的办法。

【原文】

阮宣子论鬼神有无者。或以人死有鬼，宣子独以为无①，曰："今见鬼者云，著生时衣服，若人死有鬼，衣服复有鬼邪②？"（5.22）

【译文】

阮宣子和人谈论有没有鬼神。有的人认为人死了以后还是有鬼的，只有阮宣子认为是没有鬼的，说："现在自称看到鬼的人，说鬼穿着人活着时穿的衣服，如果人死了以后有鬼，难道衣服也有鬼吗？"

注释

❶阮宣子：阮修。

❷著：穿着。本文和王充《论衡·论死》都是关于唯物主义无神论的重要文献。

【原文】

王丞相初在江左，欲结援吴人①，请婚陆太尉②。对曰："培塿无松柏③，薰莸不同器④，玩虽不才，义不为乱伦之始⑤。"（5.24）

【译文】

王丞相才来江东时，想结交吴地大族以为辅援，就请求和陆太尉家通婚。陆太尉回答说："小土山上没有大松柏树，香草、臭草也不能栽在一个花盆里，我虽然没有才能，但也不能带头做违背常理的不义之事。"

注释

❶王丞相：王导。江左：江东。结援：结交以为辅援。吴人：江左原为三国吴地，吴人指当地门阀士族。陆氏为吴地显姓。

❷请婚：请求通婚，结成婚姻关系。陆太尉：陆玩。

❸培塿（lǒu）：小土山。

❹薫莸（yóu）：香草和臭草。

❺不才：没有才能，自谦之词。义：正义。指思想行为符合一定的标准。乱伦：泛指一切违反常理的行为。按：魏晋南北朝时，特重门阀。当时的世家豪族婚姻界限极为森严。陆家为吴地大族，对于崭露头角的王导一族（虽也为北方大族）尚瞧不起，以"培塿无松柏""薫莸不同器"相喻，而把与之通婚视为"乱伦"之行。

【原文】

周伯仁为吏部尚书，在省内①，夜疾危急。时刁玄亮为尚书令，营救备亲好之至，良久小损②。明旦，报仲智，仲智狼狈来③，始入户，刁下床对之大泣④，说伯仁昨危急之状。仲智手批之，刁为辟易于户侧⑤。既前，都不问病，直云⑥："君在中朝，与和长舆齐名，那与佞人刁协有情⑦？"径便出⑧。(5.27)

【译文】

周伯仁做吏部尚书时，有一天夜间在官署里生了病，非常危急。当时刁玄亮做尚书令，对他像自己的亲人一样尽心设法营救，过了好久他的病情才稍微减轻。第二天一早，就派人报告了他的二弟周仲智，仲智慌忙地赶来，刚一进门，刁玄亮就离座对着他大哭，诉说昨夜周伯仁病危的情形。仲智扬手就打了他一巴掌，刁玄亮躲避到门旁。仲智走到伯仁床前，丝毫也不问伯仁的病情，只是说："您在西晋时，同和长舆一样有名望，现在怎么和善于巧言献媚的刁协有了交情？"说完就径直走了出去。

【注释】

❶周伯仁：周顗。吏部尚书：官名。掌管全国官吏的任免事务。省：官署名。设于禁中的尚书、中书、门下各官署都称为"省"。

❷刁玄亮：刁协，字玄亮。东晋渤海饶安（今河北盐山西南）人。被晋元帝宠信，崇上欺下，甚不得人心。尚书令：官名。主尚书省，权位颇高。小损：减轻。

❸明旦：次日早晨。仲智：周嵩，字仲智，周𫖮之弟。正直刚强。王敦杀害周𫖮而又使人吊唁，周嵩斥其"无义"，王敦衔恨而借故杀害了他。

❹床：坐榻。

❺手批：用手掌击打（面部）。辟易：躲避，退避。户侧：门旁。

❻都：全部。直：只，单。

❼中朝：晋南渡以后，称在中原的西晋为"中朝"。和长舆：和峤。佞人：善于巧言献媚的人。

❽径：径直。

【原文】

王含作庐江郡①，贪浊狼籍②。王敦护其兄，故于众坐称③："家兄在郡定佳，庐江人士咸称之④。"时何充为敦主簿，在坐，正色曰⑤："充即庐江人，所闻异于此！"敦默然⑥。旁人为之反侧，充晏然，神意自若⑦。（5.28）

【译文】

王含任庐江太守，贪赃枉法，名声很坏。王敦袒护他这位哥哥，故意在大庭广众之下称许说："我哥哥在庐江郡做官确实很好，庐江人士都赞扬他。"当时何充做王敦主簿，也在座中，表情严肃地说："我就是庐江人，我所听到的和您说的不同！"王敦哑口无言。旁边的人都坐立不安，而何充却面色坦然，神态自若。

注释

❶王含：字处弘。东晋琅邪临沂（今山东临沂北）人。王敦兄。历任荆州刺史、征东大将军等。随王敦作乱，后被荆州刺史王舒沉死于江中。庐江：郡名。

②贪浊：贪赃枉法。狼籍：形容名声很坏。

③护：袒护，包庇。故：故意，特意。

④咸：都，全。

⑤主簿：官名。统兵开府之大臣幕府中的重要僚属，参与机要，总领府事。正色：表情端庄严肃。

⑥默然：沉默不语。

⑦反侧：辗转不安，担心。晏然：安然，坦然。自若：自如，自然。

【原文】

王敦既下，住船石头①，欲有废明帝意②。宾客盈坐，敦知帝聪明，欲以不孝废之③，每言帝不孝之状，而皆云温太真所说④："温尝为东宫率，后为吾司马，甚悉之⑤。"须臾，温来，敦便奋其威容⑥，问温曰："皇太子作人何似⑦？"温曰："小人无以测君子⑧。"敦声色并厉⑨，欲以威力使从己，乃重问温："太子何以称佳？"温曰："钩深致远，盖非浅识所测⑩，然以礼侍亲⑪，可称为孝。"（5.32）

【译文】

王敦已向京都进发，船只停泊在石头城下，他怀有废黜明帝而另立之心。在一次宾客满座的集会上，王敦深知明帝聪明，就想借口不孝废黜他，于是就屡谈明帝不孝的情状，并说这些事都是听温太真讲的："温太真曾做过东宫门卫长，后来做了我的司马，所以我对这些事了解得非常清楚。"过了一会儿，温太真来到，王敦便摆出威严的样子，问他道："皇太子做人怎样？"温太真说："我这卑微的人没法测度才德崇高的人。"王敦脸色、话语都变得严厉起来，想用威势使他屈从于己，就又问道："皇太子哪些方面值得称美？"温太真说："他是否有广博精深的才学，那不是我这目光短浅者所能测度的，但他能以礼节侍奉父母，却可以称得上是位孝子。"

注 释

❶下：东晋都于建康，处长江下游。时王敦驻荆州，处长江中游，故王敦自荆州赴建康曰"下"。石头：石头城。故址在今南京清凉山。

❷明帝：晋明帝司马绍，字道畿。元帝长子。元帝即位，被立为太子。元帝崩而继帝位。

❸盈坐：满座。

❹温太真：温峤。

❺东宫率：太子属官，主领兵卒，以卫东宫。悉：知道，了解。

❻须臾：片刻。威容：威严的面容。

❼皇太子：嗣君之称，指明帝，时已即位，王敦仍称帝为皇太子，是因己有不臣之心，以帝即位未久，遂以旧号称之。

❽小人：自谦之称。测：测度。君子：有才德的人。

❾声色并厉：说话的声音和脸色都很严厉。

❿钩深致远：比喻钻研深奥的道理。浅识：目光短浅的人，自谦之词。

⓫侍：侍候，侍养。

【原文】

苏峻既至石头，百僚奔散①，唯侍中钟雅独在帝侧②。或谓钟曰："见可而进，知难而退，古之道也③。君性亮直，必不容于寇仇，何不用随时之宜④，而坐待其弊邪⑤？"钟曰："国乱不能匡，君危不能济，而各逊

【译文】

苏峻叛军已来到石头城，朝廷官员四散奔逃，只有侍中钟雅一人守在晋成帝身边。有的人对钟雅说："见到条件许可就前进，感到有了困难就后退，这是自古以来的道理。您性格忠诚而耿直，必定不会被仇敌们宽容，为什么您不采取随机应变的措施，而坐着等死呢？"钟雅说："国家混乱而不能匡正，君主危难而不能扶助，却各自逃避以求免于祸害，

遁以求免⑥，吾惧董狐将执简而进矣⑦！"（5.34）

我担心董狐那样的史官将拿着简册走来了！"

注释

❶苏峻：字子高。东晋长广挺县（今山东莱阳南）人。元帝时曾为鹰扬将军，后为冠军将军、历阳内史。庾亮执政时想解除其兵权，他与祖约反叛，攻入建康，专擅朝政，不久被温峤、陶侃等击败而死。百僚：百官。泛指所有官员。

❷侍中：官名。侍从皇帝左右。钟雅：字彦胄。晋颍川长社（今河南长葛）人。好学有才志。历任汝阳令、尚书右丞、侍中等职。苏峻作乱，侍从帝侧，不肯逃离，被乱贼杀害。

❸"见可而进"二句：指做事情要看准时机，可行则行，不可行则退。

❹亮直：忠诚而耿直。寇仇：仇敌。随时之宜：随着时机变化而采取相应的措施。

❺坐待其弊：坐等败亡，坐着等死。后多用作"坐以待毙"。

❻匡：匡正。济：救助。逊遁：逃避。

❼董狐：春秋时晋国史官。晋灵公十四年（前607），赵盾因避灵公杀害而出走，未出境，其族人赵穿杀灵公。董狐认为责任在赵盾，就在史册上书"赵盾弑其君"。旧时称誉董狐是敢于直书实录的良史。执简而进：拿着竹简来到，意谓要把这些记入史册。简，竹简。古时无纸，用竹简来写字记事。

【原文】

孔君平疾笃①，庾司空为会稽②，省之。相问讯甚至③，为之流涕。庾既下床④，孔慨

【译文】

孔君平病危，当时任会稽内史的庾冰前去探望他。庾冰非常殷切地询问他的病情，并且流下了眼泪。当庾冰离开坐榻要走时，孔君平感慨地说："大丈夫

然曰:"大丈夫将终⑤,不问安国宁家之术,乃作儿女子相问⑥!"庾闻,回谢之,请其话言⑦。(5.43)

将要离开人世,你不询问安国宁家方面的方法,却像小孩子一样问候我的病情!"庾冰一听,马上转回身来向他道歉,并请他谈谈有关治理国家的好见解。

注 释

① 孔君平:孔坦。疾笃:病重,病危。
② 庾司空:庾冰,字季坚。东晋颍川鄢陵(今河南鄢陵西北)人。庾亮弟。曾讨伐华轶和苏峻之乱。历任吴国内史、中书监、扬州刺史等职,死后追赠侍中、司空。
③ 省:探望。问讯:问候。甚至:非常殷切。
④ 下床:谓离开坐榻要走。
⑤ 大丈夫:指有志气有作为的人。终:死。
⑥ 安国宁家:使国家安定,人民平安。儿女子:小孩子。
⑦ 回谢:转回身来赔罪道歉。话言:善言遗语,有道理的话。

【原文】

王述转尚书令①,事行便拜②。文度曰③:"故应让杜许④。"蓝田云:"汝谓我堪此不⑤?"文度曰:"何为不堪?但克让自是美事,恐不可阙⑥。"蓝田慨然曰:"既云堪,何为复让?人言汝胜我,定不如我。"(5.47)

【译文】

王述调任尚书令,诏令一下他就去任职。儿子文度说:"按惯例应该谦让一番而不应马上答应。"王述说:"你认为我能胜任这个职务吗?"文度说:"怎么不胜任?但能够谦让一番自然是件好事,恐怕这还是不可缺少的。"王述感慨地说:"你既然认为我能胜任,为什么还要我谦让呢?别人都说你能胜过我,我看一定不如我。"

注 释

① 王述：字怀祖。东晋太原晋阳（今山西太原西南）人。少袭父爵为蓝田侯（故亦称"王蓝田"）。历任宛陵令、临海太守、尚书令等职。转：迁调官职。

② 事行便拜：诏令下达立即就职。

③ 文度：王坦之。王述的儿子。

④ 应让杜许：应该谦让而不要立即答应。杜许，刘孝标无注。或以为是一人姓名，或以为是二人之姓。或可作一般语词理解：杜，杜绝；许，许诺。

⑤ 堪：胜任。

⑥ 克让：能够谦让。阙：缺少，空缺。

【原文】

孙兴公作《庾公诔》①，文多托寄之辞②。既成，示庾道恩③。庾见，慨然送还之，曰："先君与君，自不至于此④！"（5.48）

【译文】

孙兴公写《庾公诔》，文中有不少抒发自己情怀的句子。他写成以后，就拿给庾亮的儿子庾道恩看。道恩看完后，很有感慨地送还给了他，说："先父和您的关系，本来达不到这种程度！"

注 释

① 孙兴公：孙绰。庾公：庾亮。

② 托寄：同"寄托"。

③ 庾道恩：庾羲，字叔和，小字道恩。庾亮之子。官至吴国内史。

④ 先君：称去世的父亲。自：本来。

【原文】

刘真长、王仲祖共行，日旰未食①。有相识小人贻其餐②，肴案甚盛③，真长辞焉。仲祖曰："聊以充虚，何苦辞④？"真长曰："小人都不可与作缘⑤。"（5.51）

【译文】

刘真长、王仲祖一块外出，天很晚了还没吃上饭。有个过去相识的品行不好的人给他们送来了饭食，菜肴非常丰盛，真长推却不用。仲祖说："暂且用来充充饥，何苦推辞不用？"真长说："和这些品行低下的小人一概不能有什么来往。"

注释

❶刘真长：刘惔。王仲祖：王濛。日旰：天晚。旰，晚，天色晚。

❷小人：指行为不正、品德低劣的人。贻：赠送。

❸肴：鱼肉之类的荤菜。案：有足的食器。

❹聊：姑且，暂且。充虚：充饥之意。何苦：何必自寻苦恼，用反问的语气表示不值得。

❺小人都不可与作缘：一概不能与小人来往。语出三国蜀诸葛亮《出师表》："亲贤臣，远小人，此先汉所以兴隆也；亲小人，远贤臣，此后汉所以倾颓也。"作缘，有交往，有友好关系。

【原文】

韩康伯病，拄杖前庭消摇①。见诸谢皆富贵，轰隐交路②，叹曰："此复何异王莽时③！"（5.57）

【译文】

韩康伯生了病，拄着手杖在前面庭院中安闲自在地散步。看见谢安家族富贵荣华，车马声充满道路，不禁感慨地说："这和王莽时代又有什么两样！"

注 释

① 韩康伯：韩伯。消摇：安闲自得。今多作"逍遥"。

② 诸谢：指谢安一族。如谢安、谢尚、谢万、谢石、谢玄等，都是高官。轰隐交路：形容往来车马络绎不绝。轰，大响声。隐，隐约依稀的小响声。

③ 王莽：字巨君。元城（今河北大名东）人。西汉末，以外戚掌权。初始元年称帝，改国号"新"。后在绿林军攻入长安时被杀。

【原文】

王子敬数岁时，尝看诸门生樗蒲①，见有胜负，因曰："南风不竞②。"门生辈轻其小儿，乃曰："此郎亦管中窥豹，时见一斑③。"子敬瞋目曰④："远惭荀奉倩，近愧刘真长⑤！"遂拂衣而去⑥。（5.59）

【译文】

王子敬几岁的时候，有一次看门客们玩樗蒲的游戏，他感到胜败有了眉目，就说："处于南边的一方要输了。"门客们轻视他是个孩子，就说："这小孩不过是从竹管里看豹子，常常只能看见一个花斑罢了。"子敬瞪大眼睛，生气地说："和前代的荀奉倩、近代的刘真长相比，我真感到羞愧！"说完就用力拍打着衣服走了出去。

注 释

① 王子敬：王献之。门生：门客。两晋南北朝时世家豪族的依附人口。樗（chū）蒲：古代博戏。盛行于汉魏。

② 南风不竞：《左传·襄公十八年》："晋人闻有楚师，师旷曰：'不害。吾骤歌北风，又歌南风，南风不竞，多死声，楚必无功。'"师旷从音乐声中听出楚师不振，没有战斗能力，伐晋必然失败。此用以比喻看出竞赛中处于南边的一方力量不强，必然要负。

❸郎：称呼小孩。凡贵公子及年少为人尊敬者，皆呼为郎。管中窥豹：从竹管中看豹，只能看见豹身上的花纹，看不到全豹。比喻只见局部，不见全体，或见识不广。

❹瞋目：瞪大眼睛，表示愤怒。

❺荀奉倩：荀粲，字奉倩。三国颍川颍阴（今河南许昌）人。好道家之言，性简贵，不与常人结交，所交皆一时俊杰。荀粲为魏末人，故曰"远惭"。刘真长：刘惔。史称他"为政清整，门无杂宾"，"及惔年德转升，论者遂比之荀粲"（《晋书·刘惔传》）。与王子敬为同时代人，故曰"近愧"。王子敬自悔看门客们樗蒱，轻易谈论，致为门客所侮，故以严于择交的荀、刘为惭。

❻拂衣：提起或撩起衣襟。形容激动或愤激。

【原文】

太极殿始成①，王子敬时为谢公长史②，谢送版，使王题之③。王有不平色，语信云："可掷著门外。"④谢后见王曰："题之上殿何若？昔魏朝韦诞诸人，亦自为也⑤。"王曰："魏祚所以不长⑥。"谢以为名言。(5.62)

【译文】

太极殿刚刚建成，王子敬当时做谢安的长史，谢安送来了版牍，要王子敬在上面题字。王子敬流露出愤慨不满的表情，对谢安派来的人说："把它扔在门外边吧。"后来谢安见到王子敬说："到大殿上边去题字怎么样？从前魏朝的韦诞等人也亲自这样做过。"王子敬说："因此魏朝的国运才不能长久啊！"谢安认为他这话回答得很好。

注 释

❶太极殿：晋时天子所居正殿名。高八丈，长二十七丈，广十丈。原为魏明帝时所建，因上法太极，故名。东晋孝武帝时重建。

❷王子敬：王献之。谢公：谢安。

❸版：牍。即用以题字的木板。题：书写，题字。

❹不平：愤慨不满貌。王献之因谢安未事先告求，径使书，故不平。信：使者，信使。

❺何若：何如，如何。韦诞及题字事见《世说新语·巧艺》。自为：亲自去做。

❻祚：国运。

雅量第六

> 雅量，指人具有宽宏的气量。魏晋时代讲究名士风度，这就要求人注意言行举止，不管内心活动如何，只能深藏不露，表现出来的应是宽容、平和、若无其事，就是说，见喜不喜，临危不惧，处变不惊，遇事不改常态，这才不失名士风流。本门共42篇，此处选译15篇。

【原文】

豫章太守顾劭①，是雍之子②。劭在郡卒，雍盛集僚属，自围棋③。外启信至，而无儿书，虽神气不变，而心了其故④。以爪掐掌，血流沾褥⑤。宾客既散，方叹曰："已无延陵之高⑥，岂可有丧明之责⑦？"于是豁情散哀，颜色自若。(6.1)

【译文】

豫章太守顾劭，是顾雍的儿子。顾劭在郡中任上死去，顾雍当时还在大请僚属们聚会，自己在下围棋。外面报告说有信使前来，但没有儿子写来的信，顾雍虽然神态没有变化，可心中明了没来信的原因。他悲痛得用指甲掐破了手掌，鲜血流到坐垫上，仍不露声色。宾客们走散后，他才叹息道："我已经没有了延陵季子死了儿子以后那样的清高，但怎能再像子夏死了儿子悲伤过度而使眼睛失明受到别人的指责呢？"于是顾雍就把悲哀的感情遣散开来，脸色又和平常一样了。

【注释】

❶豫章：郡名，治所在南昌（今属江西）。顾劭：一作"顾邵"。字孝则。三

国吴郡吴（今江苏苏州）人。曾任豫章太守，史称"举善以教民，风化大行"。卒于官。

❷雍：顾雍，字元叹，顾劭父。初为合肥长。后任吴国丞相，执政达十九年。

❸僚属：所属官吏，下属官吏。自：亲自，亲身。

❹启：陈述，报告。信：信使，使者。书：信函。了：明了，明白。

❺爪：手指甲。褥：此指坐榻上的垫身之物。

❻已无延陵之高：已经没有延陵季子丧子以后那样的清高。延陵，季札，又名"公子札"，春秋时吴国贵族，封于延陵（今江苏常州市武进区南），因称延陵季子。

❼丧明之责：子夏丧子，悲痛得眼睛失明，因而受到曾子的责备。

【原文】

嵇中散临刑东市①，神气不变②，索琴弹之，奏《广陵散》③。曲终曰："袁孝尼尝请学此散，吾靳固未与④，《广陵散》于今绝矣！"太学生三千人上书⑤，请以为师，不许。文王亦寻悔焉⑥。(6.2)

【译文】

嵇中散在刑场将被杀害时，神色不变，他向别人讨取琴来，弹奏了乐曲《广陵散》。曲子弹完时说："袁孝尼曾向我请求学习这套曲子，我吝惜守密，未肯传授给他，《广陵散》从今以后没人能够弹奏了。"当时，三千名太学生上书，请求拜嵇康为师，没有得到准许。嵇康被杀害不久，司马昭也感到后悔了。

注 释

❶嵇中散：嵇康。临刑：将要受刑，将要被杀害。东市：汉代在长安东市处决判死刑的人，后因以东市指刑场。

❷神气：神态，神色。

❸索：求取，讨取。《广陵散》：又名《广陵止息》。琴曲名，是篇幅最长的琴曲之一。现存《广陵散谱》，最早者见于《神奇秘谱》。后人据各段标题，推测即《琴操》所记的《聂政刺韩王曲》。据史料看，弹《广陵散》者非嵇康一人，嵇死后其曲仍流传于世。嵇康临终之言，乃自以为妙绝时人，不同凡响，己死后无复能继之者。

❹袁孝尼：袁准。靳固：吝惜而固守。未与：一本作"不与"。

❺太学生：中国古代的大学生。上书：用文字向君主、大官陈述意见或反映情况。

❻文王：司马昭。寻悔：旋即就后悔了。《世说新语》的编撰者把嵇康这种视死如归的行为视为"雅量"的表现。

【原文】

夏侯太初尝倚柱作书①，时大雨，霹雳破所倚柱，衣服焦然②，神色无变，书亦如故。宾客左右皆跌荡不得住③。(6.3)

【译文】

夏侯太初有一次靠着柱子写字，当时下着大雨，霹雷击毁了他所倚靠的柱子，衣服也被烧焦了，但他神色不变，仍旧照常挥写。宾客和侍从们都惊怕得东倒西歪。

注释

❶夏侯太初：夏侯玄，字太初。三国沛国谯县（今安徽亳州）人。早期的玄学领袖。曾任魏征西将军，都督雍、凉州诸军事，后拟谋杀司马师，事泄被杀。作书：写字。

❷霹雳：霹雷。焦然：衣物被烧焦貌。

❸左右：近侍，身旁的人。跌荡：站立不稳貌。

【原文】

　　王戎七岁，尝与诸小儿游①。看道边李树多子折枝，诸儿竞走取之②，唯戎不动。人问之，答曰："树在道边而多子，此必苦李③。"取之，信然④。(6.4)

【译文】

　　王戎七岁时，曾经和许多小朋友一块出去游玩。他们看见路边的李子树上结满了果实，树枝都被压弯了，孩子们争先恐后地跑过去摘李子，只有王戎站立着不动。别人问他为什么，他说："李子树长在路边，却能留下这么多果实，这李子一定是苦的。"摘下来一尝，果真像王戎说的那样。

注释

❶小儿：小孩子。游：游玩。

❷多子折枝：果实结得很多，把树枝都压得弯折了。竞：比赛，争逐。走：奔跑。

❸苦李：味道苦涩的李子。后因以"苦李"自比才拙。

❹信然：诚然，确实。

【原文】

　　刘庆孙在太傅府①，于时人士多为所构，唯庾子嵩纵心事外，无迹可间②。后以其性俭家富，说太傅令换千万，冀其有吝，于此可乘③。太傅于众坐中问庾，庾时颓然已醉，帻坠

【译文】

　　刘庆孙在太傅司马越府中，当时有名望的人大都被他设计陷害，只有庾子嵩不大关心世事，找不到痕迹可以作为挑拨离间的借口。后因庾子嵩性情节俭而家中富有，所以刘庆孙就劝说司马越向他索求钱币一千万，希图在他有所吝惜时，乘机挑拨。司马越就在大庭广众之下向庾子嵩索取钱财，这时庾子嵩已喝得大醉，头巾掉

几上，以头就穿取④，徐答云："下官家故可有两婆千万⑤，随公所取。"于是乃服。后有人向庾道此，庾曰："可谓以小人之虑，度君子之心⑥。"（6.10）

在桌子上，他就把头凑上去戴起来，徐缓地说："我家中的钱币确实有两三千万，任您随便取用好了。"这样，刘庆孙才对他服了气。后来有人向庾子嵩说起刘庆孙的这些做法，庾子嵩说："他这可真是以小人之心，测度君子之腹啊！"

注 释

❶刘庆孙：刘舆，字庆孙。西晋中山魏昌（今河北定州东南）人。善结交，被范阳王司马虓（xiāo）宠信，后被东海王司马越召用，很受信重，为左长史。太傅：指司马越，字元超，封东海王，参与了"八王之乱"，历任散骑常侍、中书令、司空、太傅等。

❷人士：有名望的人。构：设计陷害。庾子嵩：庾敱。纵心事外：纵任心事于世事之外。间：离间。合者使离，亲者使疏。

❸说：劝说。换：求索，求取。冀：希望，希图。吝：吝惜。乘：利用，趁机会。

❹颓然：颓唐貌，大醉貌。帻：头巾。帻有屋，故曰"以头就穿取"。就：靠近。

❺下官：郡国内的属吏对其长官或国主的自称。故：当然，确定，用以加重肯定语气。婆：当时口语，即"三"之重读。

❻"以小人"二句：谓以坏意猜测别人的心理。度：推测，估计。

【原文】

有往来者云："庾公有东下意①。"或谓王公②："可

【译文】

来往于京都的人传话说："庾亮有东来京都之心。"有人劝王导说："应该暗

潜稍严，以备不虞③。"王公曰："我与元规虽俱王臣，本怀布衣之好④，若其欲来，吾角巾径还乌衣，何所稍严⑤？"（6.13）

地稍加防御，以防备意想不到的事。"王导说："我和元规虽都是王室大臣，但本从贫贱时就结下了友谊，如果他愿前来，我就戴上隐士的头巾，马上回到我的乌衣巷去，哪里用得着稍加防御呢？"

注 释

❶庚公：庾亮。东下：指由荆、江等州（处长江中游）东来京都建康（处长江下游）。东下有庾亮东来京都夺取王导辅臣大权之意。

❷王公：王导。

❸潜：暗地。不虞：意料不到的事。

❹元规：庾亮的字。王臣：辅助王室之臣。布衣之好：贫贱时结下的友情，童年时代就要好的朋友。布衣，庶民之服。

❺角巾：古时隐士常戴的一种有棱角的头巾。乌衣：乌衣巷，在今江苏南京东南。三国吴时于此置乌衣营，以兵士服乌衣而名。东晋时，王、谢诸望族居此。刘孝标注引《丹阳记》曰："乌衣之起，吴时乌衣营处所也。江左初立，琅邪诸王所居。"

【原文】

祖士少好财①，阮遥集好屐②，并恒自经营③。同是一累，而未判其得失④。人有诣祖，见料视财物，客至，屏当未尽⑤，余两小簏著背后，倾身障

【译文】

祖士少嗜好钱财，阮遥集嗜好木屐，二人都经常亲自料理自己所爱的东西。同样是一种牵累，但人们还不能判定他们气度的高下。有人到祖约家，看见他在查点钱财，客人来到，他还没来得及收拾好，就把剩下的两个小竹箱放在身后，斜着身子遮住竹箱，

之，意未能平⑥。或有诣阮，见自吹火蜡屐⑦，因叹曰："未知一生当著几量屐⑧？"神色闲畅⑨。于是胜负始分⑩。(6.15)

气色慌张，尚未平息下来。有人到阮孚家，看见他正在吹火熔蜡，涂于屐上，并且看着木屐感慨地说："不知一辈子能穿几双木屐啊！"神态是那样的悠闲自在。从这两件事上，人们便把他们气度的高下分辨出来了。

注 释

❶祖士少：祖约，字士少。东晋范阳遒县（今河北涞水）人。祖逖弟。历任平西将军、豫州刺史等职，与苏峻一起谋反，兵败投奔石勒，被杀。

❷阮遥集：阮孚，字遥集。晋陈留尉氏（今属河南）人。狂放不羁，不理世务。历任安东参军、侍中、吏部尚书等职。屐：木头拖鞋，有的有齿，有的无齿。

❸经营：料理。

❹累：负担，拖累。魏晋时人崇尚旷达，不为外物所累。祖、阮二人，一好财，一好屐，均受外物牵累。得失：是非，高下。

❺料视：料理，查点。屏当：收拾。

❻簏：用竹、柳或藤条编成的圆形盛器。倾身：侧身。意未能平：谓气色慌张，尚未平息下来。

❼蜡屐：在木屐上涂蜡，使之润滑。阮孚好屐，故蜡屐事不让僮仆去做。

❽量：量词，双。

❾闲畅：悠闲舒畅。

❿胜负始分：谓二人虽同受外物牵累，一个计较得失，一个处之泰然，从爱好者的精神状态上分辨出阮高祖下之别，表现了魏晋士人崇尚率真、旷达的风尚。

【原文】

褚公于章安令迁太尉记室参军①，名字已显而位微，人未多识。公东出，乘估客船②，送故吏数人投钱唐亭住③。尔时吴兴沈充为县令④，当送客过浙江⑤，客出，亭吏驱公移牛屋下⑥。潮水至，沈令起彷徨⑦，问："牛屋下是何物人⑧？"吏云："昨有一伧父来寄亭中，有尊贵客，权移之⑨。"令有酒色⑩，因遥问："伧父欲食饼不？姓何等？可共语⑪。"褚因举手答曰："河南褚季野⑫。"远近久承公名⑬，令于是大遽，不敢移公，便于牛屋下修刺诣公⑭。更宰杀为馔⑮，具于公前；鞭挞亭吏，欲以谢惭⑯。公与之酌宴，言色无异，状如不觉⑰。令送公至界⑱。(6.18)

【译文】

褚裒由章安县令调任庾亮的记室参军，这时他名声很大但职位却很低微，所以认识他的人并不多。褚裒向东进发，坐的是商船，前来远送的下属官吏与他一起投宿在钱唐驿亭。那时吴兴人沈充做钱唐县令，碰巧送客人过钱唐（塘）江，客人走后，钱唐亭吏把褚裒赶到牛棚里住。潮水上涨，沈县令走出来漫步，问："牛棚里住的是什么人？"亭吏说："昨天有个北方的粗人来到亭中寄宿，来了您这尊贵的客人，就临时把他挪到牛棚里去住了。"沈县令已带醉态，听后就远远地问道："那位粗人想不想吃点饼子？你姓什么？可以一块来说说话。"褚裒于是举起手来回答说："我是河南的褚季野。"远近都已知道他的大名，沈县令一听非常惶恐不安，他不敢让褚裒搬过来，就在牛棚下写好名片拜见褚裒。又宰杀牲畜割下肉块来做了饭菜，摆设到褚裒面前；并且用鞭子抽打亭吏，想以此表示他失礼的歉意。褚裒和他斟酌宴饮，说话的表情和平常毫无两样，那情态好像没有发生过任何事一样。沈县令把褚裒一直送至钱唐县的县界。

注释

❶褚公：褚裒。于：自，从。章安：县名。在今浙江临海东。迁：调动官

职，此指升职。太尉：指庾亮。记室参军：将军府或王府的属官，职掌书记。

❷东出：指离开章安，由东往西北去京都建康。估客船：供商旅搭乘的船只。估，同"贾"。

❸送故：长官去职，属吏远送，名为"送故"。钱唐：旧县名。唐改名为"钱塘"。治所在今浙江杭州西。亭：驿亭。古代官办旅舍，供公私行旅寄宿。

❹尔时：其时，当时。吴兴：郡名，治所在今浙江湖州。沈充：字士居。东晋吴兴武康（今浙江德清）人。谄事王敦，随王敦叛乱，官至车骑将军、宣城内史。王敦兵败后被杀。

❺浙江：钱唐（塘）江。

❻牛屋：牛棚。当时多以牛驾车，故驿亭设有牛屋。

❼彷徨：徘徊。

❽何物人：什么样的人。一作"何物"。

❾伧父：犹言粗野之人，鄙贱之夫。南北朝时南人讥骂北人的话。权：姑且，暂时。

❿酒色：喝多了酒的表情。

⓫何等：什么。

⓬河南：郡名。治所在雒阳（今河南洛阳东北）。

⓭承：知道。

⓮遽：窘急，惶恐。修刺：写具名片。

⓯宰杀：杀牲割肉。馔：食物。

⓰谢惭：道歉。

⓱酣宴：斟酌宴饮。言色：说话的表情。

⓲界：县界。地方官送人不能越出自己的管辖区域。沈令送褚公至县界，表示非常敬重。

【原文】

郗太傅在京口①，遣门

【译文】

郗太傅在京口城时，有一次派了一个

生与王丞相书②，求女婿。丞相语郗信③："君往东厢④，任意选之。"门生归，白郗曰⑤："王家诸郎，亦皆可嘉，闻来觅婿，咸自矜持⑥。唯有一郎，在东床上坦腹卧，如不闻⑦。"郗公云："正此好。"访之，乃是逸少，因嫁女与焉⑧。
(6.19)

门客给王丞相去送信，说要从他家子侄辈里挑选个女婿。王丞相对郗太傅派来的人说："您到东边厢房里，随意挑选好了。"门客回去后禀报郗太傅说："王家那些年轻人，都值得赞许，听说我们前来挑选女婿，都故意摆出一副庄重的样子。只有一个年轻人，在东边床上随随便便地露腹躺着，好像根本不知道有这件事。"郗太傅说："恰恰这个才是最合适的。"派人一查访，这人原来是王逸少，于是就把女儿嫁给了他。

注 释

❶郗太傅：郗鉴。太傅，官名，晋时执掌朝政。京口：古城名。故址在今江苏镇江。

❷门生：门客。王丞相：王导。

❸信：信使，使者。

❹厢：正房两侧的房屋，俗称厢房。

❺白：禀告。

❻可嘉：值得称许。咸：全，都。矜持：故作姿态，以示庄严。

❼坦腹：露腹。因以"东床坦腹"为求婚之典。又因以称人女婿曰"东床""东坦""令坦"。

❽逸少：王羲之。嫁女与焉：据刘孝标注引《王氏谱》，郗鉴之女名璿，字子房，嫁与王羲之。焉：之。指王羲之，同时也表示一种语气。

【原文】

庾太尉与苏峻战败①，率左右十余人乘小船西奔。乱兵相剥掠②，射，误中舵工，应弦而倒③，举船上咸失色分散④。亮不动容⑤，徐曰："此手那可使著贼⑥！"众乃安。(6.23)

【译文】

太尉庾亮与苏峻叛军作战失败，率领着十几个随从乘小船向西逃奔。乱兵们互相掠夺抢劫，庾亮的随从们射击叛兵，想不到误中自己船上的舵手，舵手随着弦声倒下，全船人都惊怕得脸上变了颜色，惶惶不安地乱作一团。庾亮毫不发怒，徐缓地说："用这种精准的手段去射杀叛贼多好啊。"众人听后，才安静下来。

注释

❶庾太尉：庾亮。

❷剥掠：掠夺抢劫。

❸舵工：舵手，掌船人。应弦：随着弓弦的响声。

❹举船：满船，全船。咸：都。

❺不动容：镇静自若，面不改色。

❻手：技能，手段。著贼：射贼。贼，造反作乱者，指苏峻叛军。

【原文】

桓宣武与郗超议芟夷朝臣①，条牒既定②，其夜同宿。明晨起，呼谢安、王坦之入，掷疏示之③。郗犹在帐内。谢都无言，王直掷还，云："多！"宣武取笔欲除，

【译文】

桓温和郗超商议铲除朝中大臣，条文写定以后，那一夜二人同睡在一起。第二天早晨，桓温招呼谢安、王坦之进来，把铲除朝臣的奏章扔给他们看。郗超还躲在帐帷里边。谢安看完后一句话也没说，王坦之看完后直接扔还给桓温，

郗不觉，窃从帐中与宣武言④。谢含笑曰："郗生可谓入幕宾也⑤。"（6.27）

说："太多了。"桓温拿过笔来想减除些人名，郗超不由得悄悄在帐帷里面和桓温私语。谢安面带微笑说："郗生可称得上躲进帐帷里的幕僚啊。"

注 释

❶桓宣武：桓温。郗超：字景兴，一字嘉宾。东晋高平金乡（治今山东嘉祥西阿城铺）人。任桓温参军，甚被信重。桓温专擅朝政，他任中书侍郎等职，参与废立密谋。芟夷：削除，删除。

❷条牒：条文。

❸疏：奏章。即前言芟夷朝臣的条牒。

❹窃：暗地。

❺入幕宾：藏在帐帷里的幕僚。后因称参与机要的幕僚为"入幕宾"。按：《晋书·郗超传》述此事有异："温（桓温）怀不轨，欲立霸王之基，超为之谋，谢安与王坦之尝诣温论事，温令超帐中卧听之，风动帐开，安笑曰：'郗生可谓入幕之宾矣。'"

【原文】

谢太傅盘桓东山时①，与孙兴公诸人泛海戏②。风起浪涌，孙、王诸人色并遽，便唱使还③。太傅神情方王，吟啸不言④。舟人以公貌闲意说⑤，犹去不止。既风转急，浪猛，诸人皆

【译文】

谢太傅隐居东山时，常常和孙兴公等人乘船出海游玩。有一次，海上风起浪涌，孙兴公、王右军等人都惊怕得变了脸色，长声高呼着要返回去。谢太傅兴致正浓，照常吟咏歌啸，不说要返回的话。船夫因为谢太傅神态悠闲，从容自得，就仍摇船向前不停。接着风越刮越大，浪头越卷越高，大家都喧哗骚动起来。谢太傅慢慢悠

喧动不坐⑥。公徐云："如此，将无归⑦?"众人既承响而回⑧。于是审其量，足以镇安朝野⑨。(6.28)

悠地说："像这样，莫非想返回吗？"众人听到这话，立即镇定地返舵回还。从这件事人们清楚地认识到谢安的度量，完全能够稳定国家。

注 释

❶谢太傅：谢安。盘桓：逗留不进貌。指不到朝中做官。东山：在今浙江上虞西南。谢安未做官时，曾隐居于此。因以"东山"指隐居。

❷孙兴公：孙绰。泛：漂浮。

❸王：王羲之。遽：窘急，惶恐。唱：长声高呼。

❹王：通"旺"，盛。吟啸：吟咏。

❺舟人：船夫。说：通"悦"。

❻既：不久，接着。喧动：喧哗骚动。

❼将无：莫非，大概。谢安语表归意，使大家情绪安定下来。

❽承响：听到声音。这里指听了谢安的话。

❾审：审察。镇安：镇抚，安定。

【原文】

桓公伏甲设馔①，广延朝士②，因此欲诛谢安、王坦之。王甚遽③，问谢曰："当作何计？"谢神意不变，谓文度曰④："晋祚存亡⑤，在此一行。"相与俱前⑥。王之恐状，转见于色；谢

【译文】

桓温埋伏着刀斧手，摆设了酒宴，遍请朝中官员，想趁这个机会杀害谢安和王坦之。王坦之非常惊慌，就问谢安："应采取什么对策？"谢安神态自如，平静地对他说："晋朝政权的存亡，决定于我们这次的行动。"两人一同前往。王坦之恐慌的情状，从不断变化的脸色中越来越显现出来；谢安从容不迫的样子，愈加表露在那镇定

之宽容，愈表于貌⑦。望阶趋席，方作洛生咏⑧，讽"浩浩洪流"⑨。桓惮其旷远，乃趣解兵⑩。王、谢旧齐名，于此始判优劣⑪。（6.29）

自如的容貌上。他望着台阶快步走向席位，又用洛阳书生的腔调，吟诵"浩浩洪流"的诗句。桓温畏惧谢安那明远旷达的风度，就赶快把埋伏着的刀斧手撤走了。王坦之和谢安原先有同等的名望，通过这件事人们才分辨出他们气度的高下。

注 释

❶桓公：桓温。甲：武士，刀斧手。馔：食物，酒饭。

❷延：邀请，聘请。朝士：朝臣。

❸遽：窘急，惶恐。

❹文度：王坦之。

❺晋祚：指晋之国运、国统。祚，国运。

❻相与：一同，一起。

❼转见于色：脸色不断变化，谓越来越恐惧。宽容：舒缓貌，从容不迫貌。表：显现。

❽望阶趋席：从台阶上进入席位。古代主人立东阶接客，客人从西阶上，进入席位。方：正当，正在。洛生咏：洛阳书生吟咏的腔调，声音重浊。传说谢安有鼻疾，声音重浊，后之文人名士多学其咏，更有以手掩鼻以相仿效者。

❾讽：朗诵。浩浩洪流：见嵇康《赠秀才入军诗》："浩浩洪流，带我邦畿。"浩浩，水盛大貌。

❿惮：害怕，畏惧。旷远：明远豁达。趣：急促，赶快。解兵：撤兵。谓把埋伏的刀斧手撤走。

⓫旧：以往，原先。优劣：高低，高下。此虽未明言二人之优劣，但谢安优于王坦之的表现已经不言而喻了。

【原文】

谢公与人围棋①，俄而谢玄淮上信至②。看书竟，默然无言，徐向局③。客问淮上利害④，答曰："小儿辈大破贼⑤。"意色举止⑥，不异于常。(6.35)

【译文】

谢安和客人下围棋，不一会谢玄从淝水战场上派来的送信人来到。谢安看完了信，默默不语，又从从容容地下起棋来。客人忍不住问："淝水之战胜负如何？"谢安回答说："孩儿们把敌人打得大败。"说话时的神态举动，和平常没有什么两样。

注释

❶谢公：谢安。

❷俄而：不久，片刻。淮上：淮河上，即淝水之战的战场。383年，前秦苻坚率军大举南侵。谢安派弟弟谢石、侄儿谢玄等率军拒敌。谢玄为前锋都督，挑选精兵渡淝水击败前秦军队，俘敌数万，取得大胜。信：信使，送信人。

❸竟：完毕，终了。局：棋盘。

❹利害：胜败。

❺小儿辈：孩子们。谢玄是谢安的侄儿，又是淝水之战的主帅，故以"小儿辈"相称。后以"小儿破贼"比喻年纪轻轻就建立功业。

❻意色：意态神色。

【原文】

殷荆州有所识①，作赋，是束皙慢戏之流②。殷甚以为有才，语王恭："适见新文，甚可观③。"便于

【译文】

殷荆州有个相识的人，写了一篇赋，是束皙轻慢调笑一类的作品。殷荆州却认为写得很有才气，对王恭说："刚才见到一篇新写的文章，非常值得一看。"说着

手巾函中出之④。王读,殷笑之不自胜⑤。王看竟,既不笑,亦不言好恶,但以如意帖之而已⑥。殷怅然自失⑦。(6.41)

就从手巾匣里把这篇赋拿了出来。王恭读时,殷荆州在一旁笑得自己控制不住自己。王恭看完,既不笑,也不说喜爱还是厌恶,只是用如意把这篇赋作压平罢了。殷荆州见此情景,茫然如有所失。

注释

❶殷荆州:殷仲堪。所识:指殷仲堪所认识的人。

❷束晳:字广微。西晋阳平元城(今河北大名)人。官至尚书郎。慢戏:轻侮戏谑。

❸适:刚才。可观:有观赏之价值。

❹手巾函:盛放手巾的匣子。

❺自胜:自禁。

❻好恶:喜欢和讨厌。如意:器物名。用竹、玉或骨等制成,头作灵芝形或云叶形,柄微曲,供搔背或赏玩之用。帖:平伏。

❼怅然:失意不乐貌。自失:茫然,不知所措。王恭对看不上眼的作品,"看竟,既不笑,亦不言好恶,但以如意帖之而已",虽未明斥,但轻蔑之意已现。这也是"雅量"的一种表现吧。

识鉴第七

识鉴，指能知人论世，鉴别是非，赏识人才。魏晋时代，讲究品评人物，展现了魏晋士人审时度势、见微知著的洞察力和决断力。本门共28篇，此处选译11篇。

【原文】

曹公少时见乔玄①，玄谓曰："天下方乱，群雄虎争，拨而理之②，非君乎？然君实是乱世之英雄，治世之奸贼③。恨吾老矣，不见君富贵，当以子孙相累④。"(7.1)

【译文】

曹操年轻时拜见乔玄，乔玄对他说："天下正逢动乱，各路英雄如虎相争，拨乱而加以治理，不是要靠您吗？但您实在是动乱时期的英雄，安定时期的奸贼。遗憾的是我年纪大了，不能亲眼见到您富贵的时候了，我把子孙交给您麻烦您来照顾吧。"

注释

❶曹公：曹操，字孟德，小名阿瞒。三国谯县（今安徽亳州）人。挟天子以令诸侯，逐渐统一北方。进位为丞相，封魏王。子曹丕称帝，追尊他为武帝。乔玄：字公祖。东汉梁国睢阳（今河南商丘）人。擅长知人。历任司徒长史、将作大匠、司空、司徒等职。

❷天下方乱：东汉末年，军阀割据，连年混战，社会动乱。群雄：指各军阀

集团。拨而理之：拨乱反正，治理国家。

❸乱世：动乱时期。治世：安定和平时期。"乱世之英雄"二句：刘孝标注引孙盛《杂语》曰："太祖（曹操）尝问许子将：'我何如人?'固问，然后子将答曰：'治世之能臣，乱世之奸雄。'太祖大笑。"曹操之流或被称为"乱世奸雄"。

❹恨：遗憾。累：烦劳，麻烦。

【原文】

曹公问裴潜曰①："卿昔与刘备共在荆州，卿以备才如何②？"潜曰："使居中国，能乱人，不能为治；若乘边守险，足为一方之主③。"(7.2)

【译文】

曹操问裴潜道："你从前和刘备一块在荆州共事，你认为刘备的才能怎么样?"裴潜说："假使让他占据中原，会搞得人心紊乱，社会得不到治理；如果让他去防守边境的险要地带，却完全胜任做一个地区的首领。"

注 释

❶曹公：曹操。裴潜：字文行。曹魏河东闻喜（今属山西）人。避乱荆州，刘表待以宾客之礼。后投曹操。官至尚书令，封清阳亭侯。

❷刘备：字玄德。涿郡涿县（今河北涿州）人。曾往荆州投靠刘表。后用诸葛亮联孙抗曹之策，大败曹操于赤壁后占领荆州，又夺取益州和汉中，建立蜀汉政权。

❸中国：指中原地带。乘边守险：防守边境险要地带。乘，防守。按：据《三国志》裴潜本传，曹、裴问答时，刘备早已攻占了成都，所以，不能把裴潜的回答看作刘备将会"乘边守险"的预言，而可理解为对刘备能否攻取中原或保守西蜀的形势分析。

【原文】

潘阳仲见王敦小时①，谓曰："君蜂目已露，但豺声未振耳②。必能食人，亦当为人所食③。"（7.6）

【译文】

潘阳仲见到小时候的王敦，对他说："你目如蜂眼突露，只是说话的声音还未像豺狼般吼叫。你将来必能吞噬别人，但也会被别人吞噬。"

注释

❶潘阳仲：潘滔，字阳仲。西晋荥阳（今属河南）人。有才识。曾任黄门侍郎、散骑常侍，永嘉末为河南尹。于永嘉之乱中被害。

❷"蜂目"二句：谓目如蜂眼突露，声似豺狼吼叫。形容人相貌凶悍。

❸"必能食人"二句：言这类人能害人，但终无好下场。《晋书·王敦传》云："若不噬人，亦当为人所噬。"

【原文】

石勒不知书①，使人读《汉书》②。闻郦食其劝立六国后，刻印将授之③，大惊曰："此法当失，云何得遂有天下④？"至留侯谏⑤，乃曰："赖有此耳⑥！"（7.7）

【译文】

石勒不识字，就让别人读《汉书》给他听。当听到郦食其劝说刘邦复立六国的后代为王侯，铸刻了金印将要授给他们时，石勒非常吃惊，说："这个办法会失败的，这样做怎能取得天下？"当听到张良劝阻刘邦立六国之后的事时，石勒才说："多亏了有张良这一手啊！"

注释

❶石勒：字世龙，上党武乡（今属山西）人。羯族。十六国时后赵的建立

者。曾据有北方的大部分地区。不知书：不识字，不能读书。刘孝标注引邓粲《晋纪》曰："勒手不能书，目不识字，每于军中令人诵读，听之，皆解其意。"

❷《汉书》：我国第一部纪传体断代史，是研究西汉历史的重要资料。东汉班固撰，其中八表和《天文志》由其妹班昭和马续补作。

❸郦食其：秦末陈留高阳乡（今河南杞县西南）人。刘邦的重要谋士。

❹云何：如何。天下：全国。

❺留侯：张良。字子房，相传为城父（今河南襄城西南）人。刘邦的重要谋士。汉朝建立，封留侯。谏：直言规劝，使改正错误。"留侯谏汉王"事，见《汉书·张良传》：项羽急围刘邦于荥阳，刘邦忧惧。郦食其劝其立六国后，刘邦以为善，急刻印，令郦授于六国的后代。张良入谏，详析此事不可行。刘邦辍食吐哺，骂郦："竖儒，几败乃公事!"令销印。

❻赖有此耳：幸亏有此一着，事情才有了转机。后被用作成语典故。赖，依赖，倚靠。此，指张良。

【原文】

张季鹰辟齐王东曹掾①，在洛见秋风起，因思吴中菰菜羹、鲈鱼脍②，曰："人生贵得适意尔，何能羁宦数千里以要名爵③！"遂命驾便归④。俄而齐王败，时人皆谓为见机⑤。(7.10)

【译文】

张季鹰被征召做了齐王司马冏的东曹属官，在洛阳看到刮起了秋风，因而思念起家乡吴地的菰菜羹汤、鲈鱼肉片来，说："人活一辈子可贵的是能顺心合意，哪能羁留在几千里路外的他乡来强求什么名位呢？"于是就命人驾车，动身回归乡里。不久齐王失败被杀，当时人们都认为他事前能洞察事物细微的动向。

注　释

❶张季鹰：张翰，字季鹰。西晋吴郡吴（治今江苏苏州）人。齐王司马冏召

为大司马东曹掾，后归家不出。性情旷达，善写文章，人号"江东步兵"。辟：征召。齐王：司马冏，字景治，司马昭孙。密结赵王司马伦废贾后。赵王伦篡位，他又起义兵诛伦，拜大司马、辅政大臣，后骄恣而信用群小，被长沙王司马乂诛杀。掾：属官。

❷洛：洛阳。当时之西晋都城。菰菜：一名蒋菜，俗名茭白，水生，茎嫩可食。鲈鱼：一种扁长的鱼，银灰色，味鲜美。脍：细切的肉或鱼。后因以"鲈鱼脍"代指乡土特产风味或乡思之情。

❸适意：顺心。羁宦：在外乡做官。要：求，取。名爵：名望官位。

❹命驾：命人驾车，即动身起行之意。

❺见机：事前洞察事物细微的动向。时人皆谓为见机，意谓当时的人们认为，张翰能从细微的迹象中预见齐王失败，因而借思乡之故及早抽身引退，不受齐王之祸。

【原文】

诸葛道明初过江左①，自名"道明"，名亚王、庾之下②。先为临沂令③，丞相谓曰④："明府当为黑头公⑤。"（7.11）

【译文】

诸葛道明才到江东，自己取字叫"道明"，名声在王导和庾亮之下。早先做临沂县令时，王导就对他说："您年龄不大就能位至三公。"

注释

❶诸葛道明：诸葛恢，字道明。东晋琅邪阳都（今山东沂南南）人。诸葛靓子。有名望，历任临沂令、侍中、尚书令等。江左：江东。

❷亚：仅次于。王：王导。庾：庾亮。

❸临沂：今山东临沂。

❹丞相：王导。

❺明府：尊称地方长官。黑头公：谓头未白而位至三公，或言少壮时居高

位。黑头，喻青壮年。

【原文】

武昌孟嘉作庾太尉州从事①，已知名。褚太傅有知人鉴，罢豫章还②，过武昌，问庾曰："闻孟从事佳③，今在此不？"庾云："试自求之④。"褚昞睐良久⑤，指嘉曰："此君小异，得无是乎⑥？"庾大笑曰："然。"于时既叹褚之默识，又欣嘉之见赏⑦。(7.16)

【译文】

武昌人孟嘉任太尉庾亮的州从事，已经有了名气。太傅褚裒有擅长鉴别人物的能力，他从豫章太守任上免官回家时，经过武昌，问庾亮说："听说孟从事品学皆好，今天在这里没有？"庾亮说："您试着自己找找看。"褚裒顾盼了一阵，指着孟嘉说："这位先生和别人稍有不同，莫非就是他吗？"庾亮大笑着说："是啊。"当时人们既赞叹褚裒有暗中鉴识人物的能力，又欣喜孟嘉受到了别人的赏识。

注 释

❶武昌：郡名。治所在武昌（今湖北鄂州）。孟嘉：字万年。东晋江夏鄳（今河南信阳东北）人。庾亮任江州刺史，征召孟嘉为庐陵从事，后孟嘉为桓温参军，转任从事中郎、长史。庾太尉：庾亮。从事：三公及州郡长自召之僚属。

❷褚太傅：褚裒。鉴：审察鉴别能力。豫章：郡名。治所在南昌（今属江西）。

❸佳：美好，指才学品行兼优。

❹试：一作"卿"。

❺昞睐：顾盼。

❻得无：莫非，难道。

❼默识：暗暗地不动声色地鉴别人物。欣：欣喜，欢喜。见赏：被人赏识。

【原文】

桓公将伐蜀①，在事诸贤咸以李势在蜀既久②，承藉累叶，且形据上流，三峡未易可克③。唯刘尹云④："伊必能克蜀。观其蒲博，不必得则不为⑤。"（7.20）

【译文】

桓温将要征伐蜀地的李氏成汉政权，参议这事的诸位名人都认为李势在蜀地已经很久了，凭借着数代的基业，并且占据着长江上游，三峡地区不容易攻克。只有刘惔说："桓温此行一定能平定蜀地。从平时玩樗蒲赌博中可以看出，没有充分获胜的把握，他是不会去干的。"

注释

❶桓公：桓温。蜀：指蜀地的成汉政权。301年巴氐族首领李特在蜀地领导西北流民起义，304年其子李雄称成都王，二年后称帝，国号成，338年李雄的侄儿李寿改国号为汉，347年为桓温所灭。

❷在事：当局。李势：字子仁，十六国时期成汉国君。李寿长子，李寿死后继位。桓温伐蜀时，兵败请降，封归义侯。

❸承藉：承继，凭借。累叶：数世，数代。上流：指长江上游。三峡：长江三峡瞿塘峡、巫峡和西陵峡，江流湍急，两岸是悬崖绝壁，地势险要，易守难攻。克：制胜，取胜。

❹刘尹：刘惔。

❺蒲：樗蒲，古代博戏。不必得则不为：没有充分把握的事决不干。

【原文】

郗超与谢玄不善①。苻坚将问晋鼎②，既已狼噬梁、岐，又虎视淮阴矣③。

【译文】

郗超和谢玄关系不大友好。苻坚将要夺取晋国政权，已像恶狼一样吞没了梁州、岐山一带，又虎视眈眈地要夺取淮南了。

于时朝议遣玄北讨，人间颇有异同之论④，唯超曰："是必济事⑤。吾昔尝与共在桓宣武府，见使才皆尽，虽履屐之间，亦得其任⑥。以此推之，容必能立勋⑦。"元功既举，时人咸叹超之先觉，又重其不以爱憎匿善⑧。(7.22)

当时朝廷商议派谢玄北上抵抗苻坚的事，人们讲了不少不赞同的意见，只有郗超说："谢玄这人一定能成功。我过去曾和他一块在桓宣武府中，发现他用人能各尽其才，即使对于一些低贱的人，也能使其发挥各自的微小优点。由此推断，他必定会在这次征伐中建立功勋。"后来，淝水之战果然大功告成，当时人们都赞叹郗超有先见之明，又敬重他不以个人私怨埋没别人的长处。

注释

❶不善：感情不好，关系不好。

❷苻坚：字永固，一名文玉。氐族，十六国时前秦皇帝。初为东海王。在淝水攻晋大败，后为姚苌所杀。问晋鼎：图谋灭晋。三代以九鼎为国宝，楚子向王孙满问鼎之大小轻重，有觊觎周室之意。后遂以"问鼎"比喻图谋夺取天下。

❸狼噬：像狼一样吞吃。梁：梁州，古"九州"之一。在今四川和陕西西南部。岐：岐山，在今陕西岐山东北。苻坚据关中，又攻陷汉中，夺取了成都，因言"狼噬梁、岐"。淮阴：淮水以南。

❹朝议：朝廷上商议。异同之论：意见不一致，指对谢玄有不同的议论。

❺是：这人。济事：成事，把事情办好。

❻桓宣武：桓温。使才皆尽：任用人才，都能尽力发挥别人的才能。"履屐"二句：指善于用人，连鄙贱之人都能各尽其才。履，鞋。屐，木鞋。

❼容：容许，或许。推测的口气。

❽元功：头功，特大的功劳。先觉：先知，先见之明。爱憎：偏义复词。此处指憎恶，即私怨。匿善：埋没别人的好处，埋没别人的长处。

【原文】

韩康伯与谢玄亦无深好①。玄北征后,巷议疑其不振②。康伯曰:"此人好名,必能战③。"玄闻之甚忿,常于众中厉色曰④:"丈夫提千兵入死地⑤,以事君亲故发⑥,不得复云为名!"(7.23)

【译文】

韩康伯和谢玄也没有深厚的感情。谢玄北上抗击苻坚后,街谈巷议都担心他不能获胜。韩康伯说:"谢玄这人贪图声名,必定会战胜敌人的。"谢玄听到这话十分恼火,经常在众人面前板着面孔说:"大丈夫率领千军万马来到这出生入死的险境,不惜生命以报答君王,不要再说什么为了贪图声名!"

注释

❶韩康伯:韩伯。亦:也。深好:深厚的交情。

❷北征:指北上抵抗苻坚于淝水事。巷议:里巷中人们的议论。不振:指不能取胜。

❸好名:贪图声名。

❹忿:愤怒。厉色:神色严厉。

❺丈夫:犹言"大丈夫"。指有大志、有作为、有气节的男子。提:率领。千兵:犹言"千军万马"。死地:十分危险的境地。

❻事:侍奉。君亲:偏义复词。此专指君主。发:出兵。

【原文】

王忱死,西镇未定①,朝贵人人有望②。时殷仲堪在门下,虽居机要,资名轻小③,人情未以方岳相许④。

【译文】

王忱去世,由谁接任王忱做荆州刺史的事还没有确定下来。朝中的权贵们人人都在盼望着自己去就任。当时殷仲堪在门下省,虽然处在机要部门,但名望地位低

晋孝武欲拔亲近腹心，遂以殷为荆州⑤。事定，诏未出⑥。王珣问殷曰："陕西何故未有处分⑦？"殷曰："已有人。"王历问公卿⑧，咸云："非。"王自许才地，必应在己⑨，复问："非我邪？"殷曰："亦似非。"其夜，诏出用殷。王语所亲曰："岂有黄门郎而受如此任⑩？仲堪此举，乃是国之亡征⑪。"（7.28）

微，社会舆论不相信他能担任刺史这样的重任。晋孝武帝想提拔自己亲近的心腹之人，于是就让殷仲堪担任荆州刺史。事情确定了，诏命还未发出去。王珣问殷仲堪："荆州刺史一职为何还没有处置？"殷仲堪说："已安置好了人。"王珣把朝中高级官员数说了一遍，殷仲堪都回答说："不是。"王珣自信根据才能门第，必定委派自己去做，就又问："是不是要我去做？"殷仲堪说："好像也不是。"当夜任命诏书发出，用殷仲堪做荆州刺史。王珣对所亲近的人说："哪能让一个黄门侍郎担当这样的重任？任用仲堪的这次行动，会是国家败亡的征兆啊。"

注释

❶西镇未定：指接任王忱任荆州刺史的事还未确定下来。西镇，指荆州。

❷朝贵：朝廷中有权势的大官。望：希望，盼望。

❸门下：门下省，官署名。掌管诏令。机要：指机密重要部门。资名：名望地位。

❹人情：社会舆论。方岳：四方之岳，因以称指太守、刺史等地方长官。许：认可，信任。

❺晋孝武：晋孝武帝司马曜。拔：提拔。腹心：比喻亲信的人。

❻诏：诏书，皇帝颁发的命令文告。此指以殷仲堪为荆州刺史的诏命。

❼陕西：喻指荆州。处分：处置，安排。

❽问：遍问。公卿：三公九卿，泛指朝中高级官员。

❾自许：自信，自负。一本作"自计"。才地：才能门第。在己：一本作

"任己"。

⑩黄门郎：黄门侍郎。皇帝的近臣，出入禁中。

⑪国之亡征：荆州地处长江上游，南朝时为国家藩屏，历来皆以重臣镇守。孝武帝以才弱资浅的殷仲堪受此重任，终为桓玄控制，失败后被杀。征，征兆。

赏誉第八

> 赏誉,指赏识并赞美人物,这是品评人物的风气所形成的现象。品评是士大夫生活的重要组成部分,当时士大夫常在各种情况下评论人物的高下优劣,其中一些正面的、肯定的评语被记录在本门中,都是很简练而且被认为是恰当的话。他们所赞赏的内容很广泛,举凡品德、节操、本性、心地、才情、识见、容貌、举止、神情、风度、意趣、清谈、为人处世等,都在赏誉之列。本门共156篇,此处选译70篇。

【原文】

陈仲举常叹曰①:"若周子居者,真治国之器②。譬诸宝剑,则世之干将③。"(8.1)

【译文】

陈仲举经常赞叹说:"像周子居这样的人,真是治理国家的优秀人才。拿宝剑来比喻的话,就像世上那锋利无比的干将剑。"

注释

① 陈仲举:陈蕃。常:一作"尝"。

② 周子居:周乘,字子居。东汉汝南安城(今河南汝南)人。有才干,曾任泰山太守,有惠政。器:人才。

③ 譬诸:比之于。干将:本为善制剑者之名,后转为著名宝剑名。

【原文】

世目李元礼①："谡谡如劲松下风②。"（8.2）

【译文】

世上的人们品评李膺说："他的风度犹如劲松下面的那谡谡清冽的风。"

注释

① 目：品评，品题。李元礼：李膺。
② 谡谡：拟声词。形容风吹的声音。

【原文】

公孙度目邴原①："所谓云中白鹤，非燕雀之网所能罗也②。"（8.4）

【译文】

公孙度品评邴原说："像人们说的那飞入云天的白鹤，不是捕捉燕雀的小网所能捕获住的。"

注释

① 公孙度：字升济。东汉辽东襄平（治今辽宁辽阳）人。历任冀州刺史、辽东太守等职。邴原：字根矩。东汉北海朱虚（今山东临朐东南）人。知世将乱，避乱辽东，公孙度待以厚礼。中原安定，邴原欲归，后秘密逃回。曹操用为东阁祭酒，官至五官将长史。
② 云中白鹤：像云天里的白鹤一般，比喻志行高洁的人。罗：张网捕鸟。

【原文】

钟士季目王安丰①："阿戎

【译文】

钟会品评王戎："阿戎聪明伶俐，

了了解人意②。"谓："裴公之谈，经日不竭③。"吏部郎阙④，文帝问其人于钟会⑤。会曰："裴楷清通，王戎简要，皆其选也⑥。"于是用裴。(8.5)

懂得别人心意。"品评裴楷："滔滔不绝，整天说个不停。"吏部郎职务空缺，司马昭问钟会适于做吏部郎的人选。钟会回答说："裴楷清明通达，王戎简明扼要，都是合适的人选。"司马昭就任用了裴楷。

注释

❶钟士季：钟会。王安丰：王戎。

❷阿戎：称呼王戎。阿，用在称呼开头的助词。了了：聪明，聪慧。解人意：懂得别人的心意。

❸裴公：裴楷，字叔则。魏晋河东闻喜（今属山西）人。历任相国掾、吏部郎、中书令等职。经日：整天。

❹吏部郎：吏部郎中。

❺文帝：指晋文帝司马昭。其人：指适于做吏部郎的人。

❻清通：清明通达。简要：简明扼要。选：指适于作吏部郎的人选。按：刘孝标注："诸书皆云：钟会荐裴楷、王戎于晋文王，文王辟以为掾，不闻为吏部郎。"

【原文】

王戎目山巨源①："如璞玉浑金②，人皆钦其宝，莫知名其器③。"(8.10)

【译文】

王戎品评山巨源："像那未经雕琢的玉石和未经冶炼的金子，人们都敬重他是珍宝，可谁也不知道如何来形容他的气度。"

注释

❶山巨源：山涛。

❷璞玉浑金：未雕琢的玉，未冶炼的金，比喻人质性纯美，含而不露。
❸钦：敬佩，钦佩。名：称呼，称指。器：器物，暗指器量、才能。刘孝标注引顾恺之《画赞》曰："涛（山涛）无所标明，淳深渊默，人莫见其际，而其器亦入道。故见者莫能称谓，而服其伟量。"

【原文】

山公举阮咸为吏部郎①，目曰："清真寡欲，万物不能移也②。"（8.12）

【译文】

山涛推荐阮咸做吏部郎，品评说："他纯洁率真而清心寡欲，万事万物也不能使他动摇和改变。"

注释

❶山公：山涛。举：推荐，选拔。阮咸：字仲容。西晋陈留尉氏（今属河南）人。旷放不拘礼法，善弹琵琶。为"竹林七贤"之一。阮籍侄儿，叔侄并称"大小阮"。仕为散骑侍郎、始平太守。
❷清真：纯洁率真。寡欲：少私欲。移：改变，动摇。

【原文】

王戎目阮文业①："清伦有鉴识②，汉元以来③，未有此人。"（8.13）

【译文】

王戎品评阮文业说："他人品清高超群，有精辟的审察辨识能力，从汉代建国以来，未曾见有这样优秀的人才。"

注释

❶阮文业：阮武，字文业。阮籍族兄，官至清河太守。刘孝标注引杜笃《新

书》曰："阮武字文业，陈留尉氏人。父谌，侍中。武阔达博通，渊雅之士。"

❷清伦：人品清高超群。鉴识：精辟的审察辨识能力。

❸汉元：指汉初建国以来。

【原文】

庾子嵩目和峤①："森森如千丈松，虽磊砢有节目，施之大厦，有栋梁之用②。"（8.15）

【译文】

庾子嵩品评和峤："像那高耸入云的千丈青松，虽有不少节杈，但若用于高楼大厦，却可以作为栋梁。"

注 释

❶庾子嵩：庾敳。

❷森森：树木高耸貌。磊砢：树木多节。节目：树木枝干交接之处为"节"，纹理纠结不顺的部分为"目"。磊砢有节目，比喻人有缺点和缺陷。大厦：大屋。栋梁：房屋的大梁。比喻担负国家重任的人。

【原文】

王戎云："太尉神姿高彻①，如瑶林琼树，自然是风尘外物②。"（8.16）

【译文】

王戎说："王太尉的风度姿态高雅清澄，像那光洁美好的玉树一样，自然是污浊纷扰的尘世以外的人物。"

注 释

❶太尉：王衍。神姿：称誉人的风度姿态。高彻：高雅清澄。

❷瑶林琼树：仙境中的玉树，比喻人的品格高洁。风尘外物：超越世俗的杰

出人物。风尘，指污浊纷扰的人世。物，人。

【原文】

裴仆射①，时人谓为"言谈之林薮②"。(8.18)

【译文】

裴仆射，当时的人们说他是"言语谈论的汇聚处"。

注释

❶裴仆射：裴𬱟。

❷林薮：比喻聚集的处所。刘孝标注引《惠帝起居注》曰："𬱟理甚渊博，赡于论难。"

【原文】

张华见褚陶①，语陆平原曰②："君兄弟龙跃云津③，顾彦先凤鸣朝阳④。谓东南之宝已尽，不意复见褚生⑤。"陆曰："公未睹不鸣不跃者耳⑥。"(8.19)

【译文】

张华见到褚陶，对陆平原说："您兄弟俩像飞龙腾跃在云天之际，顾彦先像凤凰迎着朝阳在高鸣。我原以为东南一带的杰秀之才已经穷尽了，想不到又见到这位褚生。"陆平原说："那是您没看见不鸣不跃的人才罢了。"

注释

❶褚陶：字季雅。西晋吴郡钱唐（今浙江杭州）人。聪明好学，颇有文才，年十三作《鸥鸟》《水碓》二赋，见者称奇。仕晋为尚书郎、九真太守、中尉。

❷陆平原：陆机。

❸君兄弟：指陆机与其弟陆云。龙跃云津：像飞龙腾跃在云天之际，比喻有才华者崛起。

❹顾彦先：顾荣。与陆机兄弟入洛，被称为"三俊"。凤鸣朝阳：喻贤才得到发挥的机会。

❺东南之宝：指吴地的奇异人才。东南，指江东吴地。不意：不料，想不到。

❻不鸣不跃：承上文"凤鸣""龙跃"而发，比喻隐没不露的人才。刘孝标注引《司空张华与（褚）陶书》曰："二陆龙跃于江、汉，彦先凤鸣于朝阳，自此以来，常恐南金已尽，而复得之于吾子！故知延州之德不孤，渊、岱之宝不匮。"

【原文】

人问王夷甫①："山巨源义理何如？是谁辈②？"王曰："此人初不肯以谈自居，然不读《老》《庄》，时闻其咏，往往与其旨合③。"（8.21）

【译文】

有人问王夷甫："山巨源的义理之学怎么样？和谁是同类的人？"王夷甫说："这人本不肯以善于清谈自居，他虽不读《老子》《庄子》，但时常听到他的吟咏，往往和《老子》《庄子》的意旨相符合。"

注释

❶王夷甫：王衍。

❷山巨源：山涛。义理：指讲求经义、探究名理的学问。谁辈：与谁是一类的人。

❸谈：指清谈。自居：自以为具有某种身分。《老》：《老子》。《庄》：《庄子》。二书为道家的代表作。咏：吟咏。旨：意旨，主旨。

【原文】

卫伯玉为尚书令①，见乐广与中朝名士谈议②，奇之，曰："自昔诸人没已来，常恐微言将绝，今乃复闻斯言于君矣③。"命子弟造之④，曰："此人，人之水镜也⑤，见之若披云雾睹青天⑥。"(8.23)

【译文】

卫伯玉做尚书令时，见到乐广和西晋的名士们一起谈论玄言，对此感到很惊奇，说："自从当初的何晏等清谈名士们去世以来，我常担心那含义深远精妙的言辞将会灭绝，今天又从您这里听到这样精微的谈论。"于是就派子侄们前去拜访乐广，说："这个人，是人中的清水和明镜，见到了他，就像拨开了云雾看到了青天。"

注释

❶卫伯玉：卫瓘，字伯玉。魏晋河东安邑（今山西夏县西北）人。有名的书法家。魏末仕为廷尉卿，监邓艾、钟会军灭蜀。晋武帝时，官至司空。

❷名士：知名之士。魏晋时称唾弃礼法、任性而行、好谈玄学的人为名士。

❸诸人：指何晏、王弼等清谈之士。没：通"殁"。死亡。微言：含义深远精微的言辞。斯言：这样的话。指精微要妙之言。

❹子弟：犹子侄，晚辈。造：到，往。此指前往拜访，请教。

❺水镜：以水和镜的清明比喻人的识见。

❻披云雾：拨开云雾，云开雾散，谓把人的疑难解开。

【原文】

王夷甫自叹①："我与乐令谈②，未尝不觉我言为烦③。"(8.25)

【译文】

王夷甫自己感叹地说："我和乐令交谈，没有一次不觉得我的话烦琐。"

注释

❶ 王夷甫：王衍。
❷ 乐令：乐广。
❸ 未尝：未曾，不曾。烦：烦琐，厌烦。

【原文】

王太尉云①："郭子玄语议如悬河写水，注而不竭②。"（8.32）

【译文】

王太尉说："郭子玄的言谈议论就像高悬的瀑布倾泻下来，滔滔不绝。"

注释

❶ 王太尉：王衍。
❷ 郭子玄：郭象。悬河写水：比喻说话滔滔不绝。悬河，瀑布。写，通"泻"。

【原文】

司马太傅府多名士①，一时俊异②。庾文康云③："见子嵩在其中，常自神王④。"（8.33）

【译文】

太傅司马越府中有很多知名人士，都是当世的俊秀出众者。庾文康说："看到庾子嵩在里边，人的精神常常自然地旺盛起来。"

注 释

❶司马太傅：太傅司马越。名士：知名之士。

❷一时：一世，当代。俊异：俊秀出众。

❸庾文康：庾亮。

❹子嵩：庾敳。神王：精神旺盛。王：通"旺"。

【原文】

庾太尉少为王眉子所知①。庾过江，叹王曰："庇其宇下，使人忘寒暑②。"（8.35）

【译文】

太尉庾亮年轻时被王眉子赏识。庾亮到了江南后，还赞叹王眉子说："在他的庇护之下，使人不觉得有严寒、酷热的侵袭。"

注 释

❶庾太尉：庾亮。王眉子：王玄，字眉子。王衍之子。曾任陈留太守。知：知遇，优遇。

❷庇：遮蔽，掩护。宇下：屋檐之下。喻他人的庇护。寒暑：冷热。

【原文】

王公目太尉①："岩岩清峙，壁立千仞②。"（8.37）

【译文】

王导品评王衍："他高高地耸立，仿佛千仞峭壁似地矗立着。"

注 释

❶ 王公：王导。太尉：王衍。

❷ 岩岩：高峻貌。清峙：清秀挺拔。壁立千仞：形容山崖极为高峻陡峭。壁立，像墙壁一样耸立。千仞，极言其高。古以八尺为仞。

【原文】

蔡司徒在洛①，见陆机兄弟住参佐廨中②，三间瓦屋，士龙住东头，士衡住西头③。士龙为人，文弱可爱④；士衡长七尺余，声作钟声，言多慷慨⑤。(8.39)

【译文】

蔡司徒在洛阳，看到陆机兄弟二人住在僚属官署里，只有三间瓦房，陆云住在东头，陆机住在西头。陆云为人文质彬彬，纤弱可爱；陆机身高七尺多，声音像洪钟般响亮，说话常常激奋昂扬。

注 释

❶ 蔡司徒：蔡谟，字道明。东晋陈留考城（今河南兰考）人。博学多识。避乱江东，历任中书侍郎、侍中、司徒等职。洛：洛阳。

❷ 参佐：僚属。廨：官署。

❸ 士龙：陆云。士衡：陆机。

❹ 文弱：举止文雅而体质柔弱。

❺ 慷慨：意气激昂。

【原文】

时人目庾中郎①："善

【译文】

当时人品评庾敳："他的特点是胸怀宽

于托大②，长于自藏③。"
(8.44)

广，不把世事放在心上，又会隐蔽自己，不露锋芒。"

注释

❶时人：当时的人们。庾中郎：庾敳。
❷托大：襟怀宽广，不把世事放在心上。
❸自藏：隐蔽自己，不露锋芒。

【原文】

王平子迈世有俊才，少所推服①。每闻卫玠言，辄叹息绝倒②。(8.45)

【译文】

王平子超脱世俗而有俊秀之才，很少有他推许佩服的人。但他每次听了卫玠的谈论，都佩服得五体投地。

注释

❶王平子：王澄。迈世：超脱世俗。俊才：俊秀之才。推服：推许佩服。
❷绝倒：极其倾倒，极为佩服。

【原文】

周侯于荆州败绩①，还，未得用。王丞相与人书曰②："雅流弘器，何可得遗③？"(8.47)

【译文】

周顗在荆州打了败仗，回到京都建康，没有被任用。王丞相给人写信说："周侯是高雅之辈，有弘大之才，怎可遗弃不用呢？"

注释

① 周侯：周顗。败绩：失败，指军队溃败。
② 王丞相：王导。
③ 雅流：高雅之辈。弘器：有大才能的人。

【原文】

胡毋彦国吐佳言如屑①，后进领袖②。(8.53)

【译文】

胡毋彦国谈论时，那优美的辞句就像锯木出屑一样，他是年轻人中的最杰出者。

注释

① 胡毋彦国：胡毋辅之。两晋之际大臣。如屑：义同"滔滔不绝"。刘孝标注："言谈之流，靡靡如解木出屑也。"因用"锯屑""谈屑"形容说话娓娓不倦。
② 后进领袖：年轻人中的最杰出者、带头人，晚辈中最杰出、最有影响的人。

【原文】

世目周侯①："嶷如断山②。"(8.56)

【译文】

世人品评周顗："风度超绝如同那高耸独立的山峰。"

注释

① 世：世人。周侯：周顗。

❷巍：高峻貌。断山：高耸孤立之山。刘孝标注引《晋阳秋》曰："颐正情巍然，虽一时侪类，皆无敢媒近。"

【原文】

王丞相招祖约夜语①，至晓不眠。明旦有客，公头鬓未理，亦小倦②。客曰："公昨如是，似失眠③。"公曰："昨与士少语④，遂使人忘疲。"（8.57）

【译文】

王丞相邀请祖约夜间清谈，到了天亮也没休息。第二天早晨来了客人，王丞相头发也没来得及梳理，还显出有些困倦的样子。客人说："看您这个样子，昨晚好像失眠了似的。"王丞相说："昨晚和士少谈论，因而使人忘记了困倦。"

注释

❶王丞相：王导。夜语：谓夜间清谈。
❷明旦：次日早晨。头鬓：鬓发。鬓，面颊两旁近耳的头发。
❸是：像这样。
❹士少：祖约之字。

【原文】

何次道往丞相许①，丞相以麈尾指坐，呼何共坐，曰："来！来！此是君坐②。"（8.59）

【译文】

何次道前往王丞相府中，王丞相用麈尾指着自己的座位，招呼何次道一块来坐，说："过来！过来！这是您的座位。"

注 释

❶ 何次道：何充。丞相：王导。许：处所。

❷ 此是君坐：这就是您的座位。言外之意是您将会接替我的官位，您将会坐到我的位置上。后人以"此为君坐"为典故。坐：通"座"。

【原文】

王丞相拜司徒而叹曰①："刘王乔若过江，我不独拜公②。"（8.61）

【译文】

王导拜领司徒时叹息道："刘王乔如果到江南来的话，就不会只我一人拜领司徒这三公之位了。"

注 释

❶ 王丞相：王导。拜：用一定的礼节授予官职。司徒：官名。主管教化，为"三公"之一。

❷ 刘王乔：刘畴，字王乔。晋彭城（今江苏徐州）人。善谈名理，位至司徒左长史。被阎鼎杀害。蔡谟、王导都叹惜其才。蔡谟曰："若使刘王乔得南渡，司徒公之美选也。"公：爵位名。此指"三公"。

【原文】

王蓝田为人晚成，时人乃谓之痴①。王丞相以其东海子，辟为掾②。常集聚，王公每发言，众人竞赞之。述于末坐曰③："主非尧、

【译文】

王蓝田成名较晚，当时的人们因而就说他傻。王丞相因他是东海太守王承的儿子，就召他做了属官。官员们经常聚集在一块，王丞相每讲话，大家都争先恐后地赞美说好。王述在最后的座位上说："丞

舜④,何得事事皆是?"丞相甚相叹赏⑤。(8.62)

相又不是尧、舜那样的圣人,哪能事事全对呢?"王丞相对他这话非常赞赏。

注 释

❶王蓝田:王述。晚成:成名较晚。痴:傻。
❷王丞相:王导。东海:王述的父亲王承,曾任东海太守,人称"王东海"。辟:征召。掾:属官。
❸末坐:座位的末次。
❹尧、舜:二人都是传说中父系氏族后期部落联盟领袖,古人认为他们是圣明的君主。
❺叹赏:赞叹,赏识。

【原文】

桓茂伦云①:"褚季野皮里阳秋②。"谓其裁中也③。(8.66)

【译文】

桓茂伦说:"褚季野是皮里阳秋。"意思是说他对人对事表面不作评论而内心里有所褒贬。

注 释

❶桓茂伦:桓彝,字茂伦。东晋谯国龙亢(今安徽怀远西北)人。善识人。避乱渡江,官至散骑常侍。在苏峻叛乱中被害。
❷褚季野:褚裒。皮里阳秋:形容表面上不作评论,心中有所褒贬。原作"皮里春秋",古人认为孔子作《春秋》,寓含褒贬之意,因称。晋简文宣郑太后名"春",晋人避讳,故以"阳"代"春"。
❸裁中:在心里做出裁断。

【原 文】

　　世称庾文康为丰年玉①，稚恭为荒年谷②。庾家论云："是文康称恭为荒年谷，庾长仁为丰年玉③。"（8.69）

【译 文】

　　世人称许庾文康是丰年的美玉，庾稚恭是荒年的粮谷。庾家的人说："是文康称许稚恭为荒年的粮谷，庾长仁为丰年的美玉。"

注 释

❶庾文康：庾亮。丰年玉：比喻太平盛世的杰出人才。刘孝标注："谓亮（庾亮）有廊庙之器。"

❷稚恭：庾翼，字稚恭。东晋颍川鄢陵（今河南鄢陵西北）人。庾亮弟。庾亮死，代镇武昌，任都督江荆司雍梁益六州诸军事、荆州刺史。以北伐为己任。荒年谷：荒年之谷可以救死济民，比喻办事能解决实际问题的人才。

❸恭：稚恭，即庾翼。庾长仁：庾统，字长仁，小字赤玉。庾亮侄。历任建威将军、寻阳太守等职。

【原 文】

　　王蓝田拜扬州①，主簿请讳②。教云③："亡祖先君，名播海内④，远近所知。内讳不出于外⑤，余无所讳。"（8.74）

【译 文】

　　王蓝田拜领扬州刺史，主簿向他请示应避的尊长之讳。王蓝田批示道："我去世的祖父和父亲，名扬全国，远近都知。妇人名字仅在家内避讳，其余没有什么需要避讳的。"

【注释】

① 王蓝田：王述。

② 请讳：晋人颇重家讳，长官就任，僚属必先请讳，以防无意中触犯。讳，旧时对帝王将相或尊长不得直称其名，谓之避讳。

③ 教：晋宋间府主对僚属所下之谕帖或批示。

④ 亡祖：称去世的祖父。王述祖父是王湛。先君：称去世的父亲。王述父亲是王承。名播海内：天下闻名，极言声名之盛。

⑤ 内讳：古代称家中妇女的名讳，也作"妇讳"。

【原文】

谢公称蓝田①："掇皮皆真②。"（8.78）

【译文】

谢安称许王蓝田说："去其外表露出的都是天真。"

【注释】

① 谢公：谢安。蓝田：王述。

② 掇皮皆真：真相被外表掩饰着，去其皮则都是天真。刘孝标注引徐广《晋纪》曰："述贞审，真意不显。"

【原文】

桓温行经王敦墓边过，望之云："可儿！可儿①！"（8.79）

【译文】

桓温出行从王敦墓旁经过，望着王敦的墓说："可心如意的人啊！可心如意的人啊！"

【注释】

❶可儿：如意之人，可心之人。桓温赞王敦能为非常之举，引王敦为同类，可见其早有不轨之心。

【原文】

王仲祖称殷渊源①："非以长胜人，处长亦胜人②。"（8.81）

【译文】

王仲祖称许殷渊源说："他不但凭着自己的长处超过别人，在善于运用自己的长处方面也超过别人。"

【注释】

❶王仲祖：王濛。殷渊源：殷浩。

❷长：长处，优点。处：处理，运用。亦：也。刘孝标注引《晋阳秋》曰："浩善以通和接物也。"

【原文】

王司州与殷中军语①，叹云："己之府奥，蚤已倾写而见②；殷陈势浩汗，众源未可得测③。"（8.82）

【译文】

王司州和殷中军谈论，感叹地说："我自己的胸中所有，早已倾泻出来了；殷中军谈论的阵势浩大无边，众多的源头还未可测量呢。"

【注释】

❶王司州：王胡之，字修龄。东晋琅邪临沂（今山东临沂北）人。年轻时就

有声誉。历任吴兴太守、侍中、丹阳尹等。后任司州刺史等,后人称之"王司州"。殷中军:殷浩。

❷府奥:深藏在胸中的东西。蚤:通"早"。倾写:全部倒出。写,通"泻"。

❸陈势:布下阵势。陈,通"阵"。浩汗:广大辽阔貌。

【原文】

王长史谓林公①:"真长可谓金玉满堂②。"林公曰:"金玉满堂,复何为简选③?"王曰:"非为简选,直致言处自寡耳④。"(8.83)

【译文】

王长史对支遁说:"真长的清谈可以说像金玉满堂。"支遁说:"既然如金玉满堂,说话时又为何还要挑选言辞呢?"王长史说:"用不着挑选,只是说话时直率表达出来而已。"

注 释

❶王长史:王濛。林公:支遁,字道林,世称支公,也称林公。

❷真长:刘惔。金玉满堂:语出《老子》:"金玉满堂,莫之能守。"原意为富有金玉,极言财富之多,此处用以称誉富有才学。

❸简选:挑选。

❹直致:直率表述。自寡:自然用语少。刘孝标注:"谓吉人之辞寡,非择言而出也。"

【原文】

王长史道江道群①:"人可应有,乃不必有;人可应无,已必无②。"(8.84)

【译文】

王长史称许江道群:"人应该具备的好品格,他不一定都具备;但人不应该有的坏品格,他一定没有。"

注释

❶王长史：王濛。江道群：江灌，字道群。晋陈留围（今河南杞县西南）人。性情方直雅正，蔑视权贵。历任北中郎中长史、晋陵太守、尚书、中护军等职。

❷人可应有：优点，好品质。人可应无：缺点，坏品质。

【原文】

王仲祖、刘真长造殷中军谈①，谈竟，俱载去②。刘谓王曰："渊源真可③。"王曰："卿故堕其云雾中④。"（8.86）

【译文】

王仲祖、刘真长到殷渊源处清谈，谈完以后，一块乘车离开。刘真长对王仲祖说："渊源谈论真可以啊。"王仲祖说："你的确陷进了他谈论的云山雾海里去了。"

注释

❶王仲祖：王濛。刘真长：刘惔。殷中军：殷浩。谈：指清谈、玄谈。

❷去：乘车而去。

❸真可：真行，真好。

❹堕其云雾中：比喻陷入一片混沌糊涂的境界，令人摸不着头脑。

【原文】

刘尹每称王长史云①："性至通而自然有节②。"（8.87）

【译文】

刘惔常称赞王濛说："他的性格非常通达而且自然有所节制。"

注 释

❶刘尹：刘惔。王长史：王濛。

❷至通：非常通达。自然有节：顺其自然而又有所节制。刘孝标注引《(王)濛别传》曰："濛之交物，虚己纳善，恕而后行，希见其喜愠之色。凡与一面，莫不敬而爱之。然少孤，事诸母甚谨，笃义穆族，不修小洁，以清贫见称。"

【原文】

简文道王怀祖①："才既不长，于荣利又不淡②，直以真率少许，便足对人多多许③。"（8.91）

【译文】

简文帝谈论王怀祖说："他既没有多大的才能，对名利又不淡泊，但仅仅用那一点点儿真诚坦率，就完全可以胜过别人的好多方面。"

注 释

❶简文：晋简文帝司马昱。王怀祖：王述。

❷荣利：名利。淡：淡泊。

❸直：只，仅。真率：直率，坦率。少许：一点点。多多许：极言其多。

【原文】

许玄度送母始出都①，人问刘尹②："玄度定称所闻不③？"刘曰："才情过于所闻④。"（8.95）

【译文】

许玄度送母亲刚来到京都，有人问刘惔："玄度究竟与所传闻的相称吗？"刘惔说："他的才华超过所传闻的。"

注 释

❶许玄度：许询。出都：谓离开住地来到京都建康。
❷刘尹：刘惔。
❸定称：确实相称。所闻：所听到的，所知道的。
❹才情：才思，才华。

【原文】

阮光禄云①："王家有三年少②：右军、安期、长豫③。"（8.96）

【译文】

阮光禄说："王家有三位杰出的年轻人：右军、安期、长豫。"

注 释

❶阮光禄：阮裕。
❷年少：少年，年轻人。
❸右军：王羲之。安期：王应，字安期。东晋琅邪临沂（今山东临沂北）人。王敦嗣子，被王敦用为武卫将军，随王敦谋反，后被沉于江中。长豫：王悦，字长豫。东晋琅邪临沂（今山东临沂北）人。王导长子。性节俭，孝父母，仕至中书侍郎，早卒。

【原文】

谢公道豫章①："若遇七贤②，必自把臂入林③。"（8.97）

【译文】

谢安评说谢豫章道："他如果遇到竹林七贤，必定会与他们手拉手到竹林里去饮宴游乐。"

注 释

❶ 谢公：谢安。豫章：谢鲲，字幼舆。东晋陈郡阳夏（今河南太康）人。好清谈，能歌善鼓琴。王敦用为长史，以功封咸亭侯，出为豫章太守。

❷ 七贤：指"竹林七贤"，即嵇康、阮籍、山涛、阮咸、向秀、王戎、刘伶等七人。

❸ 把臂：握住对方的手臂，表示亲密。因称与友偕隐为"把臂入林"。

【原文】

王长史叹林公①："寻微之功②，不减辅嗣③。"（8.98）

【译文】

王长史赞叹支遁说："探求精微的玄理之学的功绩，不比王辅嗣差。"

注 释

❶ 王长史：王濛。林公：支遁。

❷ 寻微：探究微细的迹象或玄妙的道理。

❸ 减：差，不如。辅嗣：王弼。

【原文】

殷中军道右军①："清鉴贵要②。"（8.100）

【译文】

殷浩称道王羲之说："他有非常高超的鉴别能力，而又特别尊贵显要。"

【注释】

①殷中军：殷浩。右军：王羲之。

②清鉴：高超的鉴别力。贵要：尊贵显要。刘孝标注引《晋安帝纪》曰："羲之风骨清举也。"

【原文】

桓宣武表云①："谢尚神怀挺率②，少致民誉③。"（8.103）

【译文】

桓温在呈上的奏章中说："谢尚胸怀直爽坦率，年轻时就赢得了广大民众的称誉。"

【注释】

①桓宣武：桓温。表：章奏。

②神怀：胸怀。挺率：直爽坦率。

③少：年轻时。致：获致，得到。民誉：民众的称誉。一作"人誉"。

【原文】

桓大司马病①，谢公往省病②，从东门入。桓公遥望，叹曰："吾门中久不见如此人③！"（8.105）

【译文】

桓温生了病，谢安前去探望病情，从东门走了进去。桓温远远地看到他，赞叹道："我家里好久没有看到像他这样高雅的人物了！"

注 释

❶桓大司马：桓温。刘孝标注："温时在姑孰。"
❷谢公：谢安。省：探望，问候。
❸如此人：赞叹有这样优秀的人物。

【原文】

王右军目陈玄伯①："垒块有正骨②。"（8.108）

【译文】

王右军品评陈玄伯："他胸中有郁结不平之气而品格刚正。"

注 释

❶王右军：王羲之。陈玄伯：陈泰。
❷垒块：胸中郁结的不平之气。正骨：正直的骨气，刚正的品格。

【原文】

王长史云①："刘尹知我，胜我自知②。"（8.109）

【译文】

王长史说："刘尹对我的了解，超过我对自己的了解。"

注 释

❶王长史：王濛。
❷刘尹：刘惔。王、刘二人齐名，关系极为密切。刘孝标注引《（王）濛别传》曰："……而共交友，甚相知赏也。"

【原文】

简文云①:"渊源语不超诣简至②,然经纶思寻处,故有局陈③。"(8.113)

【译文】

简文帝说:"殷渊源说话虽不是深有造诣和简易通达,但在思考筹划国家大事方面,却的确布置有法。"

注 释

❶简文:晋简文帝司马昱。

❷渊源:殷浩。超诣:深有造诣。简至:简易通达。

❸经纶:理出丝绪叫经,编丝成绳叫纶。引申为处理国家大事。思寻:思考,思想。局陈:局阵。陈,通"阵"。

【原文】

谢公云①:"刘尹语审细②。"(8.116)

【译文】

谢安说:"刘尹说话详尽周密而又细致。"

注 释

❶谢公:谢安。

❷刘尹:刘惔。审细:详尽周密而又细致。刘孝标注引孙绰为刘惔写的诔叙曰:"神犹渊镜,言必珠玉。"

【原文】

桓公语嘉宾①:"阿源有

【译文】

桓温对郗超说:"殷渊源既有德行又

德有言,向使作令仆,足以仪刑百揆②,朝廷用违其才耳③。"(8.117)

有嘉言,假使用他做尚书令或仆射,完全能成为百官的楷模,朝廷在任用他时违逆了他的特长。"

注释

❶桓公:桓温。嘉宾:郗超。

❷阿源:殷浩,字渊源。向使:假使。令仆:尚书令与仆射,泛指肱股重臣。仪刑:法式,楷模。百揆:百官。

❸用违其才:用人而违逆其特长。朝廷用殷浩为中军将军,北伐而大败,殷浩坐废为庶人。殷浩于军事非其特长,朝廷不应委以军旅之任,以致北伐倾败。

【原文】

谢中郎云①:"王修载乐托之性②,出自门风③。"(8.122)

【译文】

谢中郎说:"王修载不拘小节、放荡不羁的性情,出自他们的家风。"

注释

❶谢中郎:谢万,字万石,谢安弟。简文帝召为抚军从事中郎,迁豫州刺史,领淮南太守。

❷王修载:王耆之,字修载。东晋琅邪临沂(今山东临沂北)人。历任中书郎、鄱阳太守、给事中。乐托:同"落拓"。指行为不拘小节、放诞不羁。

❸门风:犹"家风"。旧指一家或一族世代相传的风习。

【原文】

林公云①："王敬仁是超悟人②。"（8.123）

【译文】

支道林说："王脩是绝顶聪明的人。"

注释

❶林公：支道林。

❷王敬仁：王脩，王濛之子。超悟：彻悟，特别聪明。刘孝标注引《文字志》曰："脩之少有秀令之称。"

【原文】

刘尹先推谢镇西①，谢后雅重刘②，曰："昔尝北面③。"（8.124）

【译文】

刘惔早先推重谢镇西，谢镇西后来也很器重刘惔，说："从前我曾把他当作自己的先生。"

注释

❶刘尹：刘惔。推：推崇，推重。谢镇西：谢尚。

❷雅重：极为器重，非常推重。

❸北面：古代学生敬师之礼，故称拜人为师为"北面"。此事可疑。刘孝标注："按谢尚年长于惔，神颖凤彰，而曰'北面于刘'，非可信。"

【原文】

谢太傅称王修龄曰①："司

【译文】

谢太傅称许王修龄说："王司州这个

州可与林泽游②。"(8.125) 　人值得和他一起纵情于山林水泽之间。"

注释

❶谢太傅：谢安。王修龄：王胡之。

❷司州：王胡之曾任司州刺史，故称。与：参与，在其中。林泽：山林水泽，隐逸之处。刘孝标注引《王胡之别传》曰："胡之常遗世务，以高尚为情，与谢安相善也。"

【原文】

谢太傅道安北①："见之乃不使人厌，然出户去，不复使人思②。"（8.128）

【译文】

谢太傅说王安北："见到他也不使人厌烦，但他走出门后，就不再使人想念。"

注释

❶谢太傅：谢安。安北：王坦之，卒后追赠安北将军。

❷不复使人思：王坦之曾苦谏谢安废妓乐，"谢公盖以王坦之好直言，故不思尔"（刘孝标注语）。

【原文】

刘尹云①："见何次道饮酒，使人欲倾家酿②。"（8.130）

【译文】

刘惔说："看到何次道饮酒，使人愿把自己家中的酒都让他喝了。"

注 释

①刘尹：刘惔。

②何次道：何充。刘孝标注："充饮酒能温克。"倾家酿：言极赏识其人，愿倾尽家中之酒而饮之。

【原 文】

谢镇西道敬仁①："文学镞镞，无能不新②。"（8.134）

【译 文】

谢镇西称说王敬仁："文才挺出，无所不新。"

注 释

①谢镇西：谢尚。敬仁：王脩。

②文学：文才。镞镞：挺拔貌。

【原 文】

刘尹道江道群①："不能言而能不言②。"（8.135）

【译 文】

刘惔谈论江道群说："不能够讲话而能够不去讲。"

注 释

①刘尹：刘惔。江道群：江灌。

②不能言而能不言：谓江灌不会讲话而能够不去讲。

【原文】

简文云①："刘尹茗柯有实理②。"（8.138）

【译文】

简文帝说："刘真长貌似醉酒的样子而实际上说话很有道理。"

注 释

❶简文：晋简文帝司马昱。
❷刘尹：刘惔。茗柯：亦作"茗汀""酩酊"，大醉。

【原文】

谢太傅重邓仆射①，常言："天地无知②，使伯道无儿③。"（8.140）

【译文】

谢太傅敬重邓仆射，常说："天地神灵真是没有知觉，使得伯道这样的好心人就没有个儿子。"

注 释

❶谢太傅：谢安。邓仆射：邓攸，字伯道。晋平阳襄陵（今山西临汾东南）人。永嘉末，为石勒所俘，后逃至江南。晋元帝时任为吴郡守，官至尚书左仆射。南下时携一子一侄，途中被追不能两全，乃弃子全侄，后不再有子。
❷天地无知：谓天地神灵没有知觉、没有感情。
❸伯道无儿：后因称人无子常说"伯道无儿"或"伯道之忧"。

【原文】

谢公语王孝伯①："君家蓝

【译文】

谢安对王孝伯说："您家那位蓝田

田，举体无常人事②。"（8.143） 侯，全身上下没有与平常人相同之处。"

注释

❶谢公：谢安。王孝伯：王恭。

❷蓝田：王述。举体：全身。常人：平常人，一般人。刘孝标注："按述（王述）虽简，而性不宽裕，投火怒蝇，方之未甚。若非太傅（谢安）虚相褒饰，则《世说》谬设斯语也。"举体无常人事：全身上下及所做的所有事情，都是平常人不具备的或不可能做到的，誉之太过。

【原文】

许掾尝诣简文①，尔夜风恬月朗，乃共作曲室中语②。襟怀之咏，偏是许之所长，辞寄清婉③，有逾平日。简文虽契素，此遇尤相咨嗟④，不觉造膝，共叉手语，达于将旦⑤。既而曰："玄度才情，故未易多有许⑥。"（8.144）

【译文】

许询有一次拜访简文帝，那一夜风静月明，二人一块在密室中交谈。吟咏情怀，最是许询的特长，他遣词用语清丽婉约，超过平时。简文帝与他虽投合无间，但这次相会对他更加赞赏，不由自主地把座位靠近他，合掌叉手与他谈论，一直快到天亮。谈论结束后，简文说："像玄度这样的才华，确实是不容易多得的啊。"

注释

❶许掾：许询，字玄度。简文：晋简文帝司马昱。

❷风恬月朗：风静月明。曲室：深邃的密室。

❸襟怀：心情，情怀。偏：特别，最。清婉：清丽婉约。

❹契素：投合无间的友情。咨嗟：赞叹。

❺造膝：至于膝下，膝靠着膝，谓亲近。叉手：合掌交叉手指，表示己心专一的礼节。

❻才情：才思，才华。未易：不容易得到。后称难得的人才。许：语助，无义。

【原文】

谢车骑问谢公①："真长性至峭，何足乃重②？"答曰："是不见耳！阿见子敬，尚使人不能已③。"（8.146）

【译文】

谢车骑问谢安："真长性情极为严峻，哪值得那样受人敬重？"谢安回答说："这是因为你没有见过真长啊！你见了王子敬，尚且钦佩得了不得。"

注 释

❶谢车骑：谢玄。谢公：谢安。

❷真长：刘惔。至峭：性情极为严峻。何足：哪里值得。

❸阿见：看见。阿，作语助。子敬：王献之。"尚使人不能已"句：刘孝标注："推此言意，则安以玄不见真长，故不重耳。见子敬尚重之，况真长乎？"刘惔死时，谢玄才六七岁，故曰"是不见耳"。

【原文】

谢车骑初见王文度①，曰："见文度，虽萧洒相遇，其复惜惜竟夕②。"（8.149）

【译文】

谢车骑初次见到王文度，说："见到文度，虽然是偶然相遇，但他仍然整天和蔼可亲的样子。"

注释

❶谢车骑：谢玄。王文度：王坦之。
❷萧洒：无意，偶然。愔愔：和悦貌，安闲貌。竟夕：整天。

【原文】

范豫章谓王荆州①："卿风流俊望②，真后来之秀③。"王曰："不有此舅，焉有此甥④！"（8.150）

【译文】

范豫章对王荆州说："你仪表出众又有名望，真是年轻一辈中的杰出者。"王荆州说："如果没有您这样的好舅舅，怎会有我这样的外甥！"

注释

❶范豫章：范宁，字武子。东晋南阳顺阳（今河南淅川东南）人。博学崇儒，官至中书侍郎、豫章太守。王荆州：王忱。
❷风流：杰出而有才华。俊望：俊逸而有名声。
❸后来之秀：后辈之中的优秀人才。
❹舅、甥：王忱母是范宁的妹妹，故与范宁有甥舅之称。

【原文】

司马太傅为二王目曰①："孝伯亭亭直上②，阿大罗罗清疏③。"（8.154）

【译文】

太傅司马道子品评王恭、王忱说："孝伯耸立挺直，阿大清高疏放。"

【注释】

① 司马太傅：司马道子。二王：指王恭（孝伯）和王忱（阿大）。
② 孝伯：王恭。亭亭直上：高耸直立而向上。亭亭，耸立貌，高峙貌。
③ 阿大：王忱。罗罗：狂放不羁。清疏：清高疏放。

【原文】

王恭有清辞简旨①，能叙说而读书少，颇有重出②。有人道："孝伯常有新意，不觉为烦③。"（8.155）

【译文】

王恭谈论言辞清晰又意思简明，但读书不多，常出现重复词语。有人说："孝伯谈论常有新鲜的思想内容，所以并不觉得啰嗦。"

【注释】

① 清辞简旨：言辞清晰又意思简明。
② 叙说：谈论。重出：指重复出现。
③ 孝伯：王恭。烦：繁琐，啰嗦。

【原文】

殷仲堪丧后，桓玄问仲文①："卿家仲堪，定是何似人②？"仲文曰："虽不能休明一世，足以映彻九泉③。"（8.156）

【译文】

殷仲堪去世后，桓玄问殷仲文："你家仲堪，究竟是怎样一个人？"仲文说："他虽不是一辈子这样清明美好，但身死之后足能光耀地下。"

注 释

❶仲文：殷仲文，殷仲堪的堂弟。

❷定：究竟，到底。何似：如何，怎样。

❸休明：美好清明。映彻：光耀。九泉：地下深处，指人死后埋葬的地方。

品藻第九

> 品藻，指评论人物高下。《赏誉》品评的是单个人物，而本门主要做法是将两个人物进行对比，一般指出各有所长；也有部分篇章点出高下之别。评论涉及的内容比较广泛，记载的也是士族阶层所讲究的各个方面。本门共88篇，此处选译26篇。

【原文】

庞士元至吴①，吴人并友之。见陆绩、顾劭、全琮，而为之目曰②："陆子所谓驽马，有逸足之用③；顾子所谓驽牛，可以负重致远④。"或问："如所目，陆为胜邪？"曰："驽马虽精速，能致一人耳⑤；驽牛一日行百里，所致岂一人哉？"吴人无以难⑥。"全子好声名，似汝南樊子昭⑦。"（9.2）

【译文】

庞士元来到吴地，吴地的人都和他交朋友。他见到陆绩、顾劭和全琮，就品评他们说："陆绩可以说像匹不太出色的马，有跑得快的功用；顾劭可以说像头不太出色的牛，能背负重物到达远方。"有人问他："像您所品评的，陆绩胜过顾劭了吧？"庞统回答说："不出色的马虽然精练快速，但功用不过载送一人罢了；不出色的牛虽然一天只走百十里路，但功用难道只是载送一人吗？"吴地的人没法驳难他。庞统又品评说："全琮有美好的名声，像汝南人樊子昭。"

注 释

❶庞士元：庞统，字士元，人称"凤雏"。三国襄阳（今属湖北）人。初与诸葛亮齐名。刘备得荆州用为谋士，任军师中郎将。后从刘备入蜀，中流矢死。

❷陆绩：字公纪。三国吴郡吴县（今江苏苏州）人。博学多识，官至郁林太守。全琮：字子璜。三国吴郡钱唐（今浙江杭州）人。乐善好施，谦虚待士。官至右大司马、左军师。

❸驽：本指能力低下，此谓庸中之佼佼者。逸足：捷足，跑得迅速。比喻才能超众。

❹负重致远：背负重物，到达遥远之处，比喻能担负重任。

❺精速：精练快速。能致一人：能使一人到达目的地。

❻难：诘责，反驳。

❼樊子昭：人名。据刘孝标注引蒋济《万机论》，樊曾受到许劭的奖拔，人称："拔自贾竖，年至七十，退能守静，进不苟竞。"

【原文】

顾劭尝与庞士元宿语①，问曰："闻子名知人，吾与足下孰愈②？"曰："陶冶世俗，与时浮沉，吾不如子③；论王霸之余策，览倚伏之要害，吾似有一日之长④。"劭亦安其言。(9.3)

【译文】

顾劭曾经和庞士元在夜间谈论，顾劭问："听说您擅长鉴识人，您看我们二人相比谁更出色一些？"庞统回答说："造就和培育社会风尚，追随时代潮流，我赶不上您；但讲论王业、霸业的策略，观察事物相互关系的关键，我好像比您稍强一些。"顾劭认为他说的话有理而感到安适。

注 释

❶庞士元：庞统。宿语：夜话。

❷子：对男子的尊称。足下：敬称对方。古代下称上或同辈相称之用。愈：好，胜。

❸陶冶：陶铸，比喻造就、培育。世俗：社会的风俗习惯，社会风尚。浮沉：犹言随波逐流，追随社会风尚。

❹王霸：王业与霸业。儒家称以德行仁政者为王，以力假仁者为霸。余策：遗留的策略，流传下来的策略。倚伏：指事物相互依存、影响和转化。要害：指问题的关键。一日之长：才能较人稍强。自负而又自谦之语。

【原文】

诸葛瑾①、弟亮及从弟诞，并有盛名②，各在一国。于时以为蜀得其龙，吴得其虎，魏得其狗③。诞在魏，与夏侯玄齐名；瑾在吴，吴朝服其弘量④。(9.4)

【译文】

诸葛瑾和弟弟诸葛亮及堂弟诸葛诞，都是很有名气的人物，他们各自在一个国家任职。当时人们认为蜀国得到一条龙，吴国得到一只虎，魏国得到一只狗。诸葛诞在魏国，和夏侯玄齐名；诸葛瑾在吴国，吴国朝臣都佩服他度量宽宏。

注 释

❶诸葛瑾：字子瑜。三国琅邪阳都（今山东沂南南）人。诸葛亮兄。东汉末移居江南，受到孙权礼遇。官至大将军。

❷从弟：堂弟。诞：诸葛诞，字公休。投曹操，历任荥阳令、扬州刺史、镇东将军等职，后因不满司马氏专权而谋反，被诛。盛名：谓名声极大。

❸蜀：指三国时刘备在成都建立的蜀汉政权。吴：指三国时孙权在江东建立

的孙吴政权。魏：指三国时曹丕继父曹操之业在洛阳建立的曹魏政权。龙、虎、狗：《六韬》以文、武、龙、虎、豹、犬为序。"狗"在此处无诋毁诸葛诞之意。

❹弘量：胸怀宽阔，度量宏大。

【原文】

王夷甫以王东海比乐令①，故王中郎作碑云②："当时标榜，为乐广之俪③。"（9.10）

【译文】

王夷甫拿王东海比乐广，所以王中郎在为他写的墓碑中说："当时人们的品评，王东海和乐广可以并列。"

注 释

❶王夷甫：王衍。王东海：王承。乐令：乐广。据刘孝标注引《江左名士传》，王承说话言简意赅，辞约旨深，王夷甫从这方面以之与乐广相比。

❷王中郎：王坦之。作碑：写碑文。

❸标榜：称扬。俪：成对，意为二人分不出上下。

【原文】

会稽虞騑①，元皇时与桓宣武同侠②，其人有才理胜望③。王丞相尝谓騑曰④："孔愉有公才而无公望⑤，丁谭有公望而无公才⑥。兼之者其在卿乎⑦？"騑未达而丧⑧。（9.13）

【译文】

会稽人虞騑，元帝时和桓温是同僚，有治理国家的才能和被人尊崇的名望。王导曾经对他说："孔愉有公辅之才而无公辅之望，丁潭有公辅之望而无公辅之才。这两方面都具备的就是你吧？"可惜虞騑还未显贵就死去了。

注 释

❶虞騑：字思行。晋会稽余姚（今属浙江）人。历任吏部郎、吴兴太守、金紫光禄大夫等。

❷元皇：晋元帝司马睿，字景文，司马懿曾孙。长安失陷后，他在江南建立东晋政权。桓宣武：桓温。同侠：为"同僚"之误

❸才理：治理国家的才能。胜望：指名望很大。

❹王丞相：王导。

❺孔愉：字敬康。东晋会稽山阴（今浙江绍兴）人。历任侍中、太常、左仆射，出为镇军将军，死后赠车骑将军。公才：公辅的才能。公望：公辅的名望。

❻丁潭：字世康。东晋会稽山阴（今浙江绍兴）人。与孔愉齐名。仕至左光禄大夫、国子祭酒。

❼兼之：谓有"公才公望"。

❽达：显贵。

【原文】

王大将军下①，庾公问②："闻卿有四友，何者是？"答曰："君家中郎，我家太尉、阿平，胡毋彦国③。阿平故当最劣④。"庾曰："似未肯劣⑤。"庾又问："何者居其右⑥？"王曰："自有人⑦。"又问："何者是？"王曰："噫！其自有公论⑧。"左右蹑公⑨，公乃止。（9.15）

【译文】

大将军王敦来到京都，庾亮问："听说你有四位要好的朋友，都是谁？"王敦回答说："您家庾中郎，我家王太尉、阿平，还有胡毋彦国。阿平自然应是最差的一个。"庾亮说："好像不能确认他最差。"接着又问："谁是你们几位中最好的呢？"王敦说："自然有人啊。"庾亮又问："是谁呢？"王敦说："唉，这事自然会有公论的。"身旁的人悄悄踩庾亮的脚，因而停止了追问。

注 释

① 王大将军：王敦。下：时王敦镇武昌，在长江上游，故以自武昌至长江下游的晋都建康为"下"。

② 庾公：庾亮。

③ 中郎：庾𫗦。太尉：王衍。阿平：王澄。胡毋彦国：胡毋辅之。

④ 故当：自应。表示肯定的语气。

⑤ 未肯：不能肯定。

⑥ 其：指王敦及其四友。右：古时尚右，故以右指较高的地位。

⑦ 自有人：自然有人。

⑧ 噫：感叹声。公论：公众的评论，公正的评论。

⑨ 左右：近侍，身旁的人。蹑：踩，踏。暗蹑人足，谓暗地劝止别人。

【原 文】

明帝问谢鲲："君自谓何如庾亮？"①答曰："端委庙堂，使百僚准则②，臣不如亮；一丘一壑③，自谓过之。"（9.17）

【译 文】

晋明帝问谢鲲："您自认为比庾亮怎样？"谢鲲回答说："身着行礼的衣冠临朝处事，使百官奉为楷模，我不如庾亮；但寄情于山水之间，我自以为比他强。"

注 释

① 明帝：晋明帝司马绍。自谓：自己认为。

② 端委庙堂：着礼服，正朝仪。端委，礼服。庙堂，古代帝王祭祀、议事之处，因亦指朝廷。百僚：百官。准则：以为标准、榜样。

③ 一丘一壑：本指古代隐士居住之处。后指退隐在野，寄情山水之间。刘孝标注引《晋阳秋》曰："……纵意丘壑，自谓过之。"

【原文】

世论温太真是过江第二流之高者①。时名辈共说人物，第一将尽之间，温常失色②。(9.25)

【译文】

世人评论温太真是来到江东的第二等名士。当时名辈们在一起数说人物，第一等快说完时，温太真脸上常常难堪得改变了颜色。

注释

❶温太真：温峤。过江：西晋末年诸名士避战乱由江北来到江南。高者：高士，名人。

❷名辈：名望、辈分都高的人。失色：谓温峤因名辈不把自己放在第一等中而觉得难堪不安。

【原文】

时人道阮思旷①："骨气不及右军，简秀不如真长②，韶润不如仲祖，思致不如渊源③，而兼有诸人之美④。"(9.30)

【译文】

当时的人们谈论阮思旷说："他气质刚强不如王右军，简易秀美赶不上刘真长，美好温雅不及王仲祖，思理情趣比不过殷渊源，但他却同时具有他们的这些长处。"

注释

❶阮思旷：阮裕。

❷骨气：骨相气质，刚强不屈的气质。右军：王羲之。简秀：简易秀美。真长：刘惔。

❸韶润：美好温润。仲祖：王濛。思致：思理情趣。渊源：殷浩。
❹兼有诸人之美：同时具有这些人的美好之处。

【原文】

抚军问殷浩①："卿定何如裴逸民②？"良久③，答曰："故当胜耳④。"（9.34）

【译文】

晋简文帝司马昱问殷浩："你比裴頠到底怎么样？"过了好大一会，殷浩才回答道："当然我一定能够超过他了。"

注释

❶抚军：晋简文帝司马昱，他曾任抚军大将军，故称。
❷定：到底，究竟。裴逸民：裴頠。
❸良久：过了好长时间。
❹故当：定当，确当。非常肯定的语气。

【原文】

桓公少与殷侯齐名，常有竞心①。桓问殷："卿何如我？"殷云："我与我周旋久，宁作我②！"（9.35）

【译文】

桓温年轻时和殷浩有同等的名望，他常有和殷浩比个高下的想法。他问殷浩："你比我怎么样？"殷浩说："我和我打交道的时间长久了，宁愿还是做我自己！"

注释

❶桓公：桓温。殷侯：殷浩。竞心：竞比高下之心。
❷周旋：应酬，打交道。宁作我：宁肯保存自己的本来面目。言外之意谓

"我不比你差"。

【原文】

桓大司马下都①,问真长曰②:"闻会稽王语奇进,尔邪?③"刘曰:"极进,然故是第二流中人耳。"桓曰:"第一流复是谁?"刘曰:"正是我辈耳④。"(9.37)

【译文】

桓大司马来到京都,问刘真长:"听说会稽王清谈进步特快,是这样吗?"真长说:"是进步极快,不过仍旧是第二等里的人啊。"桓温又问:"那么第一等又是谁呢?"真长回答说:"正是我们这些人啊!"

注释

❶桓大司马:桓温。下都:来到京都。

❷真长:刘惔。

❸会稽王:后来即位的简文帝司马昱。奇进:进步特快。尔邪:是这个样子吗?

❹正是我辈:正是我们这些人。

【原文】

殷侯既废①,桓公语诸人曰②:"少时与渊源共骑竹马,我弃去,已辄取之③,故当出我下④。"(9.38)

【译文】

殷浩被罢官黜放以后,桓温对众人说:"小时候和渊源一块玩骑竹马的游戏,我扔掉的竹马,他却拾起来再玩,可见他本应在我之下。"

注 释

① 殷侯：殷浩。废：罢官黜放。
② 桓公：桓温。
③ 竹马：截竹为马，是儿童游戏的玩具。已：讫，完毕。
④ 故当：本应。出我下：在我之下，不如我。

【原文】

人问抚军①："殷浩谈竟何如②？"答曰："不能胜人，差可献酬群心③。"（9.39）

【译文】

有人问抚军大将军司马昱："殷浩清谈究竟怎样？"司马昱回答说："他虽不能胜过名士，但尚可酬慰众心。"

注 释

① 抚军：司马昱。
② 谈：清谈，清言。竟：究竟，到底。
③ 差可：尚可。献酬：本指宴席上宾主相互敬酒。此指酬慰、满足。

【原文】

未废海西公时①，王元琳问桓元子②："箕子、比干迹异心同③，不审明公孰是孰非④？"曰："仁称不异，宁为管仲⑤。"（9.41）

【译文】

在未废黜海西公时，王元琳问桓温："箕子、比干行为不同而用心一样，不知道明公您认为谁对谁错？"桓温回答说："既然都可称之为'仁'，就宁可做管仲那样的人。"

注释

❶废：废黜。海西公：东晋废帝司马奕，字延龄。哀帝崩，无子嗣，司马奕遂即帝位。后被桓温废黜，降封为海西县公。

❷王元琳：王珣。桓元子：桓温。

❸箕子：殷纣王叔父。纣暴虐，箕子谏不听，乃披发佯狂为奴。比干：纣王叔父，因屡谏被纣王剖心而死。迹异心同：行为不同而用心相同。

❹审：明悉。

❺仁称：仁德的名声。管仲：名夷吾，字仲。春秋颍上（颍水之滨）人。初仕公子纠，后相齐桓公以成霸业。桓温语意谓不必像比干那样"愚忠"、像箕子那样佯狂避祸，为了事业可以像管仲那样依附新主子。这可以看作桓温要行废立之事的先声。

【原文】

谢公与时贤共赏说①，遏、胡儿并在坐②。公问李弘度曰③："卿家平阳，何如乐令④？"于是李潸然流涕⑤，曰："赵王篡逆⑥，乐令亲授玺绶⑦；亡伯雅正，耻处乱朝，遂至仰药⑧。恐难以相比，此自显于事实，非私亲之言⑨。"谢公语胡儿曰："有识者果不异人意⑩。"（9.46）

【译文】

谢安和当时的贤达们一块赏评人物，谢玄、谢朗也都在座中。谢安问李弘度："你家平阳太守李重，和乐令相比如何？"听到这话，李弘度的眼泪哗哗地流了下来，说："赵王谋反篡位，乐广亲自把玉玺献上；我先伯高雅方正，以处于乱朝中为耻辱，最后以至于服毒自杀。二人恐怕难以相比，这是自然明白的事实，并非因我偏袒自己的亲属才这样说。"谢安对谢朗说："有见识者果然和我的见解没有什么不同。"

注 释

❶谢公：谢安。时贤：当时的贤达者。赏说：评赏人物。

❷遏：谢玄小字。胡儿：谢朗小字。

❸李弘度：李充。

❹平阳：李重，字茂曾。西晋江夏钟武（今河南信阳东南）人。以清尚知名。历任吏部郎、平阳太守等。赵王司马伦为相国，用为左司马。李重因他将谋篡，以病辞不就，后一再敦促，因忧逼成疾而卒。一说被逼自杀。乐令：乐广。

❺潸然：泪流貌。涕：泪。

❻赵王：司马伦，字子彝，司马懿第九子。晋初封琅邪郡王，后改封赵王。废贾后，自为相国，后称帝。在惠帝复位后被杀。篡逆：反叛作乱，篡夺帝位。

❼玺绶：古代印玺上系有彩色组绶，称玺绶，因以指印玺。刘孝标注引《晋阳秋》曰："赵王伦篡位，乐广与满奋、崔随进玺绶。"

❽亡伯：称去世的伯父。指李重。雅正：高雅方正。仰药：服毒药自杀。

❾私亲：偏心于自己的亲属。

❿不异人意：谓和别人的见解没有什么不同。

【原文】

刘尹至王长史许清言①，时苟子年十三，倚床边听②。既去，问父曰："刘尹语何如尊③？"长史曰："韶音令辞，不如我；往辄破的，胜我④。"（9.48）

【译文】

刘惔到王濛处清谈，当时王苟子才十三岁，靠在坐榻旁听他们谈论。刘惔走后，苟子问他父亲："刘尹的谈论比起您来怎样？"王濛说："在美好的音调和言辞方面，他不如我；但话一出口就说到点子上，他胜过我。"

注释

❶刘尹：刘惔。王长史：王濛。许：处所。清言：清谈。
❷苟子：王脩，小字苟子，王濛之子。床：坐榻。
❸尊：尊称其父。
❹韶音令辞：美好的音调和言辞。破的：射中箭靶，比喻发言中肯，能切中要旨。

【原文】

有人问谢安石、王坦之优劣于桓公①。桓公停欲言，中悔曰②："卿喜传人语，不能复语卿。"(9.52)

【译文】

有人向桓温问谢安和王坦之二人谁好谁差。桓温沉吟欲语，半途忽反悔说："你喜欢传播别人的话，不能再对你说。"

注释

❶谢安石：谢安。桓公：桓温。
❷停欲言：谓沉吟欲语。中悔：半途反悔。

【原文】

支道林问孙兴公①："君何如许掾②？"孙曰："高情远致，弟子早已服膺③；一吟一咏，许将北面④。"(9.54)

【译文】

支道林问孙兴公："您和许掾相比如何？"孙兴公说："他那高洁的品格与深邃的志趣，学生我早已从心坎里佩服；但吟诗作赋，他就应拜我为师了。"

【注释】

❶支道林：支遁。孙兴公：孙绰。
❷许掾：许询。
❸高情远致：高洁的品格与深邃的志趣。弟子：学生，徒弟。服膺：衷心信服。
❹一吟一咏：指吟诗作赋。北面：古代生敬师之礼。

【原文】

或问林公①："司州何如二谢②？"林公曰："故当攀安提万③。"（9.60）

【译文】

有人问支道林："王司州比起谢安、谢万来怎样？"支道林说："确实应当上攀谢安，下提谢万。"

【注释】

❶林公：支遁。
❷司州：王胡之。二谢：指谢安和谢万。
❸故当：确应，本该。强调肯定的语气。攀安提万：意谓不如谢安但超过谢万。攀，高攀。提，提携。

【原文】

孙兴公、许玄度皆一时名流①。或重许高情，则鄙孙秽行②；或爱孙才藻，而无取于许③。（9.61）

【译文】

孙兴公、许玄度都是一代名流。有的人敬重许玄度的高洁情操，就鄙视孙兴公的肮脏行为；有的人喜爱孙兴公的出众才华，就觉得许玄度身上一无可取。

注 释

❶孙兴公：孙绰。许玄度：许询。一时：一代。名流：著名人士。

❷高情：高洁的情操。秽行：肮脏的行为。刘孝标注引《续晋阳秋》曰："绰虽有文才，而诞纵多秽行，时人鄙之。"

❸才藻：才思文采。无取：没有什么可取之处。

【原文】

庾道季云①："廉颇、蔺相如虽千载上死人②，懔懔恒如有生气③；曹蜍、李志虽见在④，厌厌如九泉下人⑤。人皆如此，便可结绳而治⑥，但恐狐狸猯狢啖尽⑦。"（9.68）

【译文】

庾道季说："廉颇、蔺相如虽是死了很久的人，但仍然正气凛然，勃勃有生气；曹蜍、李志虽然现在还活在世上，却碌碌无为，像是九泉下的死人。如果人人都像他们那样，就可用结绳的方法治理天下了，但恐怕大家也就被野兽吃光了。"

注 释

❶庾道季：庾龢。

❷廉颇：战国时赵国名将，屡胜齐、魏等国，卓有战功。蔺相如：战国时赵国有名的大臣，曾"完璧归赵"，后因功任上卿。千载：千年。极言时间长久。

❸懔懔：严正貌。

❹曹蜍：名茂之，字永世，小字蜍。东晋彭城（今江苏徐州）人。仕至尚书郎。李志：字温祖，东晋江夏钟武（今河南信阳东南）人。仕至员外常侍、南康相。见在：现在活着。见，同"现"。

❺厌厌：精神不振貌。九泉：地下深处。指人死后埋葬之处。

❻结绳而治：上古没有文字，用结绳记事的方法治理天下。

❼猯（tuān）：猪獾。狢：同"貉"，犬科动物，似狐而较肥。啖：吃，食。

【原文】

有人以王中郎比车骑①。车骑闻之曰："伊窟窟成就②。"（9.72）

【译文】

有人拿王中郎和谢车骑相比拟。谢车骑听说后道："他勤奋不懈故成绩卓著。"

【注释】

❶王中郎：王坦之。车骑：谢玄。
❷伊：他。窟窟：勤奋不懈貌。

【原文】

谢公问王子敬①："君书何如君家尊②？"答曰："固当不同③。"公曰："外人论殊不尔④。"王曰："外人那得知！"（9.75）

【译文】

谢安问王子敬："您的书法比起您老父来怎么样？"王子敬回答说："本来就不是一种字体。"谢安说："外边人的评论根本不像您所说的。"王子敬说："外边人哪里知道其中的微妙之处啊！"

【注释】

❶谢公：谢安。王子敬：王献之。
❷君家尊：尊称对方之父，指王羲之。
❸固当：实当，本应。

❹外人论殊不尔：谢安语谓外人认为子敬不如其父。殊，极。不尔，不是这样。刘孝标注引宋明帝《文章志》曰："献之善隶书，变右军法为今体，字画秀媚，妙绝时伦，与父俱得名。其章草疏弱，殊不及父。"

【原文】

王珣疾，临困①，问王武冈曰②："世论以我家领军比谁③？"武冈曰："世以比王北中郎④。"东亭转卧向壁⑤，叹曰："人固不可以无年⑥！"（9.83）

【译文】

王珣生病，临近垂危，问王武冈："世人拿我家领军大人和谁相比？"武冈说："世人拿他和王北中郎相比。"王珣转身侧卧面对墙壁，叹息说："人确实不应活的岁数太小啊！"

注释

❶疾：生病。困：困危，指病危。
❷王武冈：王谧，字稚远，王导孙，袭爵武冈侯，历任黄门侍郎、扬州刺史等职。
❸领军：王洽，字敬和，王导第三子，王珣父，曾任中书郎等职。
❹王北中郎：王坦之。
❺东亭：王珣。
❻固：本来，诚然。无年：指没活多大岁数。王珣意谓其父王洽名德超过王坦之，但因不长寿，名位未显，世人才把他和王坦之相比。

【原文】

桓玄问刘太常曰①："我何如谢太傅②？"刘答曰："公

【译文】

桓玄问刘太常："我和谢太傅相比怎样？"刘太常说："您高峻，谢太傅深

高,太傅深。"又曰:"何如贤舅子敬③?"答曰:"楂梨橘柚,各有其美④。"(9.87)

远。"桓玄又问:"我比起您贤舅王子敬来怎样?"刘太常说:"像楂、梨、橘、柚几种水果,各有各的美妙之处。"

注释

❶刘太常:刘瑾,字仲璋。东晋南阳(今属河南)人,历任尚书、太常卿等职。

❷谢太傅:谢安。

❸子敬:王献之。王献之是刘瑾的舅父。

❹楂梨橘柚:四种水果名。指几种水果味道不同,却都很可口,借指两人各有各的长处。

规箴第十

> 规箴，指规劝和告诫。本门以规劝君主或尊长接受意见、改正错误的记述为主，少数几则是记载同辈或夫妇之间的劝导，还有高僧对弟子和长辈对晚辈的规诫。所涉及的内容多是为政治国之道、待人处世之方等。从这里可以看到不少直言敢谏、绝不阿谀逢迎的事例，也可以看到一些古人的规箴艺术。本门共27篇，此处选译10篇。

【原文】

汉武帝乳母尝于外犯事①，帝欲申宪②。乳母求救东方朔③。朔曰："此非唇舌所争，尔必望济者，将去时但当屡顾帝，慎勿言，此或可万一冀耳④。"乳母既至，朔亦侍侧，因谓曰："汝痴耳！帝岂复忆汝乳哺时恩邪⑤？"帝虽才雄心忍，亦深有情恋，乃凄然愍之，即敕免罪⑥。（10.1）

【译文】

汉武帝的乳母有一次在外边做了犯法的事，武帝要依法治她的罪。她就向东方朔请求希望得到救助。东方朔说："这不是说几句话就能争辩的，你一定希望成功的话，必须在快要离开时屡屡回头看望皇帝，当心别说话，这样或许有万分之一的希望呢。"乳母来到朝廷上，东方朔也在旁边侍立，因而对乳母说："你真傻！皇帝难道还记得你喂奶时的恩情吗？"武帝虽然才大心狠，但也深有依恋之情，听到这话就悲伤地哀怜起她来，于是命令赦免了她的罪过。

【注 释】

❶汉武帝：刘彻，汉景帝子。公元前141—前87年在位。雄才大略，创造了西汉军事、政治、经济、文化的极盛时期。犯事：做了犯法的事。

❷申宪：依法治罪，依法处理。

❸东方朔：字曼倩。西汉平原厌次（今山东惠民东）人。性诙谐滑稽。仕至太中大夫。

❹唇舌：言语必用唇舌，因以为言辞的代称。济：成功，成事。冀：希望。

❺哺：以乳喂小儿。

❻忍：心狠，生性残忍。愍：同"悯"。哀怜。敕：皇帝的命令。

【原 文】

京房与汉元帝共论①，因问帝："幽、厉之君何以亡②？所任何人？"答曰："其任人不忠。"房曰："知不忠而任之，何邪？"曰："亡国之君各贤其臣，岂知不忠而任之？"房稽首曰③："将恐今之视古，亦犹后之视今也④。"（10.2）

【译 文】

京房和汉元帝一起议论政事，京房趁机问元帝："周幽王、周厉王为何成了亡国之君？他们任用的是些什么人？"元帝回答说："他们任用的人不忠诚。"京房说："知道不忠诚而仍然任用，这是为什么呢？"元帝说："亡国的君主都自认为任用的人是贤臣，哪里是知道他们不忠诚还任用呢？"京房跪在地上叩头说："只怕今天我们对古代的看法，也像后世人对我们今天的看法一样啊。"

【注 释】

❶京房：字君明，本姓李。西汉顿丘（今河南清丰西南）人。今文易学的开创者、律学家。屡上书论时政得失，因与奸臣斗争，被害死狱中。汉元帝：刘

奭，西汉皇帝，汉宣帝子。公元前49—前33年在位。

❷幽：周幽王，无道昏君。厉：周厉王，无道昏君。

❸稽首：古时一种跪拜礼。

❹今之视古，亦犹后之视今：我们今天看古人，也像后代的人看我们一样。

【原文】

孙皓问丞相陆凯曰①："卿一宗在朝有几人②？"陆曰："二相、五侯、将军十余人。"皓曰："盛哉！"陆曰："君贤臣忠，国之盛也；父慈子孝，家之盛也。今政荒民弊，覆亡是惧③，臣何敢言盛！"（10.5）

【译文】

吴国末代皇帝孙皓问丞相陆凯："你们家族在朝廷上有几人？"陆凯说："有两个丞相、五个侯爵、十几位将军。"孙皓说："真是兴盛啊！"陆凯说："君主贤明，臣子忠诚，是国家兴盛的标志；父母慈爱，子女孝顺，是家族兴盛的标志。现在政治荒乱，百姓困弊，存在着国破家亡的危险，我哪里敢说什么兴盛啊！"

注 释

❶孙皓：字元宗，三国时吴国末代皇帝。专横残暴，奢侈荒淫。晋灭吴，他归降称臣，封归命侯。陆凯：字敬风，陆逊族子。好学不倦，忠直方正。仕至左丞相。当时孙皓暴虐，他正直强谏，孙皓因其宗族强盛，不敢加害于他。

❷宗：宗族，家族。

❸政荒民弊：政治荒乱，百姓劳困。覆亡：倾覆灭亡。

【原文】

晋武帝既不悟太子之愚①，

【译文】

晋武帝仍不明白太子司马衷智力

必有传后意②。诸名臣亦多献直言③。帝尝在陵云台上坐④，卫瓘在侧，欲申其怀，因如醉跪帝前，以手抚床曰⑤："此坐可惜⑥！"帝虽悟，因笑曰："公醉邪？"（10.7）

低下，就确定了传位于他的思想。众大臣都曾说了很多正直的话来规劝。武帝曾经坐在陵云台上，卫瓘想表明自己的心意，就装着喝醉的样子跪在他面前，用手抚摸着御座说："这御座多么可惜啊！"武帝虽明白了卫瓘的用心，仍笑着说："您喝醉了吧？"

注 释

① 太子：司马衷。

② 传后：指传位于太子司马衷。

③ 直言：正直规劝的话。

④ 陵云台：台观名。魏文帝曹丕时建，在洛阳，今不存。刘孝标注引《洛阳宫殿簿》曰："陵云台上壁方十三丈，高九尺。楼方四丈，高五丈。栋去地十三丈五尺七寸五分也。"

⑤ 申其怀：表明自己的心意。如醉：装着酒醉的样子。卫瓘惧太子妃贾氏迫害，所以不敢明言。床：坐榻，此指御座。

⑥ 此坐可惜：言外之意谓传位不得其人。

【原文】

王夷甫雅尚玄远①，常嫉其妇贪浊②，口未尝言"钱"字。妇欲试之，令婢以钱绕床③，不得行。夷甫晨起，见钱阁行④，呼婢曰："举却阿堵物⑤。"（10.9）

【译文】

王夷甫一向追求超脱清高，常厌恶他妻子贪婪污浊，口中从未曾说个"钱"字。妻子想试验一下，就让婢女把钱绕在床的四周，使他没法行走。王夷甫早晨起来，看到钱阻碍了行路，就呼唤婢女们说："把这些东西搬走。"

注 释

① 王夷甫：王衍。雅尚玄远：素来崇尚超脱清高。

② 嫉：厌恶，憎恶。贪浊：贪婪卑污。

③ 绕：围绕。

④ 阂行：阻断行路。

⑤ 举却：拿走，搬走。阿堵：六朝人口语，犹言"这""这个"。后因称钱为"阿堵""阿堵物""阿堵君"。

【原文】

元帝过江犹好酒①，王茂弘与帝有旧②，常流涕谏。帝许之，命酌酒，一酣，从是遂断③。(10.11)

【译文】

晋元帝到了江南仍然嗜好饮酒，王茂弘和元帝有老交情，常流着眼泪规劝。元帝答应以后不再饮酒，让人斟好酒，饮了一个足量，从此就不再饮了。

注 释

① 元帝：晋元帝司马睿。

② 王茂弘：王导。旧：老交情。

③ 酌酒：斟酒。酣：饮酒尽量。从是：从此。断：断酒，彻底忌酒不饮。

【原文】

王右军与王敬仁、许玄度并善①，二人亡后，右军为论议更克②。孔岩诫之

【译文】

王右军与王敬仁、许玄度关系都十分友好，王、许二人去世以后，右军谈论起他们来很苛刻。孔岩劝告他说："您

曰③：“明府昔与王、许周旋有情④，及逝没之后，无慎终之好⑤，民所不取。”右军甚愧。(10.20)

以前与王、许交往很有情谊，到他们逝世以后，却缺乏谨慎从事、始终到底的习惯，这是我不赞成的。"右军听了感到非常惭愧。

注 释

❶王右军：王羲之。王敬仁：王脩。许玄度：许询。

❷克：苛刻。

❸孔岩：字彭祖。东晋会稽山阴（今浙江绍兴）人。有才学。历任吴兴太守、丹阳尹等职。诫：告诫，劝告。

❹周旋：应酬，交往。

❺慎终：谨慎小心，始终到底。

【原文】

远公在庐山中，虽老，讲论不辍①。弟子中或有堕者②，远公曰："桑榆之光，理无远照③；但愿朝阳之晖④，与时并明耳。"执经登坐，讽诵朗畅，词色甚苦⑤。高足之徒皆肃然增敬⑥。(10.24)

【译文】

慧远师傅住在庐山中，虽然年纪老了，但仍旧不停地讲解佛经。徒弟中有的不努力，慧远就对他们说："一个人到了晚年就像日暮的夕阳，照理不会久远照耀了；但愿你们年轻人就像早晨的阳光，随着时间的推移而越来越明亮啊！"说完就拿着经书登上讲座，又朗读又背诵，声音响亮而流畅，言辞和神色都极为恳切。他的高足弟子对他更加肃然起敬了。

注释

❶远公：僧人慧远，俗姓贾。东晋雁门楼烦（今山西宁武附近）人。初学儒，博通六经，尤善老庄，后出家为道安弟子。后入庐山，住东林寺传法，弟子甚众。慧远曾在庐山三十余年，足不出山。辍：停止，中止。

❷堕：通"惰"。懈怠，懒惰。

❸桑榆之光：落日的余晖照在桑树、榆树梢上，比喻人的晚年。

❹朝阳之晖：早晨的阳光，比喻人的青年时期。

❺讽诵：诵读，吟诵。朗畅：声音响亮而流畅。词色甚苦：谓言辞、神色极为恳切。

❻高足：高才。肃然：恭敬貌。

【原文】

桓南郡好猎，每田狩，车骑甚盛①，五六十里中旌旗蔽隰②，骋良马，驰击若飞。双甄所指，不避陵壑③。或行陈不整，麏兔腾逸④，参佐无不被系束⑤。桓道恭，玄之族也，时为贼曹参军⑥，颇敢直言，常自带绛绵绳著腰中⑦。玄问："此何为？"答曰："公猎，好缚人士，会当被缚，手不能堪芒也⑧。"玄自此小差⑨。（10.25）

【译文】

桓玄喜好打猎，每次打猎外出，车马盛多，五六十里路中旌旗遍野，骏马驰骋，追击如飞。左右两翼队伍所到之处，丘陵沟壑也不能阻挡。有时阵势不整齐，让獐子、野兔逃掉了，下属官员没有不被捆缚起来的。桓道恭，是桓玄本族的人，当时担任贼曹参军，颇敢直率地讲话，他常自带根深红色的绵绳缠在腰间。桓玄问他："你带这个做什么用？"桓道恭回答说："您打猎，喜欢捆缚人，总有一天我也难免被捆，我的手可忍受不了那粗绳的芒刺啊！"桓玄的脾气从这以后略有好转。

注释

❶桓南郡:桓玄。田狩:打猎。车骑:泛指车马。

❷蔽隰:遮蔽原野。隰,本义指低湿之地。

❸双甄:军队的左右两翼。古以畋猎练兵,畋猎亦如作战。陵壑:丘陵山谷。

❹行陈:指打猎的队伍阵势。陈,通"阵"。麋:同"麇"。獐子。腾逸:逃窜,逃跑。

❺参佐:州府里的官员。系束:用绳子捆缚。

❻桓道恭:字祖猷,桓玄的同族叔祖,任淮南太守,后随桓玄谋反,被杀。贼曹:负责治理盗贼的官署。参军:州府里的重要幕僚。

❼绛:深红色,大红色。

❽会当:总有一天要,将一定会。堪:忍受。芒:刺。缚人用粗绳,粗绳有麦芒一样的小刺,所以自备绵绳,被缚时可免芒刺。

❾小差:略有好转。

【原文】

王绪、王国宝相为唇齿①,并上下权要②。王大不平其如此③,乃谓绪曰:"汝为此欻欻,曾不虑狱吏之为贵乎④?"(10.26)

【译文】

王绪、王国宝相互勾结,并把持权柄,胡作非为。王大对他们所作所为非常愤慨不满,于是对王绪说:"你这样肆无忌惮,就不曾考虑到狱吏的厉害吗?"

注释

❶王绪:字仲业。东晋太原晋阳(今山西太原西南)人。为会稽王司马道子

从事中郎，与堂兄王国宝扰乱国政，王恭等举兵以匡朝廷，二人皆被杀死。王国宝：王坦之的儿子，司马道子辅政，被任为秘书丞，迁中书令、中领军，后被赐死。相为唇齿：比喻关系像唇齿一样密切，互相依赖。

❷上下：指弄权。权要：权势，权力。

❸王大：王忱。不平：不满，愤慨。

❹欻欻（xū）：狂妄状。狱吏：管理监狱的小官。"王大"语意谓：你这样胡作非为，将会被捕入狱而受到制裁。

捷悟第十一

> 捷悟，指思维敏捷、反应快速。本门记载对人、事物快速而正确的分析和理解的事例。突然遇到一件意外的事，在常人尚未理解之时，能根据人或事物的特点、当时的诸多条件等来综合分析并做出判断，这就是一种悟性。本门共7篇，此处选译3篇。

【原文】

杨德祖为魏武主簿①，时作相国门，始构榱桷②，魏武自出看，使人题门作"活"字，便去。杨见，即令坏之。既竟，曰："门中活，'阔'字③。王正嫌门大也④。"（11.1）

【译文】

杨德祖任曹操的主簿，当时建造相国府大门，刚搭建大门上方屋顶上的椽架，曹操亲自出来观看，叫人在门上写了个"活"字，就离开了。杨德祖看了，就下令把相国门拆毁重建。拆完后，他说："门中有个活字，就是个'阔'啊。魏王正是嫌门太宽大了。"

注释

❶杨德祖：杨修，字德祖。汉末弘农华阴（今陕西华阴东南）人。好学多才，博学多识。任丞相曹操主簿，后被曹操借故杀害。魏武：曹操。主簿：官名。主管文书簿籍。

❷相国：又称宰相或丞相，辅佐皇帝的最高官员。此指当时任丞相的曹操。

榱桷（cuī jué）：屋椽，指门上面的椽子。

❸门中活：此乃拆字法，门中一个活字，即"阔"字。

❹王：魏王，即曹操。

【原文】

人饷魏武一杯酪①，魏武啖少许②，盖头上题"合"字以示众。众莫能解。次至杨修③，修便啖，曰："公教人啖一口也④，复何疑？"（11.2）

【译文】

有人送给曹操一杯奶酪，曹操吃了一点点，就在杯盖上写了个"合"字，拿给大家看。众人都不理解这是什么意思。轮到杨修，杨修就吃了一口，说："曹公让我们每人吃一口，还犹疑什么呢？"

注释

❶饷：用食物款待，送食物给人吃。魏武：曹操。酪：牛、羊、马的乳汁做成的半凝固食品。

❷啖：吃，食。许：语助，无义。

❸次：顺序，按次序排列。

❹人啖一口："合"字拆字为"人一口"，故曰。

【原文】

魏武尝过曹娥碑下①，杨修从。碑背上见题作"黄绢幼妇，外孙齑臼"八字②，魏武谓修曰："解不？"答曰：

【译文】

曹操曾经从曹娥碑下经过，杨修随从。见到碑阴上题有"黄绢幼妇，外孙齑臼"八个字，曹操就问杨修："你理解这些字的意思吗？"杨修回答

"解。"魏武曰:"卿未可言,待我思之。"行三十里,魏武乃曰:"吾已得。"令修别记所知。修曰:"黄绢,色丝也,于字为'绝';幼妇,少女也,于字为'妙';外孙,女子也,于字为'好';齑臼,受辛也,于字为'辞'。所谓'绝妙好辞'也。"魏武亦记之,与修同。乃叹曰:"我才不及卿,乃觉三十里③。"(11.3)

说:"理解。"曹操说:"你先不要说出来,等我想一想。"走了三十里路,曹操才说:"我也已经明白。"于是叫杨修另外记下他所理解的意思。杨修说:"黄绢,是有色的丝,合成字就是个'绝';幼妇,是少女,合成字就是个'妙';外孙,是女儿的儿子,合成字就是个'好';齑臼,是盛受辛辣的,合成字就是个'辞'。这八个字就是'绝妙好辞'的隐语。"曹操也记下这八个字的含义,和杨修所记的完全相同。曹操于是感叹地说:"我的才智比不上你,以至于相差了三十里路。"

注 释

❶魏武:曹操。曹娥碑:曹娥的墓碑。

❷碑背:碑阴。齑:调味用的姜、蒜或韭菜末。臼:把姜、蒜等捣成酱末的器具。齑臼是盛受辛辣之味的,故曰"受辛",合成字就是"辞"。

❸觉:义同"较"。相差,相距。

夙惠第十二

> 夙惠，即早慧。指从小就聪明过人。其实，历史上很多儿童早慧的故事不过是后人附会而成的。本门共7篇，此处选译3篇。

【原文】

宾客诣陈太丘宿，太丘使元方、季方炊①。客与太丘论议，二人进火，俱委而窃听②，炊忘著箅，饭落釜中③。太丘问："炊何不馏④？"元方、季方长跪⑤，曰："大人与客语，乃俱窃听，炊忘著箅，饭今成糜⑥。"太丘曰："尔颇有所识不⑦？"对曰："仿佛志之。"二子俱说，更相易夺⑧，言无遗失。太丘曰："如此，但糜自可，何必饭也⑨？"（12.1）

【译文】

有一次，有位客人到陈太丘家过夜，太丘叫儿子元方、季方烧火做饭。客人和太丘谈论，两个孩子烧火，后来都舍弃烧火而去偷听大人谈话，蒸米饭忘了放上箅子，米粒都掉进了锅里。太丘问："为何还不蒸米饭？"两个孩子长跪在地上，说："大人和客人谈话，我们就都去偷听，蒸米饭忘了放箅子，干饭现在成了稀粥。"太丘问："你们听后也能记住一些吗？"他们回答说："好像记住一些。"于是两个孩子都争先恐后地相互抢着叙述听到的谈话，内容毫无遗漏。太丘说："既然这样，只是做成稀粥也就可以了，为什么一定要做成干饭呢？"

注释

① 陈太丘：陈寔。元方：陈纪。季方：陈谌。元方、季方是陈寔之子。
② 进火：烧火。委：舍弃。
③ 箄：蒸锅中的竹屉。釜：古代炊具，相当于现在的锅。
④ 馏：把食物蒸熟。
⑤ 长跪：直身而跪。跪时伸直腰股，以示庄重。
⑥ 大人：称尊长。此尊称其父。糜：粥。
⑦ 识：记住。
⑧ 易夺：指说话时争着抢着说。
⑨ 但：只，仅。

【原文】

晋明帝数岁，坐元帝膝上①。有人从长安来，元帝问洛下消息，潸然流涕②。明帝问："何以致泣？"具以东渡意告之③，因问明帝："汝意谓长安何如日远？"答曰："日远。不闻人从日边来，居然可知④。"元帝异之⑤。明日，集群臣宴会，告以此意，更重问之。乃答曰："日近。"元帝失色，曰："尔何故异昨日之言邪⑥？"答曰："举目见日，

【译文】

晋明帝几岁时，有一次坐在元帝膝上。这时有人从长安前来，元帝询问了洛阳的消息，眼泪禁不住哗哗地流了下来。明帝问："什么缘故使您流泪呢？"元帝就把要到江东建国的心意详细告诉了他，接着问明帝："你觉得我们离长安和太阳哪一个远呢？"明帝回答："太阳远。没听说过有人从太阳边上来，显然可知。"元帝对他的回答感到惊奇。第二天，元帝召集官吏们饮酒聚会，把明帝的回答告诉了大家，并且又重新问他。明帝却回答说："太阳近。"元帝生气地变了脸色，说："你怎么和昨天的说法不同了呢？"明帝回答说："因为抬头只能看见太阳，却看不

不见长安。"（12.3）

到长安。"

注 释

❶晋明帝：司马绍。元帝：晋元帝司马睿，明帝父。

❷长安：今陕西西安。西晋愍帝以长安为都。洛下：洛阳。潸然：流泪貌。

❸具：全部，详细。东渡：指西晋王朝倾覆，司马睿避地江东建国，史称"东晋"。

❹居然：显然，昭然。

❺异之：惊异，惊奇。

❻异：改变，不同。

【原文】

韩康伯数岁，家酷贫①，至大寒，止得襦②。母殷夫人自成之。令康伯捉熨斗③，谓康伯曰："且著襦，寻作复裈④。"儿云⑤："已足，不须复裈也。"母问其故，答曰："火在熨斗中而柄热，今既著襦，下亦当暖，故不须耳。"母甚异之，知为国器⑥。（12.5）

【译文】

韩康伯几岁时，家中极为贫苦，到了大寒时节，天气已经十分寒冷了，只有件短袄，是他母亲殷夫人亲手做成的。母亲叫康伯手持熨斗帮着把衣服熨平，并对康伯说："暂且穿上这件短袄，马上就再给你做件夹裤。"康伯说："这已足够了，不需要再做夹裤了。"母亲问他为什么，他回答说："正像火在熨斗中而熨斗的把也会热起来一样，今天穿上短袄，下身也会暖和起来，所以不需再做夹裤了。"母亲听了感到非常惊奇，看出这孩子将来会是个能治理国家的大才。

注 释

❶ 韩康伯:韩伯。酷:极,甚。

❷ 大寒:二十四节气之一,是天气最冷的时候。止:只,仅。襦:短袄。

❸ 捉:握,拿。熨斗:熨平衣服的用器,形如斗,多以铜铁制成。

❹ 且:暂且,姑且。寻:旋即,不久。复裈:夹裤。裈,有裆的裤子。

❺ 儿云:一作"乃云"。

❻ 国器:谓可主持国政的人才。

豪爽第十三

豪爽，指豪放直爽。魏晋时代，士人或者一往无前，出入于数万敌兵之中，威震敌胆；或者感慨长吟，意气风发，旁若无人；或者纵论古今，豪情满怀，慷慨激昂；或者声讨乱臣贼子，正言厉色，痛快淋漓；或者随兴会之所至，无所拘束。表现了魏晋时期名流阳刚健举的豪爽之美。本门共13篇，此处选译4篇。

【原文】

王处仲每酒后①，辄咏"老骥伏枥，志在千里。烈士暮年，壮心不已②"。以如意打唾壶，壶口尽缺③。（13.4）

【译文】

王处仲常在饮酒之后，就吟咏起曹操的诗句"老骥伏枥，志在千里。烈士暮年，壮心不已"。他一边吟咏，一边用如意敲打着唾壶为节拍，唾壶边上被敲击得满是缺口。

注释

❶王处仲：王敦。

❷"老骥"四句：出自曹操《步出夏门行·龟虽寿》诗。骥：良马。枥：马槽，借指养马之处。烈士：指有雄心壮志、努力建功立业的人。暮年：晚年。不已：不止。

❸唾壶：承唾之器，类似后之痰盂。后以"唾壶击缺"比喻豪情壮志。

【原文】

桓公读《高士传》①，至於陵仲子便掷去②，曰："谁能作此溪刻自处③！"（13.9）

【译文】

桓温读《高士传》时，读到於陵仲子的事迹就把书丢开了，说："谁能做出这样苛刻对待自己的事！"

注释

❶桓公：桓温。《高士传》：晋皇甫谧作。所记载的人物主要是一些避居山林、不慕荣利的隐士。已散佚，后有辑本。

❷於陵仲子：陈仲子。据《高士传》载，他是战国时齐人，出身贵族，其兄食禄万钟，仲子以兄禄为不义，逃居於陵，靠织屦、为人灌园维持生计。

❸溪刻自处：刻薄地对待自己。溪刻，犹言"刻薄""苛刻"。自处，对待自己。

【原文】

桓石虔①，司空豁之长庶也②，小字镇恶，年十七八未被举，而童隶已呼为"镇恶郎"③。尝住宣武斋头④。从征枋头⑤，车骑冲没陈⑥，左右莫能先救。宣武谓曰："汝叔落贼⑦，汝知不？"石虔闻之，气甚奋，命朱辟为副⑧，策马于数万众中，莫有抗者，径致冲还，三军叹服⑨。河朔后以

【译文】

桓石虔，是司空桓豁的庶长子，小名镇恶，十七八岁时还未被举荐为官，但童仆们已称呼他"镇恶郎"了。他曾住在桓温的静室里。随从桓温出征到枋头，车骑将军桓冲陷没在敌阵中，身旁的将领、随从们没人能够前去救援。桓温对石虔说："你叔父身陷贼群，你知道吗？"石虔听说后，意气极为奋发，命令朱辟任副将，跃马扬鞭冲进数万敌军之中，敌兵没人敢于抵挡，径直找到桓冲就把他救了回来，全军叹服。黄河北的

其名断疟⑩。(13.10) | 人后来就用他的威名来禁绝"疟鬼"。

注释

❶桓石虔：小字镇恶。东晋谯国龙亢（今安徽怀远西北）人。以勇猛著称，从伯父桓温入关，威震敌胆。仕至河东太守、豫州刺史，卒后追赠右将军。

❷豁：桓豁，字朗子，桓温弟。历任征西大将军、荆州刺史，卒后追赠司空。长庶：庶出的长子，妾所生的长子。

❸举：推荐、选拔为官。童隶：童仆。郎：郎官。石虔虽未被举荐为郎官，但童仆却已以郎官视之。

❹宣武：桓温。斋头：静室，静房。头，语助。

❺枋头：地名。在今河南浚县西南。

❻车骑冲：桓冲，字幼子，桓温弟，有识见方略，官至车骑将军。没陈：陷入敌阵之中。陈，通"阵"。

❼落贼：陷落在敌群之中。

❽副：副将，主将的辅佐。

❾三军：泛指全军。

❿河朔：指黄河以北地区。断疟：古人迷信，以为疟疾是疟鬼作祟，疟鬼怕强人，故以石虔的威名来断疟。后以"桓石虔来"谓镇恶去疾的典故。

【原文】

王司州在谢公坐①，咏"入不言兮出不辞，乘回风兮载云旗②"。语人云："当尔时，觉一坐无人③。"(13.12)

【译文】

王胡之在谢安处做客时，吟咏起屈原的诗句"入不言兮出不辞，乘回风兮载云旗"。对人说："当这个时候，觉得好像满座里一个人也没有。"

注 释

❶王司州：王胡之。谢公：谢安。

❷"入不言"二句：出自《楚辞·九歌·少司命》。回风：旋风。云旗：以云为旗。

❸尔时：其时，这时。一坐：全座，满座。

容止第十四

> 容止，指仪容举止。本门有时偏重讲仪容，有时也会偏重讲举止。魏晋时期，随着士人自我意识的觉醒，人们开始讲究仪容举止，尤其注重个人的内在美。本门共39篇，此处选译13篇。

【原文】

魏武将见匈奴使①，自以形陋，不足雄远国②，使崔季珪代③，帝自捉刀立床头④。既毕，令间谍问曰⑤："魏王何如⑥？"匈奴使答曰："魏王雅望非常⑦，然床头捉刀人，此乃英雄也。"魏王闻之，追杀此使。(14.1)

【译文】

曹操将要接见匈奴的使者，自认为相貌不出众，不足以在外国使者面前显示其威武，于是就叫崔季珪代替自己坐在正座上接见，而他却握着刀站立在坐榻旁边当侍卫。接见完毕，曹操派间谍询问匈奴使者说："魏王怎么样？"匈奴使者回答说："魏王仪表堂堂，很不平凡，但座位旁边那个握刀人，才真是个英雄呢。"曹操听说以后，就派人追上并杀死了那个匈奴使者。

注释

❶魏武：曹操。匈奴：我国古代北方的一个少数民族。

❷形陋：相貌不扬。刘孝标注引《魏氏春秋》曰："武王姿貌短小，而神明英发。"雄：示威，显示威重。远国：远方的国家。此指匈奴族建立的政权。

❸崔季珪：崔琰，字季珪。三国魏清河东武城（今山东武城西）人。先从袁绍，后归曹操。仕至尚书令、中尉。后被曹操杀害。

❹帝：指曹操。捉刀：握刀，持刀。床：坐榻。

❺间谍：刺探敌情的人。

❻魏王：曹操。

❼雅望：容态美好，为人瞻仰。按：此事不可信。余嘉锡认为："此事近于儿戏，颇类委巷之言，不可尽信。"（《世说新语笺疏》）

【原文】

魏明帝使后弟毛曾与夏侯玄共坐①，时人谓"蒹葭倚玉树②"。（14.3）

【译文】

魏明帝让毛皇后的弟弟毛曾和夏侯玄坐在一块，当时的人们认为这是"芦苇靠在玉树旁"。

注 释

❶魏明帝：曹叡。后：指明帝皇后毛氏。毛曾：毛皇后之弟，仕为驸马都尉、散骑常侍。

❷蒹葭：没有长穗的芦苇，比喻形貌丑陋的人，此处喻毛曾。玉树：比喻才能出众、姿容美好的人，此处喻夏侯玄。后以"倚玉""蒹葭倚玉"比喻相形见绌或两人品貌极不相称。

【原文】

裴令公目王安丰①："眼烂烂如岩下电②。"（14.6）

【译文】

裴令公品评王安丰："眼睛明亮得像是山岩之下的闪电。"

注 释

❶裴令公：裴楷。王安丰：王戎。
❷烂烂：光明貌。刘孝标注："王戎形状短小，而目甚清炤，视日不眩。"岩下：山崖之下。

【原文】

潘岳妙有姿容，好神情①。少时挟弹出洛阳道，妇人遇者，莫不连手共萦之②。左太冲绝丑，亦复效岳游遨③，于是群妪齐共乱唾之，委顿而返④。(14.7)

【译文】

潘岳有美好的姿态风度。他年轻时挟持着弹弓走在洛阳的街道上，妇人们遇到他，无不手拉着手团团将他围住。左太冲容貌极丑，也仿效潘岳走到街上漫游，于是成群的老婆子一齐向他乱吐唾沫，弄得他无精打采地返回家中。

注 释

❶神情：神态风度。
❷挟弹：挟持着弹弓。萦：围绕。
❸左太冲：左思。游遨：漫游，游玩。
❹妪：年老的妇人。委顿：精神疲惫。

【原文】

潘安仁、夏侯湛并有美容①，喜同行，时人谓之"连璧②"。(14.9)

【译文】

潘安仁、夏侯湛都有美好的容貌，二人喜欢一块出行，当时的人们称他们是并列在一起的两块美玉。

注 释

❶潘安仁：潘岳。夏侯湛：字孝若。西晋谯县（今安徽亳州市谯城区）人。与潘岳友善。官至散骑常侍。善诗赋，原有集，已散佚。

❷连璧：并列在一起的两块玉璧。

【原文】

有人语王戎曰："嵇延祖卓卓如野鹤之在鸡群①。"答曰："君未见其父耳②！"（14.11）

【译文】

有人对王戎说："嵇延祖像野鹤站立在鸡群之中一样。"王戎回答说："您还没见过他父亲呢！"

注 释

❶嵇延祖：嵇绍，字延祖。嵇康子。官至侍中。荡阴之役后以身卫帝，被叛军所杀，血溅帝衣，被时人视为忠臣的典范。卓卓：突出貌。野鹤之在鸡群：比喻仪表或才能特别出众超群。后常作"鹤立鸡群"。

❷君未见其父：意谓嵇康更胜一筹。其父，指嵇康。

【原文】

骠骑王武子是卫玠之舅①，俊爽有风姿②，见玠辄叹曰："珠玉在侧，觉我形秽③。"（14.14）

【译文】

骠骑将军王武子是卫玠的舅父，他风度高迈且姿态俊秀，但每逢见到卫玠就感慨道："像珠玉一样漂亮的人在身旁，我不由得感到自己形态丑陋。"

【注释】

①骠骑:将军名号。王武子:王济。卫玠:字叔宝。中国古代美男子。
②俊爽:才识高迈。风姿:风度姿态。
③珠玉:比喻仪态俊秀的人。觉我形秽:后常用作"自觉形秽""自惭形秽"。秽,污浊,肮脏。

【原文】

有人诣王太尉①,遇安丰、大将军、丞相在坐②;往别屋见季胤、平子③。还,语人曰:"今日之行,触目见琳琅珠玉④。"(14.15)

【译文】

有人前去拜访王太尉,遇到王安丰、王大将军、王丞相在座中;到另外的屋里又见到王季胤、王平子。回家后,他对人说:"我今天到王家,满眼所见都是珍珠宝玉一样的漂亮人。"

【注释】

①诣:造访。王太尉:王衍。
②安丰:王戎。大将军:王敦。丞相:王导。
③季胤:王诩,字季胤,王衍弟,仕至修武县令。平子:王澄。
④触目:目光所及。琳琅:精美的玉石,比喻珍异的物品、文章或人才。珠玉:珍珠宝玉,形容人容貌非常漂亮。

【原文】

卫玠从豫章至下都①,人久闻其名,观者如堵

【译文】

卫玠从豫章来到京都,人们早就听说他的名声,围观的人密集得像墙壁一般。

墙②。玠先有羸疾，体不堪劳③，遂成病而死。时人谓"看杀卫玠④"。（14.19）

卫玠早先就瘦弱多病，身体忍受不了这种劳累，终于酿成重病而死。当时的人们认为卫玠是被众人观看而劳累过度致死的。

注释

❶下都：东晋称京都建康（今江苏南京）为下都（因在长江的下游）。

❷观者如堵墙：形容观看的人密集，如同围墙一般。

❸羸：瘦，弱。堪：忍受，承担。

❹看杀卫玠：卫玠被众人观看而致死。刘孝标注认为卫玠死在豫章。后因以"看杀卫玠"比喻为群众仰慕的人。

【原文】

王右军见杜弘治①，叹曰："面如凝脂，眼如点漆，此神仙中人②。"时人有称王长史形者③，蔡公曰④："恨诸人不见杜弘治耳⑤！"（14.26）

【译文】

王右军见到杜弘治，赞叹道："他脸如凝结的油脂般细洁，眼如点漆似的黑亮，这简直是神仙一样的人啊。"当时有人称赞王长史的形貌美好，蔡谟说："遗憾的是这些人没有见过杜弘治啊！"

注释

❶王右军：王羲之。杜弘治：杜乂，字弘治。晋京兆（今陕西西安）人。性纯和，美姿容，仕至丹阳丞。

❷凝脂：凝结的脂肪，比喻皮肤洁白柔滑。眼如点漆：眼珠黑亮，炯炯有神。点漆，小而圆、黑且有光泽之物，此指瞳子。神仙中人：形容相貌超群，人品非凡。

❸王长史：王濛。

❹蔡公：蔡谟。

❺恨：遗憾。

【原文】

时人目王右军①："飘如游云，矫若惊龙②。"（14.30）

【译文】

当时的人们品评王右军说："他飘然像那浮游的彩云，矫健似那飞动的神龙。"

注 释

❶王右军：王羲之。

❷"飘如游云"二句：形容王羲之翩然洒脱，矫健而有生气。矫：翘然出众。惊龙：飞动的龙。《晋书·王羲之传》用这八个字形容其书法笔势生动有力、富有变化。

【原文】

或以方谢仁祖不乃重者①。桓大司马曰②："诸君莫轻道，仁祖企脚北窗下弹琵琶，故自有天际真人想③。"（14.32）

【译文】

有人把谢仁祖比作他所轻视的人。桓大司马说："你们不要随便乱说，仁祖踮起脚跟在北窗下弹琵琶，本来就自有天上神仙一样高远的情怀。"

注 释

❶方：比方，比拟。谢仁祖：谢尚。不乃重：不怎么尊重，被轻视。

❷桓大司马：桓温。

❸轻道：轻易乱说。企脚：踮起脚跟。天际真人：天上的神仙。

【原文】

　　有人叹王恭形茂者①，云："濯濯如春月柳②。"（14.39）

【译文】

　　有人赞叹王恭身形外貌美好，说："他清朗而又有光泽的样子就像春天的柳枝一样婀娜多姿。"

注释

❶茂：美好。

❷濯濯：清朗有光泽之貌。春月柳：比喻人仪貌出众，秀美多姿。

自新第十五

自新，指自觉改正错误，重新做人。本门只有两篇。第一篇说明改正错误后要振作起来，应有一息尚存就决不松懈之志。第二篇说明有才要用到正道上，知错必改。

【原文】

周处年少时①，凶强侠气，为乡里所患②。又义兴水中有蛟，山中有邅迹虎，并皆暴犯百姓③。义兴人谓为"三横"，而处尤剧④。或说处杀虎斩蛟，实冀"三横"唯余其一⑤。处即刺杀虎，又入水击蛟。蛟或浮或没，行数十里，处与之俱⑥。经三日三夜，乡里皆谓已死，更相庆⑦。竟杀蛟而出⑧。闻里人相庆，始知为人情所患，有自改意⑨。乃入吴寻二陆。平原不在，正见清河，具以情告⑩，并

【译文】

周处年轻时，凶横粗暴，逞强任性，被家乡的人当成个祸害。另外义兴郡河里有条蛟龙，山上有只行踪无定的猛虎，都残暴地侵害百姓。义兴人把这些东西称为"三害"，而周处危害最大。有的人鼓动周处去杀虎斩蛟，实际上是希望"三害"只剩其一。周处就刺杀了猛虎，又下河去击杀蛟龙。那蛟龙有时漂浮上水面，有时又沉没到河底，游了几十里，周处紧追不舍。这样经过了三天三夜，家乡一带的人都认为他已经死掉了，就高兴得轮番庆贺。想不到周处竟然杀死了蛟龙从河里冒了出来。周处听说乡里人互相庆贺，才知道自己成了人们心目中的祸害，因而产生了要改过自新的念头。于是他就赶到吴郡去找陆机、陆云兄弟。陆机不在家，只见到陆云，他就把事情的原委全部告诉了

云："欲自修改，而年已蹉跎⑪，终无所成。"清河曰："古人贵朝闻夕死，况君前途尚可⑫；且人患志之不立，亦何忧令名不彰邪⑬？"处遂改励，终为忠臣孝子⑭。（15.1）

他，并且说："我打算自己改正错误，但已虚度了光阴，年龄已大，恐怕终究也不会有什么成就了。"陆云说："古人重视'朝闻道，夕死可'的格言，何况您的前途正远大着呢；而且人只怕不能立定志向，又何必担心美名不显呢？"周处从此改过自勉，后来终于成了忠臣孝子。

注 释

❶周处：字子隐。西晋义兴阳羡（今江苏宜兴）人。仕至御史中丞。后朝廷派他去平定氐人叛乱，英勇战死。

❷凶强侠气：凶狠而霸道。侠气，犹霸气。为乡里所患：被地方上认为是祸害。

❸义兴：郡名。治所在今江苏宜兴。蛟：古代传说中能发洪水的一种龙。这里或指鳄鱼、蟒蛇一类动物，被人误认作蛟。邅迹虎：谓行踪无定、难以捕捉之虎。暴犯：侵害，扰乱。

❹横：蛮横强暴之物。尤剧：尤其厉害。剧，甚，烈。

❺说：劝说。这里有鼓动、挑动之意。冀：希望，企图。

❻没：沉没。俱：同在一起。

❼更相庆：轮番互相庆贺，表明非常欢喜。

❽竟：竟然，想不到。

❾自改：改过自新。

❿二陆：指陆机、陆云兄弟二人。平原：指陆机（官至平原内史）。正：只，止。清河：指陆云（官至清河内史）。具：同"俱"。皆，都。

⑪蹉跎：虚度光阴，指年龄已大。

⑫朝闻夕死：《论语·里仁》记孔子语曰："朝闻道，夕死可矣。"意谓早晨听了圣贤之道，晚上死掉也不遗憾。陆云用这话鼓励周处改邪归正，努力上进，

不要怕年龄已大。尚可：尚有可为，意谓尚不算晚。

⑬ 患：忧虑，担心。令名：美好的名声。彰：显扬。

⑭ 改励：改过自励。

【原文】

戴渊少时①，游侠不治行检，尝在江淮间攻掠商旅②。陆机赴假还洛，辎重甚盛③。渊使少年掠劫，渊在岸上，据胡床指麾左右，皆得其宜④。渊既神姿峰颖，虽处鄙事，神气犹异⑤。机于船屋上遥谓之曰⑥："卿才如此，亦复作劫邪⑦？"渊便泣涕，投剑归机。辞厉非常，机弥重之⑧，定交，作笔荐焉⑨。过江，仕至征西将军。(15.2)

【译文】

戴渊年轻时，常做些扰乱社会秩序的事，不注意自己品行的修养，曾在江淮流域抢劫商旅的财物。陆机休假完毕返回洛阳，带的行李包裹非常丰盛。戴渊就指使手下的一些年轻人去抢夺，他在河岸上，靠在交椅上指挥手下的人，事情安排得十分得当。戴渊的神情姿态不凡，虽然做这种卑下的事，神色气度仍不平凡。陆机看了，在船屋上远远地对他说："你既然有这样的才干，为何还要做强盗呢？"戴渊听后，痛哭流涕，扔掉宝剑，前来归顺了陆机。陆机见他说话时言辞不同寻常，更加器重他，就与他结为朋友，并专门写了书信推荐他。戴渊到江东以后，官做到征西将军。

注 释

❶ 戴渊：戴俨，字若思。晋广陵（治今江苏淮安西南）人。少好游侠，被陆机劝改，有才干，正直能言。仕至征西将军，被王敦杀害。

❷ 游侠：指好交游、乐助人，重义轻生，或勇于不轨行为者。行检：品行。江淮：长江淮河流域，今江苏、安徽一带。攻掠：抢劫掠夺。

❸ 赴假：销假赴职。辎重：外出时所带的包裹笼箱。

④据:坐,倚。胡床:一种可以折叠的轻便坐具,亦名交椅。指麾:发令调遣。麾,同"挥"。宜:合适,适当。

⑤颖:严峻而有锋芒。

⑥船屋:船上的房舍。

⑦亦复:犹要,尚要。劫:强盗。

⑧辞厉:言辞严肃。弥重:更加器重。

⑨定交:结为朋友。笔:散文,此指书信。陆机作书把他推荐给赵王司马伦。

企羡第十六

企羡，指敬仰思慕。魏晋士人仰慕或自比的对象既有同时代的贤达人士，也有前代英雄，表现了那个时代的风气和时尚。本门共6篇，此处选译2篇。

【原文】

王丞相拜司空①，桓廷尉作两髻、葛裙，策杖，路边窥之②，叹曰："人言阿龙超，阿龙故自超③。"不觉至台门④。(16.1)

【译文】

王丞相拜领司空，桓廷尉头顶上盘着两个发髻，穿着葛布长裙，拄着手杖，在路旁偷偷观看，赞叹道："人们说阿龙超逸，阿龙确确实实是超逸啊！"一边说着一边不知不觉地来到了台门。

注释

❶王丞相：王导。

❷桓廷尉：桓彝。髻：挽束在头顶的头发。葛裙：葛布衣裙。策杖：拄杖。

❸阿龙：王导小字。一说王导小名"赤龙"，因称"阿龙"。超：美妙，高超。故自：确实，的确。

❹台门：指朝廷所在之中央官府

【原文】

王司州先为庾公记室参军①,后取殷浩为长史。始到,庾公欲遣王使下都②。王自启求住曰③:"下官希见盛德,渊源始至④,犹贪与少日周旋⑤。"(16.4)

【译文】

王司州先做庾亮的记室参军,后来庾亮又用殷浩做他的长史。殷浩刚到,庾亮想派王司州出使京都。王司州亲自向庾亮表白要求留下来:"我很少见到有崇高德行的人,渊源才到,我还贪恋和他在一块多待几天。"

注释

❶王司州:王胡之。庾公:庾亮。

❷下都:东晋称建康(今江苏南京)为下都。

❸自启:自己陈述。住:停留。

❹下官:属吏对其长官自称。盛德:敬称有德之人。渊源:殷浩字。

❺贪:贪恋,舍不得。周旋:交往,来往。

伤逝第十七

> 伤逝，指哀念去世的人。时人怀念死者，表示哀思。本门记述了魏晋名士溺于真情，哭悼死者时不拘礼法的情形，令人动容。本门共19篇，此处选译6篇。

【原文】

王仲宣好驴鸣①。既葬，文帝临其丧，顾语同游曰②："王好驴鸣，可各作一声以送之。"赴客皆一作驴鸣③。（17.1）

【译文】

王仲宣喜好听驴子的叫声。死后安葬时，曹丕亲自来到墓地，看着和他一同前来送葬的人说："仲宣生前喜听驴叫，大家可以各自学叫一声来给他送别吧。"于是前来送葬的客人们都各自学了一声驴叫。

注释

❶王仲宣：王粲，字仲宣。汉末山阳高平（今山东微山西北）人。"建安七子"之一。以博洽著称。先依刘表，未被重用，后为曹操幕僚，官侍中。好：喜爱，喜欢。

❷文帝：魏文帝曹丕。当时尚未为帝。同游：指和文帝一块前来送葬的王粲的生前好友。

❸赴客：指前来送葬的客人。"驴鸣送葬"表现了当时率真、随性、不做作的独特的送葬方式。

【原文】

王濬冲为尚书令①，著公服，乘轺车②，经黄公酒垆下过③。顾谓后车客："吾昔与嵇叔夜、阮嗣宗共酣饮于此垆④，竹林之游，亦预其末⑤。自嵇生夭、阮公亡以来，便为时所羁绁⑥。今日视此虽近，邈若山河⑦！"（17.2）

【译文】

王濬冲任尚书令，穿着官服，乘坐着轻便车，从黄公酒家前经过。他回头对后边车上的客人说："我从前和嵇叔夜、阮嗣宗一块在这家酒店里畅饮，竹林中的游宴，我也参加在内。自从嵇叔夜、阮嗣宗亡故以来，我就被时务束缚。今天看到这家酒店虽近在咫尺，却感到像隔着千山万水那样遥远。"

注释

❶王濬冲：王戎。

❷公服：官服。轺车：用一匹马拉的轻便车。

❸酒垆：酒肆，酒店。垆，酒店安置酒瓮的土墩子，因以为酒店的代称。后以"黄公酒垆"为伤逝忆旧之典。

❹嵇叔夜：嵇康。阮嗣宗：阮籍。酣饮：尽兴饮酒。

❺竹林之游：嵇康、阮籍、山涛、向秀、刘伶、阮咸、王戎，常游宴于竹林之下，世称"竹林七贤"。末：末座。

❻夭：少壮而死。嵇康是被杀害的，故曰"夭"。羁绁：马笼头和马缰绳，引申为牵制和束缚。

❼邈若山河：形容遥远得如隔山河。邈，遥远。

【原文】

庾亮儿遭苏峻难遇

【译文】

庾亮的儿子庾会遭遇苏峻叛乱而被杀

害①。诸葛道明女为庾儿妇②，既寡，将改适，与亮书及之③。亮答曰："贤女尚少，故其宜也。感念亡儿，若在初没④。"（17.8）

害。诸葛道明的女儿是庾亮的儿媳，死去丈夫后，将要改嫁，诸葛道明给庾亮写信谈到这件事。庾亮回答说："您女儿还很年轻，改嫁确实是应该的。但由此而想念起我死去的儿子来，就好像他刚刚去世一样。"

注释

❶庾亮儿：庾会，字会宗，苏峻叛乱时遇害。

❷诸葛道明：诸葛恢。其女指诸葛文彪，诸葛恢长女。先嫁庾会，后改嫁江彪。

❸改适：改嫁。及之：谈到这件事。

❹感念：有所感触而想念。初没：刚刚去世。

【原文】

庾文康亡，何扬州临葬①，云："埋玉树著土中②，使人情何能已已③！"（17.9）

【译文】

庾亮去世以后，何充亲临墓地，说："把这像玉树一样美好的人埋到黄土之中，使人心中的感情怎么能控制得住啊！"

注释

❶庾文康：庾亮。何扬州：何充。临葬：亲临墓地。

❷埋玉树：把像玉树一样美好的人埋葬，后多用以悼念少年有才或年轻貌美而去世的人。玉树，比喻姿貌秀美、才干优异的人。

❸人情：人心中的情感。人，自谓之词。已已：休止，罢了。连用"已"字以加重语气。

【原文】

戴公见林法师墓①,曰:"德音未远,而拱木已积②。冀神理绵绵,不与气运俱尽耳③!"(17.13)

【译文】

戴逵看到支遁和尚的坟墓,说:"他那美善的言论似乎还在耳边作响,但墓旁之树却已合抱粗了。希望他那神妙的义理永远流传后世,不与他的命运一同消失。"

注释

❶戴公:戴逵,字安道。东晋谯郡铚县(今安徽濉溪西南)人。学者、雕塑家、画家。林法师:支遁。

❷德音:善言。指林法师生前的言论。拱木已积:婉称死去已久。拱木,墓旁的树木。拱,两手合围之粗。

❸神理:玄妙、神奇的事理。指支遁的学说。绵绵:连续不断貌。气运:气数,命运。

【原文】

王子猷、子敬俱病笃①,而子敬先亡。子猷问左右:"何以都不闻消息?此已丧矣!"语时了不悲②。便索舆来奔丧③,都不哭。子敬素好琴,便径入坐灵床上,取子敬琴弹,弦既不调④,掷地云:"子敬!子敬!人琴俱亡⑤。"因恸绝良久⑥。月

【译文】

王子猷、子敬都已病危,而子敬先死去了。子猷问身边的人说:"为何听不到子敬的一点消息,看来他已经死了!"说这话时毫不悲伤。他吩咐备车前往料理丧事,一直也不哭泣。子敬平素喜好弹琴,子猷就径直走进屋去,坐在停灵的床上,取过子敬的琴来弹奏,琴弦怎么也调不好,他就把琴摔到地上说:"子敬!子敬!人死了连琴也跟着你去了!"随即久久地悲痛欲绝。一个多月以后,

余亦卒。(17.16) | 王子猷也跟着去世了。

注释

❶王子猷：王徽之，字子猷，王羲之第五子。子敬：王献之。子猷弟。病笃：病重，病危。

❷了：全然，全部。

❸舆：车子。奔丧：急忙赶去料理丧事。

❹素：平时，平日。径：径直。灵床：停放尸体的床。不调：不和谐。

❺人琴俱亡：比喻人死了，其流风余韵也不存在了。后常用"人琴"作睹物思人、悼念死者之典。

❻恸绝：极度哀痛而昏死过去。良久：好久，许久。

栖逸第十八

栖逸,指避世隐居。魏晋时代,战乱频仍,政治迫害日益加重,一些对现实不满而想逃避的人或者有厌世思想的人更是向往隐居生活,以寄托自己漠视世事的情怀。那些不甘寂寞又不耐清苦的人,虽然追求荣华富贵,但是又想寄情山水,做所谓"朝隐"名士。本门即专门记述了魏晋时代名流们的出世情怀和寄情山水的趣味。本门共17篇,此处选译5篇。

【原文】

嵇康游于汲郡山中,遇道士孙登①,遂与之游。康临去,登曰:"君才则高矣,保身之道不足②。"(18.2)

【译文】

嵇康在汲郡的山岭中行走,碰上了道士孙登,于是就和他在外边漫游。嵇康将要离开时,孙登说:"您的才智是高的,但择安去危、保全自身的办法不够啊!"

注释

❶汲郡:郡名。治所在汲县(今河南卫辉西南)。道士:有道之人。孙登:字公和。汲郡共(今河南辉县)人。隐士。好读《易》,善抚琴。不知所终。

❷保身:谓择安去危,以保全其身。

【原文】

南阳翟道渊与汝南周子南①，少相友，共隐于寻阳②。庾太尉说周以当世之务，周遂仕③；翟秉志弥固④。其后周诣翟，翟不与语⑤。(18.9)

【译文】

南阳郡人翟道渊和汝南郡人周子南，年轻时就结交成好朋友，一块隐居在寻阳。庾太尉拿做官的事务劝说周子南，周子南终于出仕；翟道渊却更加坚定地保持自己的志向。此后周子南去拜访翟道渊，翟道渊就不再搭理他。

注 释

❶南阳：郡名。治所在宛县（今河南南阳）。翟道渊：翟汤，字道渊。有名的隐士。廉洁谦让，不屑世务，屡被官府征聘不就。汝南：郡名。治所在悬瓠城（今河南汝南）。周子南：周邵，字子南，与翟汤隐居于寻阳庐山。庾亮闻其名而访之，周邵遂仕，官至西阳太守。

❷寻阳：郡名，治所在寻阳（今江西九江西）。

❸庾太尉：庾亮。说：用话劝说别人使听从自己的意见。当世：做官的事务，当时的时势。

❹秉志：操持自己的志向，坚持自己的心意。弥固：更加坚定。

❺诣：造访。

【原文】

许玄度隐在永兴南幽穴中①，每致四方诸侯之遗②。或谓许曰："尝闻箕山人，似不尔耳③！"许曰："筐篚苞苴，故当

【译文】

许玄度隐居在永兴县南一个幽深的山洞里，每每招引各地的王侯大臣们送来礼物。有人对他说："曾听说过隐居在箕山的许由，好像不是这个样子！"许玄度说："装在各种盛器里的那点礼

轻于天下之宝耳④!"（18.13） | 物，自然要比天子的尊位轻啊！"

注 释

❶许玄度：许询。永兴：县名，故址在今浙江杭州市萧山区西。幽穴：幽深的山洞。

❷致：招致，引来。诸侯：古代帝王统辖下的各国国君的统称。此指有封地的王侯大臣。遗：赠送的东西。

❸箕山人：指隐士许由。箕山，一说在河南登封东南，一说在山西和顺东，相传为许由隐居之处。后遂以"箕山"为退隐之典。尔：如此，这样。

❹筐篚：竹器，方曰筐，圆曰篚。苞苴：馈赠的礼物。故当：确实，的确。天下之宝：天下大权，君主之位。

【原 文】

范宣未尝入公门①。韩康伯与同载，遂诱俱入郡②。范便于车后趋下③。（18.14）

【译 文】

范宣从来不曾进过官府的大门。韩康伯和他同乘一车，想诱骗他一块到郡府里去。他觉察后就从车子后边急忙跳车而逃。

注 释

❶范宣：字子宣。东晋陈留（今河南开封东北）人。博览群书，尤善"三礼"。安贫乐道，屡征不仕。公门：官府之门。

❷韩康伯：韩伯。诱：诱骗。

❸趋：急速。

【原 文】

　　许掾好游山水,而体便登陟①。时人云:"许非徒有胜情,实有济胜之具②。"(18.16)

【译 文】

　　许询喜好游山玩水,而身体也便于他登高履险。当时的人们说:"许掾不仅有着佳妙的兴致,而且具备登临览胜的好体质。"

注 释

❶许掾:许询。陟:升高,攀登。

❷徒:只,仅。胜情:佳妙的兴致。济胜之具:指身体强健,具备登临览胜的条件。

贤媛第十九

贤媛,意谓贤淑的女子。本门中出现的"贤媛",是指有德行、才智、美貌的女子,与儒家提倡的妇德已有较大差别。本门共32篇,此处选译10篇。

【原文】

汉元帝宫人既多,乃令画工图之,欲有呼者,辄披图召之①。其中常者,皆行货赂②。王明君姿容甚丽,志不苟求,工遂毁为其状③。后匈奴来和,求美女于汉帝,帝以明君充行④。既召见而惜之,但名字已去,不欲中改⑤,于是遂行。(19.2)

【译文】

汉元帝宫女已经很多,于是命令画师画下她们的图像,想要召见时,就翻看图像选取漂亮的召见。她们中经常被召见的,都向画师行了贿赂。王明君姿容十分出众,决心不用不正当的手段求得召见,画师因而就把她的形象画得不好看。后来,匈奴前来和亲,向元帝求美女,元帝就把明君充当美女派去。召见以后看到她那样美丽,元帝很是舍不得,但明君的名字已送往匈奴,不好中途变更,于是明君就这样嫁往了匈奴。

【注释】

❶汉元帝:刘奭。宫人:宫女的通称。图:描画人像。披:翻。

❷常者:指经常被汉元帝召见的。货赂:指以财物贿赂画工。

❸王明君:王嫱,字昭君,晋人避司马昭讳,改称明君。西汉南郡秭归(今

属湖北）人。元帝时被选入宫。匈奴呼韩邪单于入汉朝廷求和亲，她嫁往匈奴，被称为宁胡阏氏。苟求：用不正当的手法求取。

❹充行：充当美女前往。因画师画其不美，元帝作为"美女"予匈奴，故曰"充行"。

❺中改：中途变更。

【原文】

汉成帝幸赵飞燕①，飞燕谮班婕妤祝诅，于是考问②。辞曰③："妾闻死生有命，富贵在天④。修善尚不蒙福，为邪欲以何望？若鬼神有知，不受邪佞之诉⑤；若其无知，诉之何益？故不为也。"（19.3）

【译文】

汉成帝宠爱赵飞燕，赵飞燕诬陷班婕妤向鬼神诅咒成帝，于是班婕妤被拷打审问。她在供词中说："我听说死生由命运决定，富贵在上天安排。善尚且不能得到福惠，做坏事还想企望什么呢？如果鬼神有知觉，就不会听从奸邪谗佞者的诬告；如果无知觉，就是诅咒又能有什么好处呢？所以，我是不会做这种事的。"

注释

❶成帝：刘骜，字太孙，汉元帝子。公元前33—前7年在位。幸：宠爱。赵飞燕：本为阳阿公主家歌女，善歌舞，以体轻，故称"飞燕"。成帝召入宫中，封为婕妤，后立为皇后。平帝继位，被废为庶人，自杀。

❷谮：说别人的坏话。班婕妤：西汉楼烦（今山西宁武附近）人。成帝时入宫，受到宠爱，封为婕妤，赵飞燕姊妹入宫后失宠。后怕受害，自请到长信宫侍候太后。婕妤，妃嫔的称号。位视上卿，秩比列侯。祝诅：诉于鬼神，使降祸于憎恶者。考问：拷打审问。

❸辞：供词。

④妾：旧时女子自称的谦词。

⑤蒙：受。为邪：做不正当的事。邪佞：善于花言巧语的奸邪之人。

【原　文】

　　许允妇是阮卫尉女①，德如妹②，奇丑。交礼竟，允无复入理，家人深以为忧③。会允有客至④，妇令婢视之，还答曰："是桓郎。"桓郎者，桓范也⑤。妇云："无忧，桓必劝入。"桓果语许云："阮家既嫁丑女与卿，故当有意，卿宜察之⑥。"许便回入内。既见妇，即欲出。妇料其此出无复入理，便捉裾停之⑦。许因谓曰："妇有四德⑧，卿有其几？"妇曰："新妇所乏，唯容尔⑨。然士有百行⑩，君有几？"许云："皆备。"妇曰："夫百行以德为首，君好色不好德⑪，何谓皆备？"允有惭色，遂相敬重⑫。（19.6）

【译　文】

　　许允的妻子是阮卫尉的女儿，阮德如的妹妹，长得特别丑陋。新婚行完交拜礼后，许允就没有再进洞房的打算，家里人为这事都非常忧愁。正巧许允有个客人来到，新娘就叫婢女打听来的客人是谁，婢女回来说："是桓郎。"这位桓郎，就是桓范。新娘说："不要忧愁了，桓郎肯定会劝他进来的。"桓范果然劝说许允道："阮家既然把丑女嫁给你，本应是有些用心的，你应当仔细体察体察。"许允于是就回到新房里去，和新娘打了个照面，就要退出。新娘料定他这次出去就不会再有进来的可能了，便揪住他的衣襟不让走。许允于是问新娘："妇女应该有四个美好的方面，你具备几种？"新娘说："这四个美好的方面，我只是缺乏美好的容貌罢了。但是读书人应该具备上百条美好的行为，您又具备几条呢？"许允说："我全都具备。"新娘说："在这上百条美好行为中，品德好是最重要的，您贪爱女色却轻视美德，怎么能说都具备呢？"许允听了露出了惭愧的表情，于是就对她敬重起来。

注 释

❶许允：字士宗。三国高阳（今属河北）人。魏明帝时为尚书选曹郎，仕至中领军。被司马师所诛（一说减死徙边，道死）。阮卫尉：阮共，字伯彦。三国尉氏（今属河南）人。仕魏至卫尉卿，故称"阮卫尉"。

❷德如：阮侃，字德如，阮共子，仕魏至河内太守。

❸交礼：新婚时夫妇交拜行礼。理：可能，希望。忧：忧虑，担心。

❹会：恰巧，适逢。

❺桓范：字元则。魏沛郡（今安徽宿州）人。官至大司农，后被杀。

❻意：用意，用心。察：体察。

❼裾：衣服的大襟。

❽妇有四德：班昭《女诫》："女有四行：一曰妇德，二曰妇言，三曰妇容，四曰妇功。"

❾新妇：已婚妇女对公婆、丈夫及夫家长辈、平辈亲属谦卑的自称。非同后之"新娘"。

❿百行：多方面的品行。

⓫好色不好德：《论语·子罕》："吾未见好德如好色者也。"

⓬相：表示一方对另一方如何。

【原文】

王经少贫苦，仕至二千石①。母语之曰："汝本寒家子，仕至二千石，此可以止乎②？"经不能用③。为尚书，助魏，不忠于晋，被收④。涕泣辞母曰⑤："不从母敕，

【译文】

王经年轻时家中十分贫苦，官做到郡守。母亲对他说："你本是贫寒家庭出身的孩子，官做到郡守，到此也就可以停住了吧？"王经没按照母亲的劝告去做。后来做了尚书，帮助曹魏朝廷，对司马氏不忠，因而被司马氏逮捕。他流着眼泪告辞母亲说："我没有听从母亲的

以至今日⑥！"母都无戚容⑦，语之曰："为子则孝，为臣则忠。有孝有忠，何负吾邪⑧？"（19.10）

告诫，所以才有了今天这样的下场！"母亲毫无悲伤的表情，对他说："你作为儿子孝顺父母，作为臣子忠于朝廷。你既是孝子又是忠臣，有什么辜负我的呢？"

注释

❶王经：字彦伟。三国魏清河（今属河北）人。官至尚书。二千石：汉代郡守俸禄为二千石，因称郡守为"二千石"。王经时为清河郡守。

❷寒家子：谓出身于贫寒之家。

❸经不能用：谓王经未听从母亲的劝告。用，听命。王经后又为刺史、司隶校尉、尚书。

❹晋：当时还是曹魏时期，晋尚未建立。收：逮捕。

❺涕泣：流泪，哭泣。

❻敕：告诫，命令。

❼戚：忧愁，悲伤。

❽负：辜负。

【原文】

陶公少时作鱼梁吏①，尝以坩鲊饷母②。母封鲊付使，反书责侃曰③："汝为吏，以官物见饷，非唯不益，乃增吾忧也。"（19.20）

【译文】

陶侃年轻时担任管理捕鱼设置的小官，有一次他把一罐腌鱼送给母亲吃。母亲把鱼罐封好交付给来人，回信责备陶侃说："你当了官，就把公家的东西送给我享用，这不仅对我没有什么好处，反而增加了我的担忧啊！"

注释

❶陶公：陶侃。鱼梁吏：负责管理一种捕鱼设置的小官。鱼梁，用土石横截水流，留缺口，以笱承之，鱼随水流入笱中，不得复出。

❷坩：盛物的陶器，如缸瓮之类。鲊：经过加工制作便于贮藏的鱼食品，如腌鱼、糟鱼之类。饷：用食物款待或赠送人。母：陶侃母湛氏。豫章新淦（今江西新干）人。陶家贫贱，湛氏依靠纺织维持生计，供儿子读书、结友。

❸封鲊：把盛鲊缸瓮封好。后因以"封鲊"为称颂贤母之词。反书：回信。

【原文】

桓车骑不好著新衣①，浴后，妇故送新衣与②。车骑大怒，催使持去③。妇更持还，传语云④："衣不经新，何由而故⑤？"桓公大笑，著之。（19.24）

【译文】

车骑将军桓冲不喜欢穿新衣服，洗澡以后，妻子特地派人给他送去了新衣服。桓冲一看就十分恼火，催促仆从赶快拿回去。妻子又让仆从把新衣服送了回来，并传达她的话说："衣服若没有新的，怎么会变成旧的呢？"桓冲听了大笑，便把新衣服穿到身上了。

注释

❶桓车骑：桓冲。

❷妇：桓冲妻，王恬女，字女宗。

❸使：指传送衣物的仆从。

❹传语：传递话语。

❺何由：从哪里。故：旧。

【原文】

王右军郗夫人谓二弟司空、中郎曰①："王家见二谢，倾筐倒庋②；见汝辈来，平平尔③。汝可无烦复往。"（19.25）

【译文】

王右军的妻子郗夫人对两个弟弟郗愔、郗昙说："王家看到谢安、谢万来，把筐子、架子上的东西全都拿出来殷勤招待；看到你们来，招待得却极为平常。你们以后不要再去王家了。"

注释

❶王右军：王羲之。郗夫人：王羲之妻，郗鉴女，名璿，字子房。司空：郗愔。中郎：郗昙，字重熙。历任中书侍郎、御史中丞、北中郎将。

❷二谢：指谢安和谢万。倾筐倒庋：形容倾其所有，热情款待。庋，放东西的架子。

❸平平：平常，一般。

【原文】

王凝之谢夫人既往王氏，大薄凝之①。既还谢家，意大不说。太傅慰释之曰②："王郎，逸少之子，人身亦不恶，汝何以恨乃尔③？"答曰："一门叔父，则有阿大、中郎④；群从兄弟，则有封、胡、遏、末⑤。不意天壤之中，乃有王郎⑥！"（19.26）

【译文】

王凝之的妻子谢道韫嫁到王家以后，非常瞧不起丈夫王凝之。回到娘家，心中很不高兴。谢太傅宽慰他说："王郎是王逸少的儿子，人品、才干也不坏，你为何这般抱怨？"道韫回答说："我一家叔父辈，出众的则有阿大、中郎；叔伯兄弟中，杰秀的则有阿封、胡儿、阿遏、阿末。真想不到天地之间，竟然有王郎这样的人！"

注 释

❶谢夫人：谢道韫。既往王氏：指已嫁往王家。薄：轻视，鄙薄。

❷太傅：谢安。慰释：宽慰消释。

❸逸少：王羲之。人身：指人的品貌、才干等。不恶：不坏，挺好。乃尔：如此，这般。

❹阿大：谢尚。中郎：谢据。

❺群从兄弟：指同族兄弟。封、胡、遏、末：封，谢韶；胡，谢朗；遏，谢玄；末，谢渊。

❻不意：不想，不料。天壤之中：指天地之间。此句表现了道韫对丈夫的轻蔑和不满。

【原文】

郗嘉宾丧，妇兄弟欲迎妹还①，终不肯归，曰："生纵不得与郗郎同室，死宁不同穴②？"（19.29）

【译文】

郗超死后，他妻子的弟弟们想迎姐姐回娘家去，她一直不肯回去，说："我即使活着不能再和郗郎生活在一起，难道死后还不和他埋葬在一块吗？"

注 释

❶郗嘉宾：郗超。妇：郗超妻，汝南周闵的女儿，名马头。还：回到娘家，意谓将改嫁他人。

❷纵：纵然。同穴：同一墓穴，合葬。

【原文】

谢遏绝重其姊①,张玄常称其妹②,欲以敌之③。有济尼者④,并游张、谢二家,人问其优劣,答曰:"王夫人神情散朗,故有林下风气⑤;顾家妇清心玉映,自是闺房之秀⑥。"(19.30)

【译文】

谢玄极敬重他的姐姐,张玄常称许他的妹妹,想以妹妹来匹敌谢玄的姐姐。有位济地的尼姑出游,张、谢二家都去过,有人请她评说一下二人的高下,她说:"王夫人神情洒脱,确有竹林名士那种闲雅飘逸的风度;顾家妇清净的心地像美玉一样纯洁发光,自然是大家闺秀。"

注释

❶谢遏:谢玄。姊:谢道韫,嫁王凝之,故下文称"王夫人"。

❷张玄:字祖希,历任吏部尚书、冠军将军等职。妹:张玄妹嫁于顾家,故下文称"顾家妇"。

❸敌:匹敌,相当。

❹济尼:未详。疑为济地的尼姑(一说名叫济的尼姑)。

❺散朗:洒脱。林下:谓竹林名士。

❻清心玉映:清净的心像玉一样纯洁发光。闺房:女子的居室。

术解第二十

术解，指精通技艺或方术。本门中的"术解"包括占卜、星相、堪舆、医药、音乐等，还有善解马性、善于品酒等，其中，与占卜有关的接近一半，迷信色彩较浓。本门共11篇，此处选译5篇。

【原文】

荀勖尝在晋武帝坐上食笋进饭，谓在坐人曰："此是劳薪炊也[1]。"坐者未之信，密遣问之，实用故车脚[2]。（20.2）

【译文】

荀勖曾在晋武帝举办的宴席上以竹笋为菜下饭，对座中人说："这是用出力最多的木头做柴火烧的饭菜。"座中人不相信他的话，秘密地派人一打听，确实是烧的旧车脚。

注释

[1] 劳薪：用车载运东西时，车脚最"劳累"，劈成木柴做烧火的薪，故曰"劳薪"。

[2] 未之信：不相信这话。之，指荀勖所言。车脚：车轮（古时为木制），车靠其行走，故曰"车脚"。车脚用枣木、槐木等坚实木料做成，劈成木柴烧火火力旺盛。

【原文】

人有相羊祜父墓①："后应出受命君②。"祜恶其言，遂掘断墓后，以坏其势。相者立视之曰③："犹应出折臂三公④。"俄而祜坠马折臂，位果至公⑤。(20.3)

【译文】

有人占视羊祜父亲的墓地说："他的后人会有人成为受命于天的君主。"羊祜憎恶这话，于是就挖断坟墓的后部，以毁坏其地势。占视的人看了看立刻又说："这样还会出折断胳臂的三公。"不久羊祜从马上摔下来折断了胳臂，后来果然做到了三公之位。

注释

❶相：占视。迷信行为，以为通过观察人的形貌、房宅、墓地等，可以测定其贵贱安危。羊祜：字叔子。西晋泰山南城（今山东平邑南）人。仕魏为从事中郎，仕晋后以尚书左仆射都督荆州诸军事，出镇襄阳，有惠政，为灭吴做了充分准备。

❷受命君：皇帝自称受命于天，故称皇帝为"受命君"。

❸势：形势，地势。立：即时，立刻。

❹折臂三公：摔断了胳臂的大官。当时以太尉、司徒、司空为"三公"。因用为大官坠马之典。

❺俄而：不久。

【原文】

王武子善解马性①。尝乘一马，著连钱障泥②，前有水，终日不肯渡。王云："此必是惜障泥。"使人解

【译文】

王武子很懂得马的脾性。他曾经骑着一匹马，马披挂着连钱障泥，前边有水，直到天晚也不肯渡过去。王武子说："这必定是马爱惜这障泥的缘故。"让人把障

去，便径渡③。(20.4)　　　　泥解去，这马就径直地渡水而过。

注 释

❶王武子：王济。
❷著：放置。连钱：马饰，上有许多相连接的钱状图案。障泥：垫于马鞍下，垂于马腹两侧，用以遮挡泥土的物件。
❸径：径直，直接。

【原 文】

桓公有主簿善别酒①，有酒辄令先尝。好者谓"青州从事②"，恶者谓"平原督邮③"。青州有齐郡，平原有鬲县；"从事"言"到脐"，"督邮"言在"鬲上住"。(20.9)

【译 文】

桓温有个主簿擅长对酒进行鉴别，有酒总是让他先品尝。他把好酒叫作"青州从事"，劣酒叫作"平原督邮"。因为青州有齐郡，平原有鬲县；好酒意味着顺畅到脐，劣酒意味着停留在膈上。

注 释

❶桓公：桓温。
❷青州从事：美酒的隐语。因青州有齐郡。"齐"和"脐"同音，好酒可到"脐"；"从事"为美官名，故好酒曰"青州从事"。
❸平原督邮：劣酒、浊酒的隐语。因平原有鬲县。鬲，通"膈"。督邮，贱职。劣酒凝于膈上，故曰"平原督邮"。

【原文】

郗愔信道甚精勤，常患腹内恶①，诸医不可疗。闻于法开有名②，往迎之。既来便脉云③："君侯所患，正是精进太过所致耳④。"合一剂汤与之。一服即大下⑤，去数段许纸如拳大，剖看，乃先所服符也⑥。（20.10）

【译文】

郗愔信奉天师道极为专心勤苦，他肚子里经常闹病，许多医生都治疗不好。听说于法开行医很有名气，就派人把他请了来。于法开到后就给郗愔诊了脉说："您所患的病，正是信道太过造成的啊。"于是就配了一剂汤药给他。他吃了一服就大泻起来，排出好几段像拳头般大小的纸团，破开一看，原来都是先前所吃下的符箓。

注释

❶郗愔：字方回。东晋高平金乡（治今山东嘉祥西阿城铺）人。郗超父。袭爵南昌县公，历任中书侍郎、临海太守、会稽内史等职。笃信天师道。精勤：专心勤奋。恶：疾病。

❷于法开：东晋名医，富有才辩，后隐居剡县。

❸脉：号脉，诊脉。中医以脉息诊断病情。

❹君侯：汉代尊称列侯，后亦尊称地方长官刺史、太守。精进：此指郗愔修炼非常虔诚勤奋。致：招来。

❺下：腹泻。

❻服符：道士用来"驱鬼召神"或"治病延年"的秘方文书，往往写在一些黄表纸上。信奉天师道者，皆以符水治病，也有无病服符的。符，符箓，箓咒。

巧艺第二十一

巧艺，指精巧的技艺。本门涉及绘画、书法、建筑、棋艺和骑射等，其中绘画的内容占了大半。这与魏晋士人认为绘画直观性强、最能传达人物形象有关。本门中对于建筑、棋艺等也有涉及，反映出当时艺术的发展已经达到了很高的水平。本门共14篇，此处选译8篇。

【原文】

陵云台楼观精巧①，先称平众木轻重，然后造构，乃无锱铢相负揭②。台虽高峻，常随风摇动，而终无倾倒之理③。魏明帝登台④，惧其势危，别以大材扶持之，楼即颓坏⑤。论者谓轻重力偏故也⑥。(21.2)

【译文】

陵云台的楼台精美巧妙，工匠们先称量所用木材的轻重分量，然后才建造构筑，竟然没有丝毫误差。楼台这样高峻，常被大风吹得摇摇晃晃，但始终没有倾倒的可能。后来魏明帝登陵云台，害怕高峻的形势有危险，就叫人另外用大木头来支撑住它，楼台反而很快就倒塌了。谈论这事的懂行者认为，这是轻重失去了平衡造成的结果。

【注释】

❶陵云台：台观名。

❷造构：建筑构造成一体。锱铢：极小的重量单位。锱铢常用以比喻轻微之物。负揭：偏差，高低不平。

③理：可能。

④魏明帝：曹叡。

⑤颓坏：倒塌。

⑥论者：实指谈论这事的懂行者。轻重力偏：用力的轻重有了偏差，失去了平衡。

【原文】

韦仲将能书①。魏明帝起殿，欲安榜②，使仲将登梯题之。即下，头鬓皓然③，因敕儿孙④："勿复学书。"（21.3）

【译文】

韦仲将擅长书法。魏明帝建造好了宫殿，想安置匾额，就让仲将登着梯子上去题字。当下来梯子时，韦仲将鬓发已经斑白，于是告诫儿孙说："千万不要再学习书法！"

注释

①韦仲将：韦诞，字仲将。三国京兆杜陵（今陕西西安东南）人。有文才，善书法，魏代宫观多韦诞题字。历任郎中、侍中、中书监、光禄大夫等。

②榜：匾额。在匾额上题字，一般都较大，谓之"榜书"。古曰"署书"，又称"擘窠大字"。

③头鬓：鬓发。皓然：斑白貌。

④敕：告诫。自上命下之词。

【原文】

戴安道就范宣学①，视范所为：范读书亦读书，范抄书亦抄书。唯独好画，范

【译文】

戴安道向范宣求学，看范宣的行为而动：范宣读书，他就跟着读书；范宣抄书，他也学着抄书。唯独对于戴安道

以为无用，不宜劳思于此②。戴乃画《南都赋图》，范看毕咨嗟③，甚以为有益，始重画。(21.6)

爱好绘画，范宣认为没什么用处，不应在这方面花费心血。戴安道于是画了《南都赋图》，范宣看后赞叹不止，认为很有好处，这才开始重视起绘画来。

注释

❶戴安道：戴逵，字安道。谯郡铚县（今安徽濉溪西南）人。东晋时期隐士、画家、雕塑家。就：趋，从。

❷劳思：劳神费思。

❸《南都赋图》：根据《南都赋》之意作画。《南都赋》，东汉张衡作，记述了汉朝旧都南阳的盛况。咨嗟：赞叹，叹赞。

【原文】

谢太傅云①："顾长康画②，有苍生来所无③。"(21.7)

【译文】

谢太傅说："顾长康的画，是自有生人以来所不曾有过的。"

注释

❶谢太傅：谢安。

❷顾长康：顾恺之。

❸苍生：众民，百姓，此泛指人类。

【原文】

顾长康画裴叔则①，颊

【译文】

顾长康给裴叔则画像，在面颊上增

上益三毛②。人问其故,顾曰:"裴楷俊朗有识具,正此是其识具③。"看画者寻之,定觉益三毛如有神明,殊胜未安时④。(21.9)

添了三根毫毛。有人问他为什么这样做,他回答说:"裴楷俊逸秀朗而有才能见识,正是通过这三根毫毛显示出来的。"看画的人仔细探究起来,觉得增添这三根毫毛的确显得神采奕奕,大大胜过未增添时。

注释

❶顾长康:顾恺之。裴叔则:裴楷。

❷颊上益三毛:在脸上增绘了三根毫毛。颊,面颊。后以"颊上添毫"等比喻文章经润色后更加精彩得神。

❸俊朗:俊秀爽朗。识具:识见,才能。具,才能,才具。

❹神明:指人的精神。殊:特别,极。

【原文】

王中郎以围棋是坐隐①,支公以围棋为手谈②。(21.10)

【译文】

王坦之认为下围棋就是坐着隐居,支道林则把下围棋当成是用手交谈。

注释

❶王中郎:王坦之,其曾任北中郎将,故称。坐隐:弈棋时两人对坐,专心致志,别事不闻不问,犹如隐居,遂得此名。

❷支公:支道林。手谈:用手交谈。后以"坐隐""手谈"作为下围棋的别称。

【原文】

顾长康画人,或数年不点目精①。人问其故,顾曰:"四体妍蚩②,本无关于妙处;传神写照,正在阿堵中③。"(21.13)

【译文】

顾长康画人物,有时甚至隔几年也不画上眼珠。有人问他为什么这样,他说:"一个人四肢的美丑,本来和美妙没大关系;画像要想传神,正是在这个点睛的一点之中。"

注释

❶顾长康:顾恺之。目精:眼珠。
❷四体:四肢。妍蚩:美丑。
❸传神:把神情意态生动逼真地表达出来。写照:为人画像。阿堵:六朝人口语,意为"这""这个"。因以"传神阿堵"指好的文学艺术作品描绘的人物生动、逼真,也形容最能表现人物精神的精彩笔墨。

【原文】

顾长康道画①:"手挥五弦易,目送归鸿难②。"(21.14)

【译文】

顾长康谈论起绘画时说:"描绘手弹五弦琴的动作容易,画出眼送南归雁的神情就比较困难。"

注释

❶顾长康:顾恺之。
❷"手挥"二句:出自晋嵇康《赠秀才入军诗》:"目送归鸿,手挥五弦。"挥:振,弹。五弦:五弦琴。"手挥五弦"是动作,所以易画;而"目送归鸿"则要表现内在的神情,所以难描。

宠礼第二十二

> 宠礼，指宠信和礼遇，实即指得到帝王将相、三公九卿等的厚待。这在古代是一种难得的荣誉，是一些人引以为荣的事情。本门共6篇，此处选译2篇。

【原文】

元帝正会①，引王丞相登御床②，王公固辞，中宗引之弥苦③。王公曰："使太阳与万物同晖④，臣下何以瞻仰⑤？"（22.1）

【译文】

晋元帝元旦朝会群臣，拉王丞相同登御座，王丞相坚决推辞，元帝仍然苦苦相拉。王丞相说："如果让太阳和万物都发出同样的光辉，做臣子的怎能仰望？"

注释

❶元帝：晋元帝司马睿。正会：皇帝元旦（正月初一）朝会群臣。

❷王丞相：王导。御床：御座。

❸王公：王导。固辞：坚决推辞。中宗：晋元帝的庙号。弥：更加，愈加。

❹万物同晖：太阳和万物一起发光。

❺臣下：臣子。瞻仰：仰望。

【原 文】

　　王珣、郗超并有奇才，为大司马所眷拔①。珣为主簿，超为记室参军。超为人多髯，珣形状短小②。于时荆州为之语曰："髯参军，短主簿，能令公喜，能令公怒③。"（22.3）

【译 文】

　　王珣、郗超都有奇异的才能，被大司马桓温宠信提拔。王珣做了主簿，郗超担任记室参军。郗超面颊上长了许多长胡子，王珣体形较矮小。当时荆州人给他们编了顺口溜说："大胡子参军，矮个子主簿，能让桓公欢喜，能让桓公发怒。"

【注 释】

❶大司马：桓温。眷拔：宠信提拔。

❷髯：两颊上边的长胡子。短小：矮小。

❸"能令公喜"二句：谓二人特受桓温器重宠爱，能左右桓温的感情和主张。

任诞第二十三

> 任诞，指任性放纵，这是魏晋名士追求精神自由的主要表现。他们蔑视礼教，不拘礼法，纵酒放荡。有的名士借此以避乱世，有的名士要求在官场中保留一些个性自由，其任诞言行对反抗旧礼制来说，有一定意义。本门共54篇，此处选译24篇。

【原文】

陈留阮籍、谯国嵇康、河内山涛①，三人年皆相比，康年少亚之②。预此契者，沛国刘伶、陈留阮咸、河内向秀、琅邪王戎③。七人常集于竹林之下，肆意酣畅④，故世谓"竹林七贤"⑤。(23.1)

【译文】

陈留阮籍、谯国嵇康、河内山涛，三人年龄差不多，嵇康稍小一些。参加这一聚会的，还有沛国刘伶、陈留阮咸、河内向秀、琅邪王戎。他们七人常常聚集在竹林里面，尽情狂饮，所以世人称他们是"竹林七贤"。

注释

❶陈留：郡名。治所在陈留县（今河南开封东北）。谯国：治所在谯县（今安徽亳州）。河内：郡名。治所在野王县（今河南沁阳）。

❷比：并列，紧靠。亚：次。

❸预：参与。契：约会，聚会。沛国：郡名。治所在相县（今安徽濉溪西北）。琅邪：郡名。治所在东武县（今山东诸城）。

❹肆意：任意，毫无顾忌。酣畅：畅饮。

❺竹林七贤：经常聚集在竹林里的七位贤人。

【原文】

刘伶病酒，渴甚①，从妇求酒。妇捐酒毁器②，涕泣谏曰："君饮太过，非摄生之道，必宜断之③！"伶曰："甚善。我不能自禁，唯当祝鬼神，自誓断之耳。便可具酒肉④。"妇曰："敬闻命⑤。"供酒肉于神前，请伶祝誓。伶跪而祝曰："天生刘伶，以酒为名⑥。一饮一斛，五斗解酲⑦。妇人之言，慎不可听！"便引酒进肉，隗然已醉矣⑧。(23.3)

【译文】

刘伶有好饮酒的毛病，有一次思饮如渴，就向他妻子要酒。妻子把酒倒掉，把酒具打碎，流着眼泪规劝说："您饮酒太过分了，这不是保养身体的办法，一定把酒戒掉！"刘伶说："你说得很对。不过我不能自己戒掉，只有在鬼神面前祷告，发誓以后才能戒掉。你就准备供奉神灵用的酒肉吧。"妻子说："就遵照您说的去做。"于是把酒肉供奉在神像面前，请刘伶祷告、发誓。刘伶跪下祷告说："天生我刘伶，以酒为生命。一次饮一斛，五斗除酒病。妇人家的话，千万不可听！"说完就拿过酒肉吃喝起来，很快又醉得不省人事了。

注 释

❶刘伶：字伯伦。沛国人。嗜酒成性，为"竹林七贤"之一。曾任建威参军，后以无能罢官。病酒：饮酒沉醉如病。渴甚：指极想饮酒。

❷捐酒毁器：把酒泼倒掉，把酒具打碎。

❸摄生：养生，养身。断：戒绝，禁除。

❹唯当：只应。祝：祷告。具：准备。

❺闻命：听从命令。

⑥以酒为名：以爱饮酒知名于世。

⑦斛：容量单位，古以十斗为一斛。解酲（chéng）：以饮酒来消除酒病。酲，酒醉醒后困乏如病。

⑧隗（wěi）然：醉倒貌。

【原文】

步兵校尉缺①，厨中有贮酒数百斛②，阮籍乃求为步兵校尉。（23.5）

【译文】

步兵校尉的职务空缺，只因那里的厨中贮藏着几百斛酒，阮籍就请求做了步兵校尉。

注 释

①步兵校尉：官名。掌宿卫兵。秩比二千石。阮籍因曾任此职，人称"阮步兵"。

②贮：贮藏，积存。

【原文】

刘伶恒纵酒放达，或脱衣裸形在屋中①，人见讥之。伶曰："我以天地为栋宇，屋室为裈衣，诸君何为入我裈中②?"（23.6）

【译文】

刘伶狂饮后常常任情放浪，有时甚至把衣服脱光，赤身裸体地在屋中。有人见到后嘲笑他，他说："我把天地当作房屋，把屋室当作衣裤，你们钻进我裤裆里来做什么？"

注 释

①纵酒：狂饮。放达：放纵旷达，不拘礼俗。裸形：赤身裸体。

❷栋宇：大房屋。裈：有裆的裤子。

【原文】

阮籍嫂尝还家①，籍见与别。或讥之，籍曰："礼岂为我辈设也②？"（23.7）

【译文】

阮籍的嫂嫂有一次回娘家，阮籍与她相见道别。有人讥笑他，阮籍说："礼法难道是为我们这些人而设的吗？"

注释

❶还家：指回娘家。
❷礼岂为我辈设：《礼记·曲礼上》："嫂叔不通问。"阮籍与嫂话别，故人讥之，阮籍因而发此言。

【原文】

阮公邻家妇有美色，当垆酤酒①。阮与王安丰常从妇饮酒②，阮醉，便眠其妇侧。夫始殊疑之，伺察，终无他意③。（23.8）

【译文】

阮籍邻居家的妇人长得挺漂亮，在酒店里卖酒。阮籍和王安丰常向她买酒吃，阮籍喝醉了就睡倒在这妇人身旁。她丈夫起初非常疑心阮籍用心不良，暗暗观察后，发现他完全没有别的用意。

注释

❶阮公：阮籍。当垆：在酒店里。酤酒：卖酒。
❷王安丰：王戎。
❸伺察：侦察，暗中观察。他意：别有用心，指打别人的坏主意。

【原文】

阮仲容、步兵居道南①，诸阮居道北。北阮皆富，南阮贫②。七月七日，北阮盛晒衣③，皆纱罗锦绮④。仲容以竿挂大布犊鼻裈于中庭⑤。人或怪之，答曰："未能免俗⑥，聊复尔耳⑦！"（23.10）

【译文】

阮仲容、阮步兵家住在大路以南，其他阮氏诸人住在大路以北。路北阮家都很富裕，路南阮家比较贫穷。七月初七那天，北阮各家晒出很多衣服，尽是华丽名贵的丝织物。阮仲容用根竹竿挑起个粗布裤头晒在庭院正中。有人见了很觉奇怪，他解释说："人不能免于世俗之情，姑且这样应付应付吧！"

注释

❶阮仲容：阮咸。步兵：阮籍。

❷北阮皆富，南阮贫：北阮尊崇儒学，善理家业，故其家多富；南阮崇尚道家，不治家产，放浪好酒，故家贫。后因以"南阮北阮"指聚居一地而贫富悬殊的同姓人家。

❸晒衣：刘孝标注引《竹林七贤论》曰："……旧俗：七月七日，法当晒衣。"传七月七日晒衣物可防虫蛀。

❹纱罗：质地较薄而能透气的丝织物。锦绮：彩色华美并有花纹的丝织物。

❺大布：粗布。犊（dú）鼻裈：短裤（一说围裙），形如犊鼻，故名。中庭：庭院正中。

❻未能免俗：未能超脱于世俗之情。

❼聊复尔耳：姑且如此。意谓随便这样应付应付罢了。

【原文】

诸阮皆能饮酒，仲容至

【译文】

阮氏诸人都能饮酒，阮仲容来到正在

宗人间共集①，不复用常杯斟酌，以大瓮盛酒，围坐，相向大酌②。时有群猪来饮，直接去上，便共饮之。(23.12)

宴饮的同族人中，不再用平常的酒杯斟酒，用大瓮盛满酒，团团相对，围坐在一起共饮。这时有一群猪跑来找食物，直接跑到他们座中，大家就和这群猪一块喝起酒来。

注 释

❶仲容：阮咸。宗人：同族的人。

❷斟酌：斟酒以供饮用。瓮：陶制盛器，小口大腹。大瓮一般是用陶土烧制而成，具有一定的保温性能，可以储存一些需要保持温度的食物，如酒、豆腐等。大酌：痛饮。

【原文】

阮浑长成①，风气韵度似父，亦欲作达②。步兵曰③："仲容已预之，卿不得复尔④！"(23.13)

【译文】

阮浑长大成人，风韵气度很像他的父亲，他也想做个任性放达之士。阮步兵说："仲容已经参与到这里面，你不能再这样做了。"

注 释

❶阮浑：字长成，阮籍子。清虚寡欲，不拘小节，仕至太子中庶子。

❷风气：风度。韵度：风韵气度。作达：成为放达之士。达，放达。

❸步兵：阮籍。

❹仲容：阮咸，阮籍侄儿。预：参与。卿不得复：你不要再这样做了。

【原文】

阮宣子常步行，以百钱挂杖头①，至酒店，便独酣畅②。虽当世贵盛，不肯诣也③。（23.18）

【译文】

阮宣子经常步行，把百十来个钱挂在手杖头上，遇到酒店，就独自一人尽情地痛饮起来。即使是当代的权贵名流们，他也不肯前去拜访。

注释

❶阮宣子：阮修。杖头：手杖的顶端。
❷酣畅：畅饮，痛饮。
❸贵盛：显贵，名流。诣：造访。

【原文】

张季鹰纵任不拘①，时人号为"江东步兵"②。或谓之曰："卿乃可纵适一时，独不为身后名邪③？"答曰："使我有身后名，不如即时一杯酒④。"（23.20）

【译文】

张季鹰放荡不羁，当时的人们称他是"江东的阮步兵"。有人对他说："你这样只能是短时间内纵心快意，难道就不为百年后的名声着想吗？"他回答说："使我百年以后有好名声，还不如现在马上有一杯酒饮着。"

注释

❶张季鹰：张翰。纵任：放纵任性。不拘：不守礼法。
❷江东步兵：意谓"江南的阮籍"，言其像阮籍一样放荡不羁。阮籍曾任步兵校尉，人称"阮步兵"。刘孝标注引《文士传》曰："翰任性自适，无求当

世，时人贵其旷达。"

❸可：仅可，只可。独：岂，难道。身后：死后。

❹"使我有身后名"二句：意谓人身后的声名再盛，也不如生前得到一杯酒的享受。即时：马上，立刻。

【原文】

毕茂世云①："一手持蟹螯，一手持酒杯，拍浮酒池中，便足了一生②。"（23.21）

【译文】

毕茂世说："一手持着蟹螯，一手端着酒杯，尽情泛游于酒池之中，也就完全可以了却此生了。"

注 释

❶毕茂世：毕卓，字茂世。东晋新蔡铜阳（今安徽临泉铜城）人，狂放不羁，饮酒成性，仕为吏部郎，官至平南长史。

❷蟹螯：为下酒之美味。拍浮酒池中：谓在饮酒中度日。拍浮，浮水，游泳。了：了却。

【原文】

鸿胪卿孔群好饮酒①，王丞相语云②："卿何为恒饮酒？不见酒家覆瓿布？日月糜烂③。"群曰："不尔。不见糟肉乃更堪久④？"群尝书与亲旧："今年田得七百斛秫米，不了曲糵事⑤。"（23.24）

【译文】

鸿胪卿孔群嗜好饮酒，王丞相对他说："你为何经常饮酒？没见过卖酒人家盖酒坛的布吗？日久天长就腐烂了。"孔群说："不是这样。你没看见糟肉反而更耐存放吗？"孔群曾经给亲戚和故交写信说："今年地里收了七百斛秫子，还不够酿酒之用。"

注释

❶鸿胪卿：官名。掌朝贺庆吊之事。孔群：字敬林。东晋会稽山阴（今浙江绍兴）人。倜傥不羁，嗜酒成性。仕为御史中丞。

❷王丞相：王导。

❸覆瓿（bù）布：蒙盖酒坛的布，防酒味散发。日月：岁月流逝。

❹不尔：不是这样。糟肉：用酒或酒糟渍腌的肉。堪久：耐久。

❺亲旧：亲戚和故交旧友。秫米：高粱。不了：不足，不够。曲糵：酒母，酿酒用的发酵物。借指酿酒。

【原文】

有人讥周仆射①："与亲友言戏，秽杂无检节②。"周曰："吾若万里长江，何能不千里一曲③？"（23.25）

【译文】

有人讥讽周仆射说："你和亲友戏闹，毫不检点节制。"周仆射说："我像那浩浩荡荡的万里长江一样，怎么能在千里之间没有一点弯曲之处呢？"

注释

❶周仆射：周𫖮。

❷秽杂：丑陋驳杂。检节：检点节制。

❸千里一曲：言长江也像黄河一样千里而有一曲，借以说明好人也难免有些小缺点，表现了周𫖮的不拘小节。

【原文】

周伯仁风德雅重，深达

【译文】

周伯仁品行高雅端重，深明时局的混

危乱①。过江积年②,恒大饮酒。尝经三日不醒,时人谓之"三日仆射③"。(23.28)

乱和凶险。到江东好几年,常常饮酒成醉。曾有一次大醉三天,不省人事,当时的人们称他是"连醉三天的周仆射"。

注释

❶周伯仁：周顗。风德：品行。雅重：高雅庄重。达：通晓,明白。危乱：混乱和凶险。

❷积年：数年。

❸三日仆射：意谓连醉三天的周仆射。

【原文】

苏峻乱①,诸庾逃散②。庾冰时为吴郡③,单身奔亡,民吏皆去,唯郡卒独以小船载冰出钱塘口,篷箨覆之④。时峻赏募觅冰,属所在搜检甚急⑤。卒舍船市渚,因饮酒醉还,舞棹向船曰⑥："何处觅庾吴郡?此中便是!"冰大惶怖⑦,然不敢动。监司见船小装狭⑧,谓卒狂醉,都不复疑。自送过浙江⑨,寄山阴魏家,得免。后事平,冰欲

【译文】

苏峻叛乱,庾亮兄弟们四散奔逃。庾冰当时任吴郡太守,独自一人逃亡,属吏和老百姓都跑光了,只有一个府役独自用小船载着他逃出钱塘江口,用粗竹席把庾冰遮盖着。这时苏峻正悬赏招募人来寻捉庾冰,叮嘱庾冰的所在之处要紧急搜查。府役离开船到小洲上买酒,喝得醉醺醺地回来,挥舞着船桨对着小船说："到哪里去找庾吴郡?这里边就是!"庾冰非常恐慌害怕,但又不敢动弹。缉捕小吏见船只狭小,装不下多少东西,认为是府役喝得烂醉了胡说,就一点也不再怀疑这船上藏人了。府役亲自把庾冰送过浙江,寄居在山阴姓魏的家中,庾冰才得以脱险免害。后来苏峻的叛乱被平

报卒,适其所愿⑩。卒曰:"出自厮下,不愿名器⑪。少苦执鞭⑫,恒患不得快饮酒。使其酒足余年,毕矣⑬,无所复须。"冰为起大舍,市奴婢,使门内有百斛酒,终其身⑭。时谓此卒非唯有智,且亦达生⑮。(23.30)

息,庾冰想报答这位府役,满足他的愿望。府役说:"我出身卑微,不愿做官,从小就苦于服役,常忧虑不能痛快地饮酒。如果让我晚年有足够的酒喝,也就心满意足了,其他什么要求也没有。"庾冰给他建造了宽大的房舍,买了奴仆婢女服侍他,让他家里存有上百斛的酒,一直供养到他去世。当时的人们认为这个府役不但聪明有办法,而且处世态度也很旷达。

注 释

❶苏峻乱:咸和二年(327),苏峻以讨伐庾亮为名,联合祖约起兵反叛,攻入建康,专擅朝政。不久温峤、陶侃起兵讨伐,苏峻战败被杀。

❷诸庾:指当时执掌朝政的庾亮及其弟庾翼等人。苏峻以讨庾亮为名起兵反晋,庾亮率兵与之战于建阳门外,兵败,带其弟庾怿、庾条、庾翼等南奔温峤。

❸庾冰时为吴郡:庾冰当时为吴郡太守。

❹出钱塘口:指沿江而出钱塘县界。籧(qú)篨:粗竹席。

❺赏募:悬赏招人。属:同"嘱"。所在:指庾冰所在之处。搜检:搜查。

❻市渚:指到小洲上买酒吃。棹:船桨。

❼惶怖:恐慌害怕。

❽监司:负责缉捕之官吏。船小装狭:船只狭小,装不下多少东西。

❾浙江:浙江。

❿适:满足。

⓫厮下:古代对服杂役者的蔑称。郡卒认为自己是出身卑贱的杂役而故言"厮下"。名器:古代称代表官吏等级、地位的爵号和车服仪制为名器,此指做官。

⓬执鞭:供人驱使。

⑬余年：晚年。毕：终止，满足。
⑭终其身：终其一生。
⑮达生：指不受世务牵累的处世态度。

【原文】

殷洪乔作豫章郡①，临去，都下人因附百许函书②。既至石头③，悉掷水中，因祝曰④："沉者自沉，浮者自浮，殷洪乔不能作致书邮⑤！"（23.31）

【译文】

殷洪乔任豫章太守，将去上任时，京都的人们托他捎带了上百封信。来到京都附近的石头城，他就把书信全扔到江水里，并且祷告说："要沉没的就自己沉没下去，想漂浮的就自己漂浮起来，我殷洪乔不能替人做邮差！"

【注释】

❶殷洪乔：殷羡，字洪乔。东晋陈郡长平（今河南西华东北）人。殷浩父。仕至豫章太守、光禄勋。
❷都下：指京都建康（今江苏南京）。附：捎，寄。
❸石头：石头城。故址在今江苏南京清凉山，南临秦淮河。一说即江西豫章之石头渚。
❹祝：祷告，祝愿。
❺书邮：代传书信者。后因洪乔此举称不负责任的传信人叫"洪乔"，称书信没有送到曰"付诸沉浮""付诸洪乔"或"洪乔之误"。

【原文】

桓子野每闻清歌①，辄

【译文】

桓子野每听到那悲哀的挽歌声，就

唤"奈何"②。谢公闻之③,曰:"子野可谓一往有深情④。"(23.42)

激动地呼喊"如何是好"。谢安听说后道:"桓子野对挽歌真可以说有克制不住的浓厚感情。"

注释

❶桓子野:桓伊,字叔夏,小字子野(一作"野王")。东晋谯国铚县(今安徽濉溪西南)人。善音乐,尽一时之妙。历任大司马参军、淮南太守、豫州刺史、护军将军等。

❷清歌:不用乐器伴奏的清唱。这里特指挽歌。奈何:如何是好。

❸谢公:谢安。

❹一往有深情:表示对人或事物有深厚的感情。

【原文】

王子猷尝暂寄人空宅住①,便令种竹。或问:"暂住何烦尔②?"王啸咏良久③,直指竹曰:"何可一日无此君④?"(23.46)

【译文】

王子猷曾经暂时借别人的空房子住,刚到就叫人在院子里栽种竹子。有人问:"不过暂住一时,何必劳烦呢?"王子猷吟咏了好大一会儿,直接指着竹子说:"怎能一天缺少了这位先生呢?"

注释

❶王子猷:王徽之。

❷烦:劳烦。尔:此,指种竹。

❸啸咏:吟咏歌啸。

❹此君:尊称竹子。后因称竹子为"此君"。

【原文】

王子猷居山阴，夜大雪，眠觉，开室，命酌酒①，四望皎然。因起仿徨②，咏左思《招隐诗》③。忽忆戴安道。时戴在剡，即便夜乘小船就之④。经宿方至，造门不前而返⑤。人问其故，王曰："吾本乘兴而行，兴尽而返，何必见戴⑥？"（23.47）

【译文】

王子猷住在山阴，有一夜下了大雪，他睡醒后，打开房门一看，就吩咐家人备酒酌饮，举目四望，一片洁白。他于是在雪地上徘徊，吟咏起左思的《招隐诗》。忽然想起戴安道来。那时戴安道住在剡县，他就连夜乘小船去戴家。经过整整一夜才到，到了戴家门口却没进去，就返了回来。有人问他这是为什么，他说："我本来是乘着兴致去的，兴致尽了就返了回来，为什么一定要见到戴安道呢？"

注释

❶王子猷：王徽之。山阴：今浙江绍兴。眠觉：睡醒。
❷皎然：形容雪色洁白貌。仿徨：徘徊。
❸《招隐诗》：共二首，描写隐士清高生活。
❹戴安道：戴逵。就：趋，前往。
❺造门：来到门前。
❻"乘兴而行"二句：意谓乘着兴致去的，兴致尽了就返了回来。兴：兴致，兴趣。后常作"乘兴而来，败兴而返"或"乘兴而来，败兴而归"。

【原文】

王卫军云①："酒正自引人著胜地②。"（23.48）

【译文】

王卫军说："酒恰恰能把人带进美妙的境界。"

【注释】

❶王卫军：王荟，字敬文，王导第六子。喜好清净，不竞名利。历任吏部郎、侍中、镇军将军等。辛后赠卫将军。

❷正自：恰能。引人著胜地：谓酒恰能把人带进美妙的境界。胜地，美妙的境地。后以"引人入胜"形容优美的山水风景或优秀的文艺作品具有吸引人的魅力。

【原文】

王孝伯问王大①："阮籍何如司马相如②？"王大曰："阮籍胸中垒块，故须酒浇之③。"（23.51）

【译文】

王孝伯问王大："阮籍和司马相如相比怎样？"王大说："阮籍胸中郁积着许多不平之气，所以需要用酒来浇它。"

【注释】

❶王孝伯：王恭。王大：王忱。

❷司马相如：字长卿，蜀郡成都（今属四川）人。西汉著名的辞赋家。景帝时为武骑常侍，武帝用为郎，后为孝文园令。做官不慕高爵，常托疾不与公卿议事。

❸垒块：比喻胸中郁积的不平之气。浇之：指把胸中的垒块消除。

【原文】

王佛大叹言①："三日不饮酒，觉形神不复相亲②。"（23.52）

【译文】

王忱感叹道："三天不饮酒，就感到肉体与灵魂好像不再合为一体了。"

注释

❶王佛大：王忱。

❷形神不复相亲：意谓丢魂失魄。

【原文】

王孝伯言①："名士不必须奇才，但使常得无事，痛饮酒，熟读《离骚》，便可称名士②。"（23.53）

【译文】

王孝伯说："名士不一定要有奇才异能，只要经常没什么事情，痛痛快快地饮饮酒，一遍遍地读读《离骚》，就可以称为名士了。"

注释

❶王孝伯：王恭。

❷名士：魏晋时多以鄙弃礼法、好谈玄理的人为名士。《离骚》：《楚辞》篇名，战国楚人屈原作。

简傲第二十四

简傲,指简慢高傲。魏晋时,一些人自命不凡,轻视别人,玩世不恭;为了显示自己的名士风度,不讲礼貌,举止轻浮;有时近于胡作非为,不近人情。但也有蔑视权贵的名士,表现的是不屈从于权贵的骨气。本门共17篇,此处选译5篇。

【原文】

钟士季精有才理①,先不识嵇康。钟要于时贤俊之士②,俱往寻康。康方大树下锻,向子期为佐鼓排③。康扬槌不辍,傍若无人,移时不交一言④。钟起去,康曰:"何所闻而来?何所见而去?⑤"钟曰:"闻所闻而来,见所见而去⑥。"(24.3)

【译文】

钟士季精明有才思,早先不认识嵇康。钟士季邀请了当时一些才德杰秀的人,一块去找嵇康。嵇康正在大树下打铁,向子期做助手拉风箱。嵇康见钟士季来仍然挥动锤头打铁不止,好像身旁一个人都没有的样子,过了好大一会儿,也不和钟士季说一句话。钟士季起身要走,嵇康问:"你听到什么而前来,看到什么而离去呢?"钟士季回答:"听到了所听到的而来,看到了所看到的而离去。"

注 释

❶钟士季:钟会。精:用功深而专一。才理:才思,才学。

❷要:通"邀"。贤俊:才德出众的人。

❸锻：打铁。向子期：向秀。佐：辅助，辅佐。鼓排：拉动风箱鼓风。

❹傍若无人：好像旁边没有人在。形容态度高傲、自如。移时：少顷，过了一段时间。

❺"何所闻而来"二句：意谓听到什么而前来，看到什么而离去。

❻"闻所闻而来"二句：意谓听到传闻的话才来，看到想看的东西就走。指来去都有目的。

【原文】

嵇康与吕安善①，每相思，千里命驾②。安后来，值康不在，喜出户延之③，不入，题门上作"凤"字而去④。喜不觉，犹以为欣。故作"凤"字⑤，凡鸟也。(24.4)

【译文】

嵇康和吕安友善，吕安每当想念嵇康时，就不远千里命人驾车前往。有一次吕安来晚了，正碰上嵇康不在家，嵇康的哥哥嵇喜出门邀请他到家中去，他没有进家，在门上写了个"凤"字就走了。嵇喜不理解这"凤"字的含义，还觉得挺欢喜。吕安所以写作"凤"字者，因为"凤"字是由"凡鸟"二字合成的。

注释

❶吕安：字仲悌。晋东平（今属山东）人。对嵇康非常崇拜，被兄诬告入狱，嵇康为其辩白，后一并被害。

❷千里命驾：命人驾车前往，不以千里为远。

❸喜：嵇喜，字公穆，嵇康兄，仕为扬州刺史等。延：邀请。

❹凤：繁体作"鳳"，为"凡""鸟"二字合成。因以喻庸才。

【原文】

谢万在兄前①，欲起索便器②。于时阮思旷在坐③，曰："新出门户④，笃而无礼⑤。"（24.9）

【译文】

谢万在兄长面前，想要起身拿取便壶。当时阮裕在座，说："你们这种新兴的大家族，虽然忠厚诚实却不讲礼节。"

注释

① 谢万：字万石，谢安、谢奕之弟。
② 索：索取，拿取。便器：便溺之器，尿壶。
③ 阮思旷：阮裕。坐：通"座"。
④ 新出门户：指新兴的大家族。门户，门第，家族。
⑤ 笃：忠厚诚实。无礼：不懂礼节。

【原文】

王子猷作桓车骑骑兵参军①。桓问曰："卿何署②？"答曰："不知何署，时见牵马来，似是马曹③。"桓又问："官有几马？"答曰："不问马，何由知其数④？"又问："马比死多少⑤？"答曰："未知生，焉知死⑥？"（24.11）

【译文】

王子猷担任桓车骑的骑兵参军。桓车骑问他："你在哪个官署里管事？"王子猷回答说："不知是什么官署，时常见有人牵着马走过来，好像是马曹吧？"桓车骑又问："这个官署里有多少匹马？"他回答说："不过问马的事，怎能知道马的数量？"桓车骑接着又问："近来马死了多少匹？"他回答说："连活着的都不知道，怎么会知道死了的呢？"

注释

❶王子猷：王徽之。桓车骑：桓冲。骑兵参军：官名。西晋末司马睿丞相府始置为僚属，为骑兵曹长官。

❷署：办理公务的机关。

❸马曹：管理马匹的官署。

❹"不问马"：《论语·乡党》："厩焚，子退朝，曰：'伤人乎？'不问马。"孔子问人不问马，贵人贱畜。王子猷只是断章取义，非《论语》原意。何由：哪能，怎能。

❺比：近来。

❻"未知生"二句：《论语·先进》："季路问事鬼神。子曰：'未能事人，焉能事鬼？'曰：'敢问死？'曰：'未知生，焉知死？'"王子猷借用孔子的话搪塞上司的询问，表现了当时崇尚清谈、以不问世事为高的风气。

【原文】

王子猷作桓车骑参军①。桓谓王曰："卿在府久，比当相料理②。"初不答，直高视，以手版拄颊③，云："西山朝来，致有爽气④。"(24.13)

【译文】

王子猷担任桓车骑的参军。桓车骑对他说："你在府中时间长久了，例应受到照顾。"他听了也不回答，只是两眼望天，用手板撑着面颊，说："早晨从西山上走来，极有清爽之气。"

注释

❶王子猷：王徽之。桓车骑：桓冲。

❷比当：例应。料理：安排，照顾。

❸直：特，只。高视：眼睛望天，高傲不理人状。手版：手板，即笏。古代

官吏上朝或谒见上司时所执，备记事用。拄：支撑。

❹ 致：尽，极。爽气：早晨沁人心脾的新鲜空气。王子猷答非所问，表示不愿过问世事，在当时被视为清高的行为。后以"西山爽"形容人性格疏散，不善趋迎。

排调第二十五

> 排调，指诙谐、调笑，主要是士人之间的互相调侃，其中包括嘲笑、戏弄、讽刺、劝告，也有亲友间的玩笑。从这里可以看出当时士人在交往中讲究机智、幽默，要求做到语言简练有味、大方得体、击中要害等。这也是魏晋风度的重要内容。本门共65篇，此处选译22篇。

【原文】

钟毓为黄门郎，有机警，在景王坐燕饮①，时陈群子玄伯、武周子元夏同在坐②，共嘲毓。景王曰："皋繇何如人③？"对曰："古之懿士④。"顾谓玄伯、元夏曰："君子周而不比⑤，群而不党⑥。"（25.3）

【译文】

钟毓担任黄门侍郎，非常机敏警觉，有一次在司马师座中宴饮，当时陈群的儿子陈玄伯、武周的儿子武元夏也一同在座，他们一齐来嘲谑钟毓。司马师说："皋繇是怎样一个人呢？"钟毓回答说："是古代有懿德的人。"又回过头来看着玄伯、元夏说："君子应团结而不应勾结，应合群共处而不应结党营私。"

注释

❶黄门郎：黄门侍郎。其职为侍从皇帝，传达诏命。机警：机敏警觉。景王：司马师。坐：通"座"。

❷玄伯：陈泰，陈群之子。武周：字伯南。曹魏沛国竹邑（今安徽宿州北）

人。仕魏至光禄大夫。元夏：武陔之字，武周之子。善识别人才，历任尚书、左仆射、左光禄大夫等。

❸何如：怎样。

❹懿士：有美德的人。司马师父名懿，钟毓语犯司马师家讳，是对司马师犯己家讳的反唇相讥。

❺君子周而不比：出自《论语·为政》："君子周而不比，小人比而不周。"周：亲和，调和。比：勾结。此语犯武陔（父名周）家讳。

❻群而不党：出自《论语·卫灵公》："君子矜而不争，群而不党。"群：联系，会合。党：偏私，私助。此语犯陈泰（父名群）家讳。

【原文】

孙子荆年少时欲隐①，语王武子"当枕石漱流"②，误曰"漱石枕流"。王曰："流可枕，石可漱乎？"孙曰："所以枕流，欲洗其耳③；所以漱石，欲砺其齿④。"（25.6）

【译文】

孙子荆年轻时想去隐居，对王武子想说"应以石块作枕头，要用流水来漱口"，误说成"要用石块来漱口，应以水作枕头"。王武子说："流水可用来作枕头吗？石块可用来漱口吗？"孙子荆说："所以用流水作枕头，是要洗净耳朵；所以用石块来漱口，是想磨砺牙齿。"

注释

❶孙子荆：孙楚。隐：隐居。

❷王武子：王济。枕石漱流：以石块枕头，以流水漱口，比喻隐居山林。因以"枕石漱流"形容隐居生活。

❸洗其耳：比喻不愿听，不愿问世事。

❹砺：磨。

【原文】

王浑与妇钟氏共坐①，见武子从庭过②，浑欣然谓妇曰："生儿如此，足慰人意③。"妇笑曰："若使新妇得配参军，生儿故可不啻如此④！"（25.8）

【译文】

王浑和妻子钟氏坐在一起，看到儿子武子从院中经过，王浑高兴地对妻子说："生的儿子这样好，足以使人心得到安慰了。"钟氏笑着说："如果让我和参军结为夫妻，生的儿子又何止这个样子！"

注释

❶王浑：字玄冲。西晋太原晋阳（今山西太原西南）人。灭吴有大功，仕至司徒。钟氏：名琰。魏太傅钟繇的曾孙女。

❷武子：王济。王浑子。

❸人意：人心。人，自谓之词。

❹新妇：当时妇女自称。参军：王沦，字太冲，王浑弟。仕为晋文王司马昭大将军参军。不啻：不只，不仅。

【原文】

荀鸣鹤、陆士龙二人未相识①，俱会张茂先坐②。张令共语，以其并有大才，可勿作常语。陆举手曰："云间陆士龙③。"荀答曰："日下荀鸣鹤④。"陆曰："既开青云，睹白雉，何不张尔弓，

【译文】

荀鸣鹤、陆士龙两人还不相识时，一起在张茂先家坐席中相会。张茂先让他们一块交谈交谈，因为都有突出的才学，所以要求他们别说平平常常的话。陆士龙把手向上一指说："我是云间的陆士龙。"荀鸣鹤回答说："我是日下的荀鸣鹤。"陆士龙说："既然你已拨开乌云，看见了白山鸡，为何还不拉开你的弓，搭放你的箭

布尔矢⑤？"荀答曰："本谓云龙骙骙，定是山鹿野麋。兽弱弩强，是以发迟⑥。"张乃抚掌大笑⑦。(25.9)

呢？"荀鸣鹤说："我原以为是矫健的云中之龙，结果却只是山野中的麋鹿，野兽弱而弓弩强，所以才迟迟未发射。"张茂先听了拍着手掌大笑起来。

注 释

① 荀鸣鹤：荀隐，字鸣鹤。西晋颍川（今属河南）人。善辞令。曾任太子舍人、廷尉平。早卒。陆士龙：陆云。

② 张茂先：张华。

③ 云间：古华亭（今上海市松江区），松江府的古称。陆云故乡在华亭，故称。"云间"和"龙"相配，又巧妙地点出自己的籍贯，可谓妙语。

④ 日下：指京都。封建社会以帝王比日，因以皇帝所在之地为"日下"。荀隐家近京都洛阳，故称。荀隐以"日下"对"云间"、以"鸣鹤"对"士龙"，可谓妙对。

⑤ 青云：黑云，乌云。白雉：白色的野鸡，古以为祥瑞。

⑥ 云龙：明言为云中之龙，暗嘲陆云（字士龙）。骙骙：强壮貌。定：到底，究竟。麋：麋鹿，即"四不像"。

⑦ 抚掌：拍手。表示高兴、得意或赞赏的神态。

【原文】

元帝皇子生，普赐群臣①。殷洪乔谢曰②："皇子诞育，普天同庆。臣无勋焉，而猥颁厚赉③。"中宗笑曰④："此事岂可使卿有勋邪？"(25.11)

【译文】

晋元帝生了儿子，遍赏群臣。殷洪乔谢恩道："皇子诞生，普天同庆。我没有什么功劳，而愧受厚赏。"晋元帝笑着说："生儿子这种事情怎可让你有功劳啊？"

注释

❶元帝：晋元帝司马睿。皇子：晋元帝之子晋简文帝司马昱。元帝有六子，唯简文帝司马昱生在即位之后，故此皇子当指司马昱。普赐：遍赏。

❷殷洪乔：殷羡。

❸诞育：诞生。猥：辱。谦词。颁：分取，分赏。赉：赏赐。

❹中宗：晋元帝司马睿之庙号。

【原文】

诸葛令、王丞相共争姓族先后①。王曰："何不言葛、王而云王、葛？"②令曰："譬言驴、马，不言马、驴，驴宁胜马邪？"③（25.12）

【译文】

诸葛恢和王导在一块争论各自家族地位的先后。王导说："为什么不说葛、王而说王、葛？"诸葛恢说："譬如人们常说驴、马，而不说马、驴，难道驴就胜过马吗？"

注释

❶诸葛令：诸葛恢，因曾任尚书令，故称。王丞相：王导。姓族：姓氏家族。

❷不言葛、王而云王、葛：古时姓氏名字并称，常常平声居前，仄声居后。

❸驴宁胜马：在人们心目中，往往贵马而贱驴，故诸葛恢以驴、马比王、葛，以驴嘲笑王导之姓。

【原文】

王丞相枕周伯仁膝①，指

【译文】

王丞相枕在周伯仁的膝上，指着他

其腹曰："卿此中何所有？"答曰："此中空洞无物，然容卿辈数百人②。"（25.18）

的大肚子问："你这里面有些什么东西？"周伯仁回答说："这里边空洞无物，但能容纳下你们这样的好几百人。"

注释

❶王丞相：王导。周伯仁：周颛。

❷空洞无物：内里空虚，一无所有。意谓毫无才能。容卿辈数百人：意谓比你们这样的数百人还强。

【原文】

干宝向刘真长叙其《搜神记》①，刘曰："卿可谓鬼之董狐②。"（25.19）

【译文】

干宝向刘真长叙述他的《搜神记》，刘真长说："你可以说是善写鬼怪之人的董狐啊。"

注释

❶干宝：字令升。东晋新蔡（今属河南）人。史学家、文学家。勤学博览，并好阴阳术。元帝时以佐著作郎领修国史。刘真长：刘惔。《搜神记》：干宝所撰神灵鬼怪故事集，意在"发明神道之不诬"。其中也保存了一些民间传说。今本共二十卷，已非原书，由后人辑录而成。

❷董狐：春秋时晋国史官，旧时被誉为"良史"。干宝善记鬼怪神灵之事，所以刘惔以"鬼之董狐"称之。

【原文】

康僧渊目深而鼻高①,王丞相每调之②。僧渊曰:"鼻者,面之山;目者,面之渊。山不高则不灵,渊不深则不清③。"(25.21)

【译文】

康僧渊眼睛深陷而鼻梁高耸,王丞相常常嘲笑他。康僧渊说:"鼻子是脸上的山峰,眼睛是脸上的池潭。山不高峻就没有神灵,潭不深邃就不显清澄。"

注 释

❶康僧渊:晋僧人,精于佛理,因目深而鼻高,疑是胡人。
❷王丞相:王导。调:嘲笑,嘲弄。
❸"山不高"二句:以山高状鼻高,以渊深喻目深。

【原文】

初,谢安在东山居,布衣①。时兄弟已有富贵者,翕集家门,倾动人物②。刘夫人戏谓安曰③:"大丈夫不当如此乎④?"谢乃捉鼻曰⑤:"但恐不免耳⑥!"(25.27)

【译文】

早先,谢安在东山隐居,穿着平民的服装。当时他兄弟中已有做了大官而富贵显赫的,齐聚在家族中,令人倾倒动心。刘夫人对谢安开玩笑说:"大丈夫不应当像他们这样吗?"谢安捏着鼻子说:"只是恐怕避免不了啊!"

注 释

❶东山:山名,在今浙江上虞西南,谢安早年隐居于此。"东山再起"之东山,即此。布衣:布制衣服,平民衣服。谓未曾出仕。

❷"时兄弟"句：时谢尚、谢奕、谢万皆为大官，盛于一时。集翕：聚集。倾动：使人向往，使人动心。

❸刘夫人：谢安妻为刘惔妹。

❹大丈夫：指有志气有作为的男子。

❺捉鼻：捏着鼻子。说话时发音重浊，为轻视、不屑之态。

❻"恐不免"句：只怕免不了要像兄弟们那样啊。

【原文】

王、刘每不重蔡公①。二人尝诣蔡，语良久，乃问蔡曰："公自言何如夷甫②？"答曰："身不如夷甫③。"王、刘相目而笑④，曰："公何处不如？"答曰："夷甫无君辈客！"⑤（25.29）

【译文】

王濛、刘惔每每瞧不起蔡谟。二人曾经去拜访蔡谟，在一块谈论了好久，于是问蔡谟说："您自己说说比王夷甫如何？"蔡谟说："我不如夷甫。"王濛、刘惔相视而笑，说："您哪些地方不如他？"蔡谟说："王夷甫没有你们这样的客人！"

注　释

❶王：王濛。刘：刘惔。蔡公：蔡谟。

❷夷甫：王衍。

❸身：自称之词。

❹相目而笑：相视而笑，意谓很得意。目，视。

❺君辈客：像你们这样的客人。有轻蔑之意。

【原文】

张吴兴年八岁，亏齿①，先达知其不常②，故戏之曰："君口中何为开狗窦③？"张应声答曰④："正使君辈从此中出入！"（25.30）

【译文】

张吴兴八岁时乳齿脱落，前辈名士们知道他聪明不凡，所以嘲笑他说："你嘴里为何开了个狗洞？"张吴兴随声回答说："恰是为了让你们这些人从这里出进啊！"

注释

❶张吴兴：张玄，曾为吴兴太守。亏齿：脱落乳齿。
❷先达：前辈名人。不常：不平凡。
❸狗窦：穴壁供狗出入的洞。
❹应声：随声。

【原文】

郝隆七月七日出日中仰卧①，人问其故，答曰："我晒书②。"（25.31）

【译文】

郝隆七月七日走到阳光底下，仰面躺卧着，有人问他为何这样做，他回答说："我晒晒肚子里的书。"

注释

❶郝隆：字佐治。晋汲郡（今河南卫辉西南）人。官至征西将军。七月七日：旧俗以为七月七日晒衣物、书籍可以防蛀。
❷晒书：谓其肚中读书之多，为防霉蛀，故晒之。

【原文】

谢公始有东山之志①,后严命屡臻,势不获已,始就桓公司马②。于时人有饷桓公药草,中有"远志"。公取以问谢:"此药又名'小草',何一物而有二称?"③谢未即答。时郝隆在坐,应声答曰:"此甚易解,处则为'远志',出则为'小草'④。"谢甚有愧色。桓公目谢而笑曰:"郝参军此过乃不恶,亦极有会⑤。"(25.32)

【译文】

谢安早年有隐居山林的志向,后来朝廷征召的命令屡屡下达,看形势好像没有终止的时候,因而才担任了桓温府中的司马。那时有人赠送给桓温药草,其中一种叫"远志"。桓温拿出来问谢安:"这种药草又名'小草',为何一种东西有两种名称呢?"谢安没有立即回答。当时郝隆在座中,随声就回答说:"这很容易理解,藏伏着叫'远志',出来就是'小草'了。"谢安听后,露出了非常羞愧的表情。桓温看着谢安笑着说:"郝参军如此解释也不算中伤人,话说得还挺有风趣。"

注 释

❶谢公:谢安。东山之志:隐居不仕的思想。

❷严命:此尊称朝廷征召的命令。臻:至,达。就:就任。桓公:桓温。

❸饷:赠送。远志:中草药名,高七八寸,茎细,夏开紫色花。其根可入药,叫"远志",其叶名"小草"。

❹处、出:这种药草根叫"远志",埋在土中为"处",隐居也叫"处";这种药草叶叫"小草",长在地上为"出",出仕也叫"出"。语意双关,用以讥讽谢安隐居时其志尚高远,出来做官则丧失了高远的志向,成为被人蔑视的"小草"。当时风尚以隐居为高。

❺过:口过,失言。恶:说人坏话,中伤。会:兴会,意味。

【原文】

郝隆为桓公南蛮参军①。三月三日会,作诗,不能者罚酒三斗②。隆初以不能受罚,既饮,揽笔便作一句云③:"娵隅跃清池④。"桓问:"娵隅是何物?"答曰:"蛮名鱼为娵隅。"桓公曰:"作诗何以作蛮语?"隆曰:"千里投公,始得蛮府参军,那得不作蛮语也?"(25.35)

【译文】

郝隆担任南蛮府参军。三月三日集会,作诗,作不出来的罚酒三斗。郝隆起初因未能作诗挨罚,饮下罚酒后,拿过笔来就写了一句:"娵隅腾跃在清池。"桓温问:"娵隅是什么东西?"郝隆说:"南蛮人称鱼为娵隅。"桓温说:"作诗为何用蛮人的话?"郝隆说:"不远千里来投奔您,才做了个南蛮府参军,哪能不用蛮语啊?"

注释

❶桓公:桓温。南蛮:古代称西南少数民族。

❷三月三日:农历三月三日为"上巳节",人们此日到水边洗濯饮酒,以为可以祈福驱邪。斗:古代酒器。一本作"升"。

❸揽笔:持笔,握笔。

❹娵(jū)隅:古时西南少数民族称鱼为"娵隅"。

【原文】

张苍梧是张凭之祖①,尝语凭父曰②:"我不如汝。"凭父未解所以,苍梧曰:"汝有佳儿"③。凭时年数岁,敛手曰④:"阿翁,讵宜以子

【译文】

张苍梧是张凭的祖父,曾对张凭的父亲说:"我不如你。"张凭的父亲还没弄明白这话的含义,张苍梧说:"你有一个好儿子。"张凭这时才几岁,拱手说:"爷爷,怎能拿我这个儿子来嘲笑我的父

戏父⑤?"（25.40）

亲啊?"

注释

❶张苍梧：张镇，字义远。晋吴郡（今江苏苏州）人。仕为苍梧太守，因讨王含功，封兴道县侯。张凭：字长宗。官至吏部郎、御史中丞。

❷凭父：张凭父，不知何名。

❸汝有佳儿：前又曰"我不如汝"。张苍梧言外之意谓"我无佳儿"，即谓张凭父不佳，故张凭言阿翁"以子戏父"。佳儿，非常优秀的儿子。

❹敛手：拱手，表示恭敬。

❺阿翁：称祖父。讵宜：岂应，怎能。

【原文】

王文度、范荣期俱为简文所要①，范年大而位小，王年小而位大。将前，更相推在前，既移久②，王遂在范后。王因谓曰："簸之扬之，糠秕在前③。"范曰："洮之汰之，沙砾在后④。"（25.46）

【译文】

王文度、范荣期一同受到简文帝的邀请，范荣期年龄大而官位低，王文度年龄小而官位高。将要来到简文帝处，二人多次相互推让，要对方在前边，推让了好久，王文度终于走在范荣期后边。王文度于是对范荣期开玩笑说："又是簸来又是扬，谷糠秕子跑前方。"范荣期也嘲笑走在后边的王文度说："又是淘来又是洗，落在后边的是沙砾。"

注释

❶王文度：王坦之。范荣期：范启。简文：晋简文帝司马昱。要：通"邀"。

❷移久：过了好大一会儿。

❸ 簸、扬：用簸箕扬去谷类中的糠秕。糠秕：谷皮和瘪谷。糠秕较谷米轻，故飘浮在前边。

❹ 洮、汰：用水洗净粮食中的杂质。洮，通"淘"。沙砾：沙和碎石块。沙砾较粮食重，故残留在后边。

【原文】

刘遵祖少为殷中军所知，称之于庾公①。庾公甚忻然，便取为佐②。既见，坐之独榻上与语③。刘尔日殊不称，庾小失望④，遂名之为"羊公鹤⑤"。昔羊叔子有鹤善舞，尝向客称之⑥。客试使驱来，氋氃而不肯舞，故称比之⑦。(25.47)

【译文】

刘遵祖年轻时就得到殷中军的赏识，殷中军在庾亮面前称赞他。庾亮听后非常高兴，就让他来做幕僚。见面以后，庾亮坐在单人小凳上和他交谈。刘遵祖这天的谈论和殷中军的称扬极不相符，庾亮稍有失望，就把他叫作"羊公鹤"。从前羊叔子有只鹤擅长舞蹈，羊叔子曾向客人夸赞它。客人让把鹤赶来试试看，这只鹤却只是松散着羽毛而不肯舞蹈，所以庾亮就用"羊公鹤"来称呼刘遵祖。

注释

❶ 刘遵祖：刘爱之，字遵祖。晋沛郡（今安徽濉溪）人。有才学，历任中书郎、宣城太守。殷中军：殷浩。庾公：庾亮。

❷ 忻然：高兴的样子。佐：僚属。

❸ 独榻：一人所坐之小凳。多人所坐者谓之"连榻"。

❹ 尔日：这天。称：适合，相合。

❺ 羊公鹤：比喻有名无实之人。亦用以自谦无能。也作"不舞之鹤"。

❻ 羊叔子：羊祜。

❼ 氋氃（tóngméng）：羽毛松散貌。称比：称呼。

【原文】

　　王文度在西州①，与林法师讲，韩、孙诸人并在坐②。林公理每欲小屈③，孙兴公曰："法师今日如著弊絮在荆棘中，触地挂阂④。"（25.52）

【译文】

　　王文度在西州，有一次和支遁法师讲论玄理，韩康伯、孙兴公等人都在座中。支遁所说的义理常常稍处下风，孙兴公说："林法师今天好像穿着破棉衣在荆棘丛中行走，到处都受到牵挂妨碍。"

注释

❶王文度：王坦之。西州：地名，为晋宋间扬州刺史治所，以治事在台城西故称。

❷林法师：支遁，字道林，世称支公，也称林公、林法师。法师，对精通佛经理论并能讲解者的尊称。讲：谈玄论理。韩：韩伯。孙：孙绰。

❸小屈：稍有挫折，失利。

❹弊絮：破棉衣。触地：随处，到处。挂阂：牵制，挂碍。

【原文】

　　顾长康啖甘蔗，先食尾①。人问所以，云："渐至佳境②。"（25.59）

【译文】

　　顾长康吃甘蔗，总先从末梢吃起。有人问他为什么这样，他说："这样会使人有渐渐地进入佳妙境地的感觉。"

注释

❶顾长康：顾恺之。啖：吃，食。尾：指甘蔗的末梢。

❷渐至佳境：甘蔗越近根部越甜，顾长康由末梢食至根部，故有此说。后因

以比喻境况渐好或兴味渐浓。

【原文】

孝武属王珣求女婿①，曰："王敦、桓温，磊砢之流，既不可复得②，且小如意，亦好豫人家事③，酷非所须。正如真长、子敬比④，最佳。"珣举谢混⑤。后袁山松欲拟谢婚⑥。王曰："卿莫近禁脔⑦。"（25.60）

【译文】

晋孝武帝托付王珣为自己选择女婿，说："像王敦、桓温那样有奇才异能的人，已不可能再有，况且他们稍微得志，就好干预别人的家事，这是很不应该的。恰如刘真长、王子敬一类的最好。"王珣就举荐谢混为晋孝武帝的女婿。后来，袁山松打算把自己的女儿许配给谢混。王珣说："你不要接近皇帝喜爱的那块肉。"

注释

❶孝武：晋孝武帝司马曜。属：通"嘱"，托付，请托。

❷磊砢：树木多节，比喻人有奇才异能。

❸小如意：稍微得志，稍稍得意。豫人家事：指参与废立君主等与皇家有关的大事。豫，参与，干预。

❹真长：刘惔。子敬：王献之。比：比拟，类似。

❺谢混：字叔源，小字益寿，谢安孙。娶孝武帝女晋陵公主为妻。因与刘毅交密，刘毅失败后被杀。

❻袁山松：晋阳夏（今河南太康）人。博学善为文，亦善音乐。仕为吴郡太守。孙恩起义中被害。

❼王：王珣。禁脔：比喻独自占有而他人不得分享之物。脔，块切肉。

【原文】

桓南郡与殷荆州语次①，因共作了语②。顾恺之曰："火烧平原无遗燎③"桓曰："白布缠棺竖旒旐④。"殷曰："投鱼深渊放飞鸟⑤"次复作危语⑥。桓曰："矛头淅米剑头炊⑦。"殷曰："百岁老翁攀枯枝。"顾曰："井上辘轳卧婴儿⑧。"殷有一参军在坐，云："盲人骑瞎马，夜半临深池⑨。"殷曰："咄咄逼人⑩！"仲堪眇目故也⑪。(25.61)

【译文】

桓南郡和殷荆州在谈话之间，便一块说起"了语"来。顾恺之说："烈火烧光了平原，没有剩下一物可燃。"桓南郡说："已用白布缠裹到棺柩上，竖起魂幡将出丧。"殷荆州说："把鱼扔进深潭中，把鸟放走任飞行。"接着又说起"危语"来。桓南郡说："在矛头上淘米，在剑尖上做饭。"殷荆州说："百岁高龄的老人，登攀枯木朽枝。"顾恺之说："小儿躺卧在水井边的辘轳上。"殷荆州有个参军也在座中，说："盲人骑在瞎马上，半夜来到深池前。"殷荆州说："这话太使人难堪！"因为他瞎了一只眼睛的缘故啊。

注 释

❶桓南郡：桓玄。殷荆州：殷仲堪。语次：谈话之间。

❷了语：文字游戏。说与"了"同韵，同时包含彻底终了意的话。

❸遗燎：残留的可燃物。

❹白布缠棺：人死后入殓，用白布缠上棺柩，即将出丧埋葬。旒旐（liúzhào）：出殡时在灵柩前的幡旗。

❺投鱼深渊：把鱼扔进深水潭。

❻危语：文字游戏。说与"危"同韵，同时包含描写危险情景的话。

❼淅米：淘米。炊：烧火做饭。

❽辘轳：汲取井水的起重装置。井上树立支架，上装有用手柄摇动的转轴，轴上绕着绳索，两端或一端系有水桶一类取水器。把取水器放入井中容易取水，

上卧婴儿，极易落进井中。

❾ "盲人骑瞎马"二句："盲人""瞎马""夜半""深池"，说明危险至极。后因用"盲人骑瞎马"或"盲人骑瞎马，夜半临深池"比喻面临极危险的情况而不自知；也比喻环境非常糟糕，不管不顾地乱闯是极端危险的。

❿ 咄咄逼人：形容气势使人惊惧。咄咄，使人惊叹之声。

⓫ 眇目：瞎了一只眼。

轻诋第二十六

轻诋，指轻慢和诋毁。轻诋的着眼点是多方面的，有言论、文章、行为、本性、胸怀等，甚至形貌、语音不正都会受到轻蔑。其中一些轻诋的言辞表示说话者对对方的轻视，也有一些轻诋之辞反映了对对方的畏惧或压制。这些言辞运用了许多生动的比喻，在轻视、诋毁之中又显现出魏晋士人的才华和幽默。本门共33篇，此处选译10篇。

【原文】

庾元规语周伯仁①："诸人皆以君方乐②。"周曰："何乐？谓乐毅邪③？"庾曰："不尔，乐令耳④。"周曰："何乃刻画无盐⑤，以唐突西子也⑥。"（26.2）

【译文】

庾元规对周伯仁说："众人都拿您来比拟乐某。"周伯仁说："哪个乐某？是乐毅吗？"庾元规说："不是，是乐广。"周伯仁说："怎能刻画无盐那样的丑妇，来亵渎西施这样的美人呢？"

注释

① 庾元规：庾亮。周伯仁：周顗。

② 方：比拟，比方。

③ 乐毅：战国时燕国名将，曾率军攻破齐国七十余城，因功封于昌国（今山东淄博东南）。

④ 乐令：乐广。

❺何乃：怎能，岂能。刻画无盐：比喻以丑作美，引喻失当。刻画，精细描摹。无盐，春秋时齐国丑女钟离春，因系齐国无盐邑人而得名。

❻唐突：冒犯，亵渎。西子：西施，春秋末越国苎萝（今浙江诸暨南）人。著名美女。

【原文】

深公云①："人谓庾元规名士，胸中柴棘三斗许②。"（26.3）

【译文】

竺法深说："人们都说庾元规是风流名士，其实他心胸中的棘刺有三斗多。"

注释

❶深公：僧人竺法深，琅邪临沂（今山东临沂北）人。晋永嘉初避乱过江，与王导、庾亮等友善，后隐居剡县。

❷庾元规：庾亮。胸中柴棘三斗：比喻居心险恶。柴棘，有刺之柴，比喻心胸狭窄，对人忌刻。

【原文】

桓公入洛，过淮、泗，践北境①，与诸僚属登平乘楼，眺瞩中原②，慨然曰："遂使神州陆沉，百年丘墟③，王夷甫诸人不得不任其责④！"袁虎率尔对曰⑤："运自有废兴，岂必诸人之过⑥？"桓公懔然作色，

【译文】

桓温攻进洛阳，又渡过淮水、泗水，来到北方边境，和下属官员们登上大船的楼房，举目远望中原一带，愤慨地说："终使祖国国土沉沦，百年以来成为废墟，王夷甫等人不能不承担这个责任！"袁虎轻率地说："国运自然会有盛有衰，哪能说就一定是他们的过错啊？"桓温露出了怒容，环顾

顾谓四坐曰⑦:"诸君颇闻刘景升不⑧?有大牛重千斤,啖刍豆十倍于常牛,负重致远,曾不若一羸牸⑨。魏武入荆州,烹以飨士卒,于时莫不称快⑩。"意以况袁⑪。四坐既骇,袁亦失色。(26.11)

全座人说:"大家听说过刘景升的事吧?他有头重达千斤的大牛,吃草料是一般牛的十倍,但载运重物长途跋涉,还不如一头瘦弱的老母牛。曹操打进荆州,就把它宰杀煮了犒劳士兵,当时人们无不拍手叫好。"桓温用意是以这牛比况袁虎。座中人听了都惊恐不安,袁虎吓得也变了脸色。

注释

❶桓公:桓温。入洛:指桓温于永和十二年(356)讨伐姚襄,战于伊水,大胜,收复洛阳。淮:淮水。泗:泗水。北境:北方边境。

❷僚属:下属官吏幕僚。平乘楼:大船上的楼房。眺瞩:自高处远望。中原:指黄河中下游地区或整个黄河流域。晋时常以之和江南对称。

❸遂:终,竟。神州:中国。陆沉:指国土沉沦、沦陷。丘墟:废墟,荒地。

❹王夷甫:王衍。

❺袁虎:袁宏。率尔:轻率的样子。

❻运自有废兴:国家的盛衰是由天命注定的。这种天命论观点是当时士大夫无所作为思想的反映。运,运祚,国运。

❼懔然作色:脸色变成威严的样子。四坐:满座人,全座人。坐:通"座"。

❽刘景升:刘表,字景升。东汉末山阳高平(今山东微山西北)人。任镇南将军、荆州牧等。

❾刍豆:草料。负重致远:载重物,行远路。羸牸:瘦弱的母牛。

❿魏武:曹操。入荆州:建安十三年(208),曹操带兵征讨刘表,兵未到,刘表就病死了,其子刘琮降曹。烹:烧煮食物。飨:用食物款待人。

⓫况:比况,比拟。

【原文】

孙长乐兄弟就谢公宿，言至款杂①。刘夫人在壁后听之，具闻其语②。谢公明日还，问："昨客何似③？"刘对曰："亡兄门未有如此宾客④！"谢深有愧色。(26.17)

【译文】

孙长乐兄弟到谢安家里过夜，他们的谈话非常空洞杂乱。刘夫人躲在墙壁后边偷听，把他们的谈论全听到了。第二天谢安回到家中，问刘夫人："昨天的客人怎么样？"刘夫人回答说："亡兄家里没有过这样的宾客！"谢安听了露出非常羞愧的表情。

注 释

❶孙长乐兄弟：指孙绰及其兄孙统。谢公：谢安。款杂：形容言语空洞、杂乱无聊。

❷刘夫人：谢安妻，刘惔妹。具：都，全。

❸何似：如何，怎样。

❹亡兄：指刘惔。

【原文】

孙长乐作王长史诔云①："余与夫子，交非势利②；心犹澄水，同此玄味③。"王孝伯见曰④："才士不逊，亡祖何至与此人周旋⑤！"(26.22)

【译文】

孙长乐为王长史写的诔文中说："我和老夫子，结交非为势利；心像清水澄净，共赏玄妙趣旨。"王孝伯看后说："这才子一点也不谦虚，我去世的祖父怎会和孙长乐这种人交往啊！"

注 释

❶孙长乐：孙绰。王长史：王濛。

❷夫子：古代对男子的敬称。势利：权势财利。

❸心犹澄水：孙绰意谓和王濛为君子之交。玄味：幽深玄妙的旨趣。

❹王孝伯：王恭。

❺逊：谦恭。亡祖：称去世的祖父王濛。此人：指孙绰。周旋：应付，应酬，打交道。

【原文】

旧目韩康伯"将肘无风骨①"。(26.28)

【译文】

过去人们评论韩康伯"胳膊肘粗壮，但没有什么风格气质"。

注 释

❶目：品评，品题。韩康伯：韩伯，字康伯。将肘：粗壮的胳膊肘。将，齐楚一带古语称"大"。风骨：指人的风格气质。

【原文】

支道林入东①，见王子猷兄弟②。还，人问："见诸王何如？"答曰："见一群白颈乌③，但闻唤哑哑声④。"(26.30)

【译文】

支道林到东边会稽去，见到了王徽之兄弟们。回来后，有人问他："见到王家兄弟们，您觉得他们怎么样？"支道林回答道："见到了一群白脖子的乌鸦，只听见呜呜哑哑的叫唤声。"

注释

❶支道林：支遁。入东：指到会稽去。

❷王子猷兄弟：王羲之有七个儿子，以王徽之、王献之最著名。王子猷，王徽之。

❸白颈乌：白色脖颈的乌鸦，指多穿白领衣服的王徽之兄弟。

❹闻唤哑哑声：王子猷兄弟见人"唱喏"（对人行拱手礼，出声致敬），常作吴音，别人听来难懂，只听见呜呜哑哑的叫唤声。

【原文】

王中郎举许玄度为吏部郎①，郗重熙曰②："相王好事③，不可使阿讷在坐头④。"（26.31）

【译文】

王坦之举荐许询担任吏部郎，郗昙说："相王喜欢多事，不能够让许询在吏部郎的位置上。"

注释

❶王中郎：王坦之。曾任从事中郎。故称。举：推举，举荐。许玄度：许询。

❷郗重熙：郗昙。

❸相王：晋简文帝司马昱曾以会稽王身份担任丞相，故称。好事：爱兴事端，喜欢多事。

❹阿讷：许询的小名。坐头：座位。

【原文】

王兴道谓谢望蔡①："霍

【译文】

王兴道评论谢琰："性子恍惚躁动，

霍如失鹰师②。"（26.32） | 就像丢失了鹰的驯鹰人"。

注释

❶王兴道：王和之，字兴道，王胡之的儿子，官永嘉太守、侍中。谢望蔡：谢琰，字瑗度，谢安之子，淝水之战中有功，封望蔡公。
❷霍霍：恍惚，躁动不安、若有所失之貌。失鹰师：丢失了鹰的驯鹰人。

【原文】

桓南郡每见人不快，辄嗔云①："君得哀家梨②，当复不烝食不？"（26.33）

【译文】

桓南郡每当看到别人不愉快时，就生气地说："您得到了哀家梨，能不蒸熟以后再吃吗？"

注释

❶桓南郡：桓玄。嗔：发怒，生气。
❷哀家梨：亦称"哀梨"。传说汉朝秣陵人哀仲家的梨味美，入口即化。

假谲第二十七

假谲，指虚假欺诈。属于假谲的故事，大多以欺诈的手段，或说假话，或做假事，以达到一定的目的。有一些手段是阴谋诡计，而另一些或是一种应变之计，或是于假谲中见机智，等等。本门共14篇，此处选译5篇。

【原文】

魏武少时，尝与袁绍好为游侠①。观人新婚，因潜入主人园中，夜叫呼云："有偷儿贼！"青庐中人皆出观②。魏武乃入，抽刃劫新妇，与绍还出，失道，坠枳棘中③，绍不能得动，复大叫云："偷儿在此！"绍遑迫自掷出④，遂以俱免。(27.1)

【译文】

曹操年轻时，曾和袁绍一起做游手好闲的人。看见别人新婚，便偷偷溜到主人家里，夜里喊道："有贼人来了。"人们都从家里跑出来了。曹操便拔刀夺走了新娘，与袁绍一起返程离开，他们迷失了方向，匆忙中跌入荆棘丛中。袁绍无法离开，曹操再次喊道："贼在这里。"袁绍害怕得拼命从荆棘中跳出来逃走，两人方才都逃了出来。

【注释】

❶魏武：曹操。袁绍：字本初。东汉末汝南汝阳（今河南商水西北）人。出身汉末名门"汝南袁氏"。后在官渡之战中败于曹操，旋病死。

❷青庐：青布搭成的帐篷，是举行婚礼的地方。东汉至唐有此风俗。

③新妇：新娘。失道：迷路。枳棘：多刺灌木。
④遑迫：惶急不安，惊慌急迫。掷出：跳出。

【原文】

　　魏武行役，失汲道，三军皆渴①，乃令曰："前有大梅林，饶子②，甘酸，可以解渴。"士卒闻之，口皆出水，乘此得及前源③。(27.2)

【译文】

　　曹操有次率领部队行军，迷失了取水的道路，全军士兵都口渴极了，于是曹操传令说："前边有一大片梅树林，结的果实很多，又酸又甜，可以解渴。"士兵们听了，都流出了口水，凭着这一机会军队行进到了前边有水源之处。

【注释】

①魏武：曹操。行役：行军。失汲道：迷失了取水之路。三军：全军。
②梅：落叶乔木，早春开花，初夏结果，味酸。饶子：结的果实很多。
③及：到达。源：水源。后因以"望梅止渴"比喻愿望无法实现，聊借空想安慰自己。

【原文】

　　魏武常言："人欲危己，己辄心动①。"因语所亲小人曰②："汝怀刃密来我侧，我必说心动。执汝使行刑，汝但勿言其使，无他，当厚相报③。"执者信焉，不以为

【译文】

　　曹操常对人说："如果有人想谋害我，我就会感到心跳而发觉。"他于是悄悄对亲信的侍从说："你怀藏刀剑偷偷来我身边，我一定会说心跳得厉害。你只要别说是谁指使的，没有关系，我一定优厚地赏赐你。"他相信曹操事先告诉他的话，并不感到害怕，于是什么也没说就被杀掉

惧，遂斩之。此人至死不知也。左右以为实，谋逆者挫气矣④。（27.3）

了。这人至死也不明白这是曹操的诡计。曹操身边的人对这事却信以为真，想暗杀曹操的人因此也就灰心丧气了。

注 释

① 魏武：曹操。危：危害。心动：指心跳得厉害。
② 小人：下人。
③ 怀刃：怀中藏着兵器行刺。行刑：执行刑罚，处以死刑。但：仅，只。
④ 谋逆：图谋反叛。此指暗杀、行刺等行为。挫气：灰心丧气。

【原文】

王右军年减十岁时，大将军甚爱之①，恒置帐中眠。大将军尝先出，右军犹未起。须臾，钱凤入②，屏人论事，都忘右军在帐中，便言逆节之谋③。右军觉，既闻所论，知无活理，乃剔吐污头面被褥，诈孰眠④。敦论事造半，方忆右军未起，相与大惊曰⑤："不得不除之！"及开帐，乃见吐唾从横，信其实孰眠，于是得全⑥。于时称其有智。（27.7）

【译文】

王羲之不满十岁时，大将军王敦非常疼爱他，常把他放在军帐里过夜。有一次王敦先起床，羲之还在睡着。过了一会儿，钱凤进来，他们让人走开，秘密地商议起事情来。王敦忘了羲之还睡在帐子里，就谈起叛逆的阴谋。羲之醒来，听到他们的谈论，明白如被发觉偷听了谈话，就没有活命的希望，于是就搅动喉舌吐出涎水，把头脸、被褥弄脏，假装睡得很熟。王敦二人商量事情到一半时，才想起羲之还没起床，二人彼此都十分吃惊，说："不得不杀死他！"等到掀开帐子，见他唾液吐得到处都是，就相信他真是睡熟了，因此，他的性命才得以保全。当时的人们都称赞他聪明有办法。

注 释

❶王右军：王羲之。减：少于，不足。大将军：王敦。

❷须臾：片刻，刹那间。钱凤：字世仪。晋吴郡嘉兴（今属浙江）人。曾担任王敦铠曹参军，助王敦谋反，王敦败后被杀。

❸屏人：让人退避。逆节：叛逆，谋反。

❹活理：活命的可能、希望。剔吐：用手指触动喉舌而吐出涎水。孰眠：熟睡。

❺造半：指事情进行到一半。相与：互相，共同。

❻从横：同"纵横"。得全：得以保全性命。

【原 文】

温公丧妇①，从姑刘氏，家值乱离散，唯有一女，甚有姿慧，姑以属公觅婚②。公密有自婚意③，答云："佳婿难得，但如峤比云何④？"姑云："丧败之余，乞粗存活，便足慰吾余年，何敢希汝比⑤？"却后少日⑥，公报姑云："已觅得婚处，门地粗可，婿身名宦，尽不减峤⑦。"因下玉镜台一枚⑧。姑大喜。既婚，交礼，女以手披纱扇⑨，抚掌大笑曰："我固疑是老奴，果如所卜⑩。"玉镜台，是公为刘

【译 文】

温峤死了妻子，堂房姑母刘温氏正值流离失所之际，只有一个女儿，很漂亮又很聪明，堂姑母托温峤给找个女婿。温峤私下里有意给自己定亲，就回答说："称心如意的女婿不容易找到，只是和我一样的行不行？"姑母说："经过战乱活下来的人，只求马马虎虎保住条命，就足以让我晚年安适，哪里还敢希望和你一样呢？"过后不几天，温峤回复姑母说："已经找到一户人家，门第还过得去，女婿本人名声、官位全都不比我差。"于是送上一个玉镜台做聘礼。姑母非常高兴。等到结婚，行了交拜礼以后，新娘用手拨开纱扇，拍手大笑说："我本来就疑心是你这个老家伙，

越石长史北征刘聪所得⑪。(27.9)

果然不出所料。"玉镜台是温峤做刘越石的长史北伐刘聪时得到的。

注 释

❶温公:温峤。

❷从姑刘氏:随夫姓,按旧俗当为刘温氏。从姑,父亲的堂姊妹。值:逢,碰上。姿慧:漂亮而聪明。属:同"嘱",托付,嘱托。

❸密:私下,暗地里。

❹比:相近,相似。云何:怎样,如何。

❺丧败之余:意谓幸而经乱未死。乞粗存活:只希望生活过得去。言外之意谓选婿条件不能过高。余年:晚年。

❻却后:过后,此事之后。

❼门地:门第。粗可:约略还说得过去。身:本人。名宦:仕宦有名望。减:差于,次于。

❽玉镜台:玉制的镜座。古镜为铜制,下有镜座承托。此为镜奁较大者,兼储饰品,上可架镜,故曰"镜台"。后以"镜台自献""玉镜台之慕""玉镜台边"表示亲自向人求婚之典。

❾交礼:古代婚礼中新郎新娘对面相拜的仪式。披:拨开。纱扇:新娘用以遮脸的扇子。古婚礼,行礼时新娘以纱扇遮面,交拜后去扇,始见夫面。后世遂谓成婚为"却扇"。

❿固:本来。老奴:老东西,老家伙。温峤时已在中年,故以"老奴"戏称。所卜:所料,所猜想。

⑪刘越石:刘琨。刘聪:一名载,字玄明。十六国时汉国国君。310—318年在位。在位时穷兵黩武,广建宫殿,激起人民反抗。

黜免第二十八

黜免,指降职或罢官。本门主要记述黜免的事由和结果,从其中可以窥见统治者内部的勾心斗角和晋王室衰微的情况。本门共9篇,此处选译2篇。

【原文】

桓公入蜀①,至三峡中,部伍中有得猿子者②。其母缘岸哀号,行百余里不去,遂跳上船,至便即绝③。破视其腹中,肠皆寸寸断④。公闻之,怒,命黜其人⑤。(28.2)

【译文】

桓温带领部队进入四川,来到三峡中,队伍里有人捕获了一只小猿。母猿沿着江岸悲哀地号叫,跟着他们走了一百多里路也不肯离去,后来竟跳到他们的船上,一到船上就死去了。剖开母猿的肚腹一看,肠子都碎成一小段一小段的。桓温听说这事,十分生气,就下令罢免了那个捕捉小猿的人。

注 释

❶桓公入蜀:晋穆帝永和二年(346)桓温率师入蜀平定了李势的成汉政权。

❷三峡:长江上游的瞿塘峡、巫峡和西陵峡的合称。部伍:军队,队伍。猿子:小猿。

❸缘岸:沿着江岸。绝:死亡。

❹破:剖开。肠皆寸寸断:悲痛至极,而使得肠子断成一小截一小截的。

❺黜:罢免,开除。

【原文】

殷中军被废①，在信安，终日恒书空作字②。扬州吏民寻义逐之③，窃视，唯作"咄咄怪事"四字而已④。(28.3)

【译文】

殷中军被废黜免官，住在信安县，整天用手指在空中写字。扬州的官吏百姓顺其手势，想弄明白他划的什么，偷偷观察，原来他每次都只写"咄咄怪事"四个字罢了。

注释

❶殷中军被废：殷浩为中军将军，率军北伐，不幸败归。桓温趁机上表弹劾，殷被免职为民，徙于东阳之信安县（今浙江衢州一带）。

❷书空：用手指在空中虚划字形。常用以形容寂寞和怨愁的心情。

❸寻义逐之：顺其手势，想弄明白他写划的是什么。

❹咄咄怪事：连声惊呼称怪。后常用以形容出乎意外、令人惊异的事情。

俭啬第二十九

俭啬，指吝啬、抠门。本门记述了节俭过头以至于吝啬的行为，多是豪族高官的一些生活侧面。本门共9篇，此处选译3篇。

【原文】

司徒王戎既贵且富①，区宅、僮牧、膏田、水碓之属，洛下无比②。契疏鞅掌③，每与夫人烛下散筹算计④。(29.3)

【译文】

司徒王戎不仅地位显贵而且钱财富足，房屋院宅、仆从牧童、肥田沃野、舂米水碓之类的数量，洛阳一带没人能和他相比。他天天为契约账目等事忙碌费心，到了夜晚还常和妻子在烛光下反复计算。

注释

❶司徒：官名，主管教化。为三公之一。王戎："竹林七贤"之一，传言他是位非常吝啬、小气的人。

❷区宅：房屋院宅。僮牧：仆从牧童。膏田：肥沃的田地。水碓：利用水力舂米的设备。洛下：洛阳。

❸契疏：契约账目。鞅掌：烦劳，忙碌。

❹散：摆开，拨弄。筹：计数和计算的用具，竹制，后被算盘代替。

【原文】

王戎有好李①，卖之恐人得其种，恒钻其核②。(29.4)

【译文】

王戎有品种优良的李子，要卖却担心别人得到它的良种子，总是先把李核钻破。

注释

❶好李：品种优良的李子。

❷恒钻其核：王戎恐人得到好李种子，恒钻其核，说明其吝啬之极。

【原文】

王戎女适裴頠，贷钱数万①。女归，戎色不说②，女遽还钱③，乃释然④。(29.5)

【译文】

王戎的女儿嫁给裴頠，向王戎借了几万钱。女儿回到娘家，见王戎的脸色很不好看，急忙把钱还给了他，他才欢快起来。

注释

❶适：嫁。贷钱：借钱。

❷归：指出嫁的女子回到娘家来。色：面色，脸色。

❸遽：急，骤然。

❹释然：不悦之色消除。

汰侈第三十

> 汰侈，指骄纵奢侈。本门记载的是豪门贵族凶残暴虐、穷奢极侈的本性。他们视人命如儿戏，极尽奢侈之能事，争豪斗富，暴殄天物，大肆挥霍民脂民膏，给国家和人民带来深重灾难。本门共12篇，此处选译6篇。

【原文】

石崇每要客燕集，常令美人行酒①。客饮酒不尽者，使黄门交斩美人②。王丞相与大将军尝共诣崇，丞相素不能饮，辄自勉强，至于沉醉③。每至大将军，固不饮④，以观其变。已斩三人，颜色如故，尚不肯饮。丞相让之⑤，大将军曰："自杀伊家人，何预卿事⑥！"（30.1）

【译文】

石崇每次邀请客人聚会饮宴，常让美女在宴席上斟酒劝饮。如果客人不把斟的酒喝光，石崇就让仆役把劝酒的美女杀掉。丞相王导和大将军王敦曾经一块到石崇家饮宴，王导一向不大能饮酒，但勉强自己把酒喝光，以至于喝得大醉。每当轮到美女给王敦敬酒时，王敦固执不饮，以观察石崇究竟如何。石崇一连杀了三个敬酒的美女，王敦脸色仍与平时一样，照旧不肯饮。王导责备他，王敦却说："他自己杀死自己家里的人，关你什么事？"

【注 释】

❶石崇：字季伦。西晋渤海南皮（今河北南皮东北）人。仕为修武令、侍中、荆州刺史，以豪富著名。八王之乱中被赵王司马伦杀害。要：通"邀"。燕

集：饮宴集会。燕，通"宴"。美人：指石崇的家伎。行酒：巡行酌酒劝饮。
❷黄门：此指以阉人为之的仆役。交：皆，俱。
❸王丞相：王导。大将军：王敦。素：一向，向来。沉醉：大醉，烂醉。
❹固：坚决。
❺让：责备。
❻伊：他。预：干预，关系。

【原文】

武帝尝降王武子家，武子供馔，并用琉璃器①。婢子百余人皆绫罗绔襦，以手擎饮食②。蒸㹠肥美③，异于常味。帝怪而问之。答曰："以人乳饮㹠。"帝甚不平④，食未毕便去。王、石所未知作⑤。（30.3）

【译文】

晋武帝有一次到王武子家，王武子设宴款待，用的全是琉璃器具。婢女百余人都穿着绫罗绸缎，上饭菜都恭敬地用双手高举着。蒸的小猪既肥嫩又鲜美，和一般的大不一样。武帝感到奇怪就问是怎么回事。武子回答说："这是用人奶喂的小猪。"武帝听后非常不满，饭没吃完就走开了。连王恺、石崇那样的大富豪也不懂得用人奶喂猪的做法。

注 释

❶武帝：晋武帝司马炎。王武子：王济。供馔：设宴请客。馔，食物。
❷绔：同"裤"。襦：女人上衣。擎：举，恭敬貌。
❸㹠：同"豚"，小猪。
❹不平：气愤，愤怒。
❺王：王恺。石：石崇。皆当时有名的大富豪。

【原文】

王君夫以饴糒澳釜①，石季伦用蜡烛作炊②。君夫作紫丝布步障，碧绫里四十里，石崇作锦步障五十里以敌之③。石以椒为泥，王以赤石脂泥壁④。（30.4）

【译文】

王君夫用糖水刷锅，石季伦用蜡烛烧火做饭。王君夫用紫绫布做了四十里长的帷幕，石崇就用锦做了五十里长的帷幕与他匹敌。石崇用花椒来泥墙，王君夫就用赤石脂来涂饰房壁。

注释

❶王君夫：王恺，字君夫。晋东海郯县（今山东郯城北）人。官至后将军。当时著名的富豪。饴：同"饴"，饴糖。糒（bèi）：干粮。澳釜：刷锅。

❷石季伦：石崇。

❸步障：帷幕，用以遮蔽风尘。绫：一种薄而有文彩的丝织物。锦：用彩色丝织出各种图案花纹的丝织品。

❹椒：花椒。用花椒和泥涂壁，取其温暖有香气。赤石脂：风化石的一种，以色理细腻者为优，可用来涂饰墙壁。

【原文】

石崇与王恺争豪，并穷绮丽以饰舆服①。武帝，恺之甥也，每助恺②。尝以一珊瑚树高二尺许赐恺，枝柯扶疏，世罕其比③。恺以示崇，崇视讫，以铁如意击之，应手而碎④。恺既惋惜，又

【译文】

石崇和王恺争比豪富，二人都尽用最华丽的东西来装饰自己的车马冠服。晋武帝是王恺的外甥，经常帮助王恺。曾经赏给他一株二尺多高的珊瑚树，这珊瑚树枝条繁茂，世上少有能和它相比的。王恺就把它拿给石崇看，石崇看完，就用铁如意击打它，随手而碎。王恺心

以为疾己之宝,声色甚厉⑤。崇曰:"不足恨⑥,今还卿。"乃命左右悉取珊瑚树,有三尺、四尺,条干绝世,光彩溢目者六七枚,如恺许比甚众⑦。恺惘然自失⑧。(30.8)

中既惋惜,又认为石崇嫉妒自己的宝物,声色都变得非常严厉。石崇说:"不值得这样怨恨,现在就还你。"于是叫侍从把家里的珊瑚树全拿出来,有三尺、四尺高的,枝干举世无双,光彩夺目的有六七株,和王恺那株相仿的就更多了。王恺看了感到茫无所措。

注 释

❶争豪:比赛豪奢。绮丽:华丽,美盛。舆服:车乘冠服的总称。
❷武帝:晋武帝司马炎。甥:姊妹之子。王恺是晋武帝司马炎的舅父。
❸珊瑚:热带海中的腔肠动物珊瑚虫分泌出的外壳,骨骼相连,形如树枝,故又名珊瑚树。颜色鲜艳美丽,可以做装饰品。枝柯:枝条。扶疏:繁茂纷披貌。
❹讫:完毕。应手:随手。
❺疾:同"嫉"。嫉妒。厉:严厉。
❻不足:不值得。
❼绝世:举世所无。
❽惘然:失意貌。自失:茫无所措。

【原文】

王武子被责①,移第北邙下②。于时人多地贵,济好马射,买地作埒,编钱匝地竟埒③。时人号曰"金沟"④。(30.9)

【译文】

王武子被责罚,把家搬到了北邙山下。当时人多地贵,王武子喜好骑马射箭,就买了土地筑起围墙,把铜钱串联起来环绕着土地直到围墙的尽头。当时人们称之为"金沟"。

注释

❶王武子：王济。被责：被责罚免官。王济因鞭打堂兄王佑府的官吏而被责罚免官。

❷移第：搬家。北邙：山名，即邙山。在今河南洛阳东北。

❸埒：矮墙，此指马射场四周的围墙。匝：环绕。

❹金沟：以金钱铺成的界沟。

【原文】

王右军少时①，在周侯末坐②，割牛心啖之③，于此改观④。(30.12)

【译文】

王羲之年轻的时候，在周𫖮那里做客时坐在末座，周𫖮割下牛心来先给羲之吃，从此人们就改变了对王羲之的看法。

注释

❶王右军：王羲之。

❷周侯：周𫖮。末坐：靠后的座位。王羲之因为年少又没有名气，所以坐在最后的位置。

❸牛心：当时习俗以牛心为贵。啖：吃，食用。

❹改观：改变了看法。

忿狷第三十一

忿狷，指愤恨、急躁。本门叙述的多是因一小事而生气、仇视、性急，甚至杀人的事例。本门共8篇，此处选译2篇。

【原文】

王蓝田性急①。尝食鸡子，以箸刺之②，不得，便大怒，举以掷地。鸡子于地圆转未止，仍下地以屐齿蹍之③，又不得。瞋甚，复于地取内口中，啮破即吐之④。王右军闻而大笑⑤，曰："使安期有此性，犹当无一豪可论⑥，况蓝田邪？"（31.2）

【译文】

王蓝田性情急躁。曾经吃鸡蛋，用筷子去插，没有插起来，就大为发火，拿起鸡蛋扔到地上。鸡蛋在地上转个不停，他就跳下地用带齿的木屐去蹍它，又没蹍着。于是愤怒极了，又从地上把鸡蛋拾起放进口中，狠狠咬碎后又马上吐出来。王右军听说后大笑起来，说："即使王安期有这种脾性，仍应不屑一谈，何况王蓝田呢？"

注释

❶王蓝田：王述。

❷箸：筷子。

❸仍：因而，就。屐：木底鞋，或无齿，或有齿。此乃有齿者。蹍（niǎn）：脚转动着踩踏。

❹瞋：怒。内：通"纳"。放入。啮：咬。
❺王右军：王羲之。
❻安期：王承。王述父。性情冲淡寡欲，在当时很有名气，故王右军以之与王述相比。犹当：仍应，还会。无一豪可论：不值一谈。因以"蓝田食蛋""蓝田之怒"形容人器量狭小而性情急躁。

【原文】

谢无奕性粗强①，以事不相得，自往数王蓝田，肆言极骂②。王正色面壁不敢动③。半日，谢去。良久，转头问左右小吏曰④："去未？"答云："已去。"然后复坐⑤。时人叹其性急而能有所容⑥。(31.5)

【译文】

谢无奕性情粗暴倔强，因为有件事和王蓝田意见不相合，就亲自上门数落他，以至于毫无顾忌地破口大骂起来。王蓝田恭敬地面对墙壁坐着，动也不敢动。过了半天，谢无奕才走开。又隔了好久，王蓝田才转过头来问身旁小吏说："他走了没有？"小吏回答说："已经走了。"王蓝田这才正面而坐。当时的人们慨叹他性情急躁却也能宽容别人。

注释

❶谢无奕：谢奕。粗强：粗暴倔强。
❷相得：彼此情投意合。数：诘责。王蓝田：王述。肆言：纵言，毫无顾忌地述说。
❸正色：表情端庄严肃而又小心翼翼。
❹左右：身旁，身边。
❺复坐：重新正面而坐。
❻容：容忍，宽容。

谗险第三十二

谗险，指奸诈阴险。本门记述诸人，或用奸计游说，以求宠幸；或用阴险手段阻止皇帝召见别人，以防被宠；或妒忌贤能，毁信谤忠等。本门共4篇，此处选译1篇。

【原文】

王绪数谗殷荆州于王国宝①，殷甚患之，求术于王东亭②。曰："卿但数诣王绪，往辄屏人，因论它事③，如此，则二王之好离矣。"殷从之。国宝见王绪，问曰："比与仲堪屏人何所道④？"绪云："故是常往来，无它所论。"国宝谓绪于己有隐，果情好日疏，谗言以息⑤。(32.4)

【译文】

王绪多次在王国宝面前说殷荆州的坏话，殷荆州非常担忧，请求王东亭想个办法。王东亭说："你只是一次次地去拜见王绪，去了就让人退避，却只谈论些别的事，照这样去做，二王的情谊就会产生隔阂。"殷荆州就按照王东亭说的去做了。王国宝见到王绪就问："近来你和殷仲堪让人回避都是谈论了些什么？"王绪说："的确是些平常往来，别的什么也没谈。"王国宝认为王绪对自己有隐瞒，二人果然一天天疏远起来，说殷仲堪坏话的事也就停息了。

【注释】

❶殷荆州：殷仲堪。

❷王东亭：王珣。

❸诣：造访，拜访。屏人：叫人退避。它事：指与二王无关的事。

❹比：近来，近日。

❺隐：隐情，隐私。情好：友谊，感情。

尤悔第三十三

尤悔，指过失和悔恨。本门记述魏晋时期帝王、士大夫所犯下的错误及其懊悔与感叹。本门共17篇，此处选译7篇。

【原文】

魏文帝忌弟任城王骁壮①，因在卞太后阁共围棋，并啖枣②，文帝以毒置诸枣蒂中，自选可食者而进③。王弗悟，遂杂进之。既中毒，太后索水救之。帝预敕左右毁瓶罐，太后徒跣趋井，无以汲④。须臾，遂卒。复欲害东阿，太后曰："汝已杀我任城，不得复杀我东阿⑤！"（33.1）

【译文】

魏文帝曹丕忌恨任城王曹彰勇猛雄健，就趁在母亲卞太后阁楼里下围棋，并一起吃枣的时机，叫人把毒药放进枣蒂里，自己却选没有毒的吃下。曹彰没觉悟，就一块混杂着吃下。曹彰中毒后，卞太后要水解救他。曹丕事先命令侍从们把打水用的瓶子、罐子都弄坏了，卞太后光着脚跑到井边，但没法打上水来。不大一会儿，曹彰就中毒身死。后来，曹丕又想害死东阿王曹植，卞太后说："你已经害死了我的彰儿，不能再杀害我的植儿了！"

【注释】

❶魏文帝：曹丕。任城王：曹彰，勇猛刚强，屡有战功。后被封为任城王。骁壮：勇猛雄壮。

❷卞太后：魏文帝母。啖：吃，食用。

❸蒂：果实与枝茎相连的部分。进：进食，吃下。

❹预敕：事先命令。徒跣（xiǎn）：赤脚步行。趋井：快步走向井边。汲：打水。

❺东阿：东阿王曹植。

【原文】

陆平原河桥败，为卢志所谗，被诛①。临刑叹曰："欲闻华亭鹤唳，可复得乎②？"（33.3）

【译文】

陆平原在河桥打了败仗，被卢志进谗言而遭到杀害。在临死前他慨叹道："我多么想再听到华亭别墅里白鹤的鸣叫声，但哪里还会有这样的机会啊！"

注释

❶陆平原：陆机。河桥败：陆机时从成都王司马颖讨伐长沙王司马乂，陆机率军在河桥（今河南孟州西南）被司马乂击败，为卢志等进谗被害。

❷华亭：古地名。故址在今上海市松江区。吴灭后，陆机兄弟共游于此十余年。其地出鹤，时人谓之"鹤窠"。

【原文】

王大将军起事，丞相兄弟诣阙谢①。周侯深忧诸王②，始入，甚有忧色。丞相呼周侯曰："百口委卿③！"周直过不应，既入，苦相存

【译文】

大将军王敦起兵叛乱，丞相王导和兄弟们来到朝廷请罪。周顗很担心王导他们，才进入朝廷时，脸上露出非常忧虑的神情。王导招呼周顗说："我们全家族人的性命都托付在您身上了！"周顗径直

救④。既释，周大说⑤，饮酒。及出，诸王故在门。周曰："今日杀诸贼奴，当取金印如斗大系肘后⑥。"大将军至石头⑦，问丞相曰："周侯可为三公不⑧？"丞相不答。又问："可为尚书令不⑨？"又不应。因云："如此，唯当杀之耳！"复默然⑩。逮周侯被害⑪，丞相后知周侯救己，叹曰："我不杀周侯，周侯由我而死。幽冥中负此人⑫！"（33.6）

走过，并不搭理，进去以后，对王导等人竭力予以救护保全。皇帝因而赦免了王导他们，周顗非常高兴，喝了不少酒。等他走出来时，王导他们仍在门口等待。周顗说："今年杀了那些逆贼，我会得到斗大金印拴系在胳膊肘后。"王敦占据了石头城，问王导说："周侯可否做三公？"王导不作声。王敦又问："可否做尚书令？"王导还是不回答。王敦于是说："既然这样，只有把他杀掉了！"王导仍然默默不语。等到周顗被杀害，王导后来了解到周顗曾竭力救护自己，慨叹道："我虽然没有直接杀死周侯，周侯却是因为我而死掉的。即使到了阴间，我也感到对不起他啊！"

注释

❶王大将军：王敦。起事：起兵，谋反。丞相：王导。诣阙：奔赴朝廷。谢：道歉，谢罪。

❷周侯：周顗。

❸百口：全家。委：托付。

❹苦：竭力，极力。存救：救护保全。

❺释：指释免王导等人之罪。说：通"悦"。

❻贼奴：对人鄙视、怒骂之辞。

❼石头：石头城。

❽三公：魏晋时以太尉、司徒、司空合称"三公"，为共同负责军政之最高长官。

⑨尚书令：掌管奏章文书的高官。
⑩默然：沉默不语貌。指王导对杀周侯事虽未表同意，但也未表反对。
⑪逮：及，到。
⑫幽冥：地下，阴间。

【原文】

王导、温峤俱见明帝①，帝问温前世所以得天下之由。温未答，顷②，王曰："温峤年少未谙，臣为陛下陈之③。"王乃具叙宣王创业之始，诛夷名族，宠树同己④，及文王之末，高贵乡公事⑤。明帝闻之，覆面著床曰⑥："若如公言，祚安得长⑦！"（33.7）

【译文】

王导、温峤一块晋见晋明帝，明帝问温峤前代是怎样取得天下的。温峤还未回答，过了一小会儿，王导说："温峤年轻不熟悉那些事，我为您叙述一番吧。"于是就详细讲述了司马懿开始创建基业时，怎样诛灭名家大族，怎样宠信培植自己的人，一直讲到司马昭晚年，又是怎样废杀高贵乡公曹髦等事情。明帝听了，把脸遮住倚在御座上说："如果像您所讲的那样，晋朝的国运怎能长久！"

注　释

❶明帝：晋明帝司马绍。
❷顷：很短时间，刹那间。
❸谙：熟悉。陛下：对帝王的尊称。
❹具：通"俱"，都，全。宣王：司马懿。诛夷：杀戮。名族：有名望的家族。宠树：宠信和扶植。同己：亲信。
❺文王：司马昭。高贵乡公：指曾为帝的曹髦。曹髦不满司马昭专权，带侍从要去讨伐司马昭，被司马昭的亲信贾充指使成济杀死。
❻覆面：掩面哭泣状。床：御座。

❼祚：帝位，国运。

【原文】

阮思旷奉大法，敬信甚至①。大儿年未弱冠，忽被笃疾②。儿既是偏所爱重，为之祈请三宝③，昼夜不懈。谓至诚有感者，必当蒙佑，而儿遂不济④。于是结恨释氏，宿命都除⑤。(33.11)

【译文】

阮思旷信奉大乘佛教，崇敬信仰达到极点。他的大儿子还不到二十岁，忽然得了重病。这个儿子是他特别珍爱器重的，于是就为大儿子祈祷，请求佛、法、僧三宝保佑，日日夜夜不停。他认为这样诚恳之至，必定会使神灵感动，从而得到保佑，不想儿子还是死了。于是他就对佛教仇恨起来，对宿命论的一套完全不相信了。

注释

❶阮思旷：阮裕。大法：佛家语，大乘之法。甚至：达到极点。

❷大儿：阮裕长子阮牖，字彦伦，仕至州主簿。早卒。弱冠：男子二十岁。笃疾：重病。

❸偏：特别，最。三宝：佛教以佛、法、僧为三宝。

❹蒙佑：得到神灵的保佑。不济：没法救治，死亡。

❺结恨：结下仇恨。释氏：佛教创始人释迦牟尼的简称，泛指佛教。宿命：佛教语，谓前世的生命，对今生、今世而言。

【原文】

桓公卧语曰①："作此寂寂，将为文、景所笑②！"既

【译文】

桓温躺卧在床上对人说："这样无声无息，无所作为，将会被文帝和景帝嘲

而屈起坐曰:"既不能流芳后世③,亦不足复遗臭万载邪④?"(33.13)

笑的!"接着又蜷曲起腿来坐着,在床上说:"即使不能流芳后世,难道还不能遗臭万年吗?"

注 释

❶桓公:桓温。
❷寂寂:无声无息。指无所作为。文:晋文帝司马昭。景:晋景帝司马师。
❸流芳后世:美名永远流传于后世。后常作"流芳百世"。
❹遗臭万载:恶名永远流传于后世。后亦作"遗臭万年"。

【原文】

简文见田稻不识①,问:"是何草?"左右答:"是稻。"简文还,三日不出,云:"宁有赖其末而不识其本②?"(33.15)

【译文】

简文帝看到田里生长的水稻不知道是什么,就问:"这是什么草啊?"侍从们回答说:"是水稻。"简文帝回去以后,羞愧难过得三天不出来,对人说:"哪有依赖它的末端稻谷生活却不认识它的根本稻禾的?"

注 释

❶简文:晋简文帝司马昱。
❷赖:依赖,依靠。末:末端,指稻谷。本:根本,指稻禾。

纰漏第三十四

纰漏,指差错疏漏。本门所记纰漏或为无心之过,或因误解别人的话而闹出笑话,或因读书不求甚解、不懂装懂而出错谬,多是在言行上由于疏忽而造成的差错,这对别人有儆戒作用,比较幽默有趣。本门共8篇,此处选译4篇。

【原文】

王敦初尚主①,如厕,见漆箱盛干枣,本以塞鼻,王谓厕上亦下果②,食遂至尽。既还,婢擎金澡盘盛水,琉璃碗盛澡豆③,因倒著水中而饮之,谓是干饭④。群婢莫不掩口而笑之⑤。(34.1)

【译文】

王敦才娶公主时,到厕所里解手,看见漆花的箱子里盛有干枣,本是用以塞鼻子防臭味的,王敦却认为是厕所里摆设的果品,就吃了个精光。解手回来,婢女们双手端着盛水的金澡盘,琉璃碗里盛着澡豆,他却把澡豆倒在水中吃了,还说是吃的干饭。婢女们无不捂着嘴笑起来。

注 释

❶尚主:娶公主为妻。王敦所娶为晋武帝的女儿舞阳公主。

❷如:往,入。下果:摆设果品。

❸澡豆:古代供洗涤用的粉剂,用豆末合诸药制成,以洗手面,可使皮肤光润。

④干饭：干粮

⑤掩口而笑：捂着嘴巴而笑，以防出声失礼。

【原文】

蔡司徒渡江，见彭蜞①，大喜曰："蟹有八足，加以二螯。"令烹之②。既食，吐下委顿③，方知非蟹。后向谢仁祖说此事④，谢曰："卿读《尔雅》不熟⑤，几为《劝学》死⑥。"（34.3）

【译文】

蔡司徒到江南后，看到彭蜞，非常欢喜地说："螃蟹有八只脚，再加上两只螯。"叫人烧煮了。吃下以后，又吐又泻，弄得萎靡不振，才知道吃下的不是螃蟹。后来他向谢仁祖说起这件事，谢仁祖说："你读《尔雅》不精熟，几乎被《劝学章》害死了。"

注 释

①蔡司徒：蔡谟。彭蜞：蟹的一种，体小，壳作方形，螯带红色。

②烹：烧煮食物。

③委顿：萎靡不振。

④谢仁祖：谢尚。

⑤《尔雅》：我国最早的解释词义的专著，由汉初学者缀缉周、汉诸书旧文，递相增益而成。

⑥《劝学》：指蔡邕《劝学章》。

【原文】

殷仲堪父病虚悸①，闻床下蚁动，谓是牛斗②。孝

【译文】

殷仲堪的父亲患了虚弱的心脏病，听到床下蚂蚁走动，就认为是牛在争斗。晋

武不知是殷公③，问仲堪："有一殷，病如此不？"仲堪流涕而起曰："臣进退唯谷④。"（34.6）

孝武帝不知道这人就是殷仲堪的父亲，问殷仲堪："有一位姓殷的，患的真是这样的病吗？"殷仲堪流着眼泪说："我进退两难，不知如何回答。"

注释

❶殷仲堪父：殷师，字师子，仕至骠骑咨议。虚悸：中医病名，因气血亏虚造成心跳发慌等症状。

❷"床下蚁动"二句：谓一点小声响也惊吓得受不了。后以"牛蚁"形容病重时精神恍惚之状。

❸孝武：晋孝武帝司马曜。殷公：殷仲堪父。

❹进退唯谷：进退两难。

【原文】

虞啸父为孝武侍中①，帝从容问曰："卿在门下，初不闻有所献替②？"虞家富春，近海，谓帝望其意气③，对曰："天时尚暖，鲥鱼虾鲵未可致，寻当有所上献。"帝抚掌大笑④。（34.7）

【译文】

虞啸父做孝武帝的侍中，有一次孝武帝从从容容地问他："你在门下省，从来没听到过有什么献替啊？"虞家住在富春，离海很近，虞啸父错认为孝武帝希望他奉献些水产品之类礼物，就回答说："天气时令还太暖和，鱼虾等海物还不大好送来，不久就会有所奉献的。"孝武帝听了拍着手掌大笑起来。

注释

❶虞啸父：东晋会稽余姚（今属浙江）人。官至侍中，为孝武帝所重。孝

武：晋孝武帝司马曜。

❷门下：门下省的简称，侍中为门下省的长官。初：从来。献替：指臣下对君主进谏，劝善规过，议兴论革。虞啸父错误地理解为"贡献礼物"之意，所以闹出笑话。

❸富春：古县名，今浙江杭州市富阳区。意气：指馈送财礼。

❹鲻（zhī）鱼：浅海鱼，肉肥美。可制酱。抚掌：拍手。

惑溺第三十五

> 惑溺，指沉溺于女色。沉溺于女色，历来为士大夫不齿，但其中也不乏一些令人向往的爱情故事。本门共7篇，此处选译4篇。

【原文】

贾公闾后妻郭氏酷妒①。有男儿名黎民，生载周②，充自外还。乳母抱儿在中庭，儿见充喜踊，充就乳母手中呜之③。郭遥望见，谓充爱乳母，即杀之。儿悲思啼泣，不饮它乳，遂死。郭后终无子。(35.3)

【译文】

贾公闾续娶的妻子郭氏性情极为妒嫉。生了个男孩取名黎民，刚满周岁时，公闾从外边回来。乳母抱着小儿在院中，小儿见了父亲欢喜得又蹿又跳，公闾就在乳母手中亲吻了儿子。郭氏远远看见，以为公闾私爱乳母，就把乳母杀死了。小儿哭闹着想念乳母，不吃别人的奶汁，终于死掉了。郭氏后来就一直没有儿子。

注释

❶ 贾公闾：贾充。郭氏：郭槐，晋惠帝贾后之母。酷妒：性情极为妒嫉。

❷ 载周：才满一周岁。载，始。

❸ 踊：往上跳。呜：亲吻。

【原文】

韩寿美姿容，贾充辟以为掾①。充每聚会，贾女于青璅中看②，见寿，说之，恒怀存想，发于吟咏③。后婢往寿家，具述如此，并言女光丽④。寿闻之心动，遂请婢潜修音问⑤，及期往宿。寿跷捷绝人，逾墙而入，家中莫知⑥。自是充觉女盛自拂拭，说畅有异于常⑦。后会诸吏，闻寿有奇香之气，是外国所贡，一著人，则历月不歇⑧。充计武帝唯赐己及陈骞⑨，余家无此香，疑寿与女通⑩。而垣墙重密，门阁急峻，何由得尔⑪？乃托言有盗⑫，令人修墙。使反曰："其余无异，唯东北角如有人迹。而墙高，非人所逾。"充乃取女左右婢考问，即以状对。充秘之，以女妻寿⑬。（35.5）

【译文】

韩寿姿态容貌都很美，贾充征召他做了僚属。贾充每次聚集宴会，贾充的女儿都从青色雕花的窗格中偷看，见到韩寿，非常爱慕，常常怀念，一片钟情时时借吟诗咏歌流露出来。后来她的婢女前去韩寿家，对韩寿详细叙述了姑娘的这些情状，并说她是如何漂亮美丽、光彩动人。韩寿听后也动了心，就请婢女暗地为他们传递音信，到了约定时间韩寿就到她那里过夜。韩寿身体轻灵敏捷，没人能比得过，翻越院墙而进，贾家也无人知觉。从这以后，贾充发觉女儿总是用心打扮自己，那欢快的心情和平时也大不一样。后来贾充会集官员们时，闻到韩寿身上有股奇香的气味，这种奇香是外国进贡来的，只要沾到人身上，香味就几个月也消散不尽。贾充暗想，晋武帝只把这种奇香赏给了自己和陈骞，其他人家都没有，因此他怀疑陈寿与女儿私通。但自家院墙是那样重叠严密，大门小门是那样高耸峭直，他是从哪里进来而得逞的？于是就借口发现了盗贼，派人去修理院墙。派去的人回来说："其他地方都没什么异常，只有东北角像有人的足迹。但墙那样高峭，不是人能越过的啊。"贾充就审问女儿身边的婢女，婢女就把事情的经过全说了出来。贾充嘱咐要严加保密，于是就把女儿嫁给了韩寿。

注 释

❶ 韩寿：字德真。西晋南阳堵阳（今河南方城东）人。官至散骑常侍、河南尹。辟：征召。掾：属官。

❷ 聚会：会集宾客官员。贾女：贾充少女，名午。青璅：青色雕花窗格。璅，同"琐"。

❸ 存想：想象，想念。发：流露。吟咏：吟诗歌唱。

❹ 光丽：光艳美丽。

❺ 心动：动心。音问：音讯，音信。

❻ 跷捷：身手轻灵敏捷。逾：越过，超越。

❼ 自是：从此以后。拂拭：修饰，打扮。说畅：心情欢快舒畅。说，通"悦"。

❽ 贡：进贡，进献。歇：消退，消失。因以"偷香"（常和"窃玉"连用）形容男女暗中通情。

❾ 计：思量，盘算。陈骞：字休渊。临淮东阳（今安徽天长）人。滑稽多智。魏晋时曾任车骑将军、侍中、大将军等。

❿ 通：私通，指男女发生不正当的关系。

⓫ 垣墙：泛指墙。矮墙曰"垣"。阁：小门。急峻：峭直高峻。由：道路。

⓬ 托言：借口。

⓭ 妻：以女嫁人。

【原文】

王安丰妇常卿安丰❶。安丰曰："妇人卿婿，于礼为不敬，后勿复尔。"妇曰："亲卿爱卿，是以卿卿❷；我不卿卿，谁当卿

【译文】

王安丰妻子常亲昵地称呼丈夫为"卿"。王安丰说："妻子称呼丈夫为'卿'，这在礼节上算是不尊敬丈夫，以后不要再这样称呼了。"妻子说："亲你爱你，所以才称呼你为'卿'；我不称呼你为'卿'，又有谁来这样亲昵地称呼你呢？"于是王安丰也就经常听

卿?"遂恒听之。(35.6) | 任她以"卿"称呼自己了。

注释

❶王安丰：王戎。卿：一般用作第二人称代词。下于己者或侪辈之间亲昵而不拘礼数者称"卿"。

❷卿卿：前一"卿"字为动词，即亲昵地称呼人为"卿"；后一"卿"字为代词，犹言"你"。

【原文】

王丞相有幸妾姓雷①，颇预政事，纳货②。蔡公谓之"雷尚书"③。(35.7)

【译文】

王丞相有个姓雷的爱妾，颇多参与政事，接受贿赂。蔡谟称她为"雷尚书"。

注释

❶王丞相：王导。幸妾：受宠爱的妾。

❷预：参与，干预。纳货：接受贿赂。

❸蔡公：蔡谟。雷：此处既谓姓氏，亦谓妾像雷霆一样有威严。

仇隙第三十六

仇隙，指仇怨、嫌隙。本门记述各种结怨的故事，点明结怨的起因、经过以及结果等。其中一些篇章反映出古人对仇怨所持的道德观念，有些内容也能反映出那个乱世的人情世态。本门共8篇，此处选译4篇。

【原文】

孙秀既恨石崇不与绿珠①，又憾潘岳昔遇之不以礼②。后秀为中书令，岳省内见之③，因唤曰："孙令，忆畴昔周旋不④？"秀曰："中心藏之，何日忘之⑤？"岳于是始知必不免。后收石崇、欧阳坚石，同日收岳⑥。石先送市⑦，亦不相知。潘后至，石谓潘曰："安仁，卿亦复尔邪？"潘曰："可谓'白首同所归⑧'。"潘《金谷集诗》云⑨："投分寄石友，白首同所归⑩。"乃成其谶⑪。（36.1）

【译文】

孙秀早就忌恨石崇不把绿珠送给他，又怨恨潘岳从前待他不好。后来孙秀做了中书令，潘岳在中书省内见到他，就给他打招呼说："孙令，您还记得我们往昔的交往吗？"孙秀说："中心藏之，何日忘之？"潘岳因而知道自己难免遭他迫害。后来孙秀逮捕了石崇和欧阳建，当天也逮捕了潘岳。石崇先被押到刑场，还不知道潘岳也被逮捕。潘岳后来才被押送到，石崇对潘岳说："安仁，你也和我们一样的下场吗？"潘岳说："这可真是'白首同所归'。"潘岳《金谷集诗》中说："投分寄石友，白首同所归。"没想到这诗句却成了他们一同被杀害的预言。

注释

❶孙秀：字俊忠。西晋琅邪临沂（今山东临沂北）人。赵王司马伦亲信，司马伦篡位，仕至中书令。后被杀。绿珠：石崇歌妓，善吹笛。孙秀显贵后曾向石崇索求绿珠，石崇不予。时赵王司马伦专擅朝政，石崇与潘岳等劝齐王司马同和淮南王司马允谋杀司马伦，被孙秀察觉，乃力劝司马伦杀石崇等，甲士到门逮捕石崇，绿珠跳楼自杀。

❷憾：怨恨。遇之不以礼：指潘岳过去待他无礼。

❸中书令：官名，掌机要。省：官署名，此指中书省。

❹畴：语助，无义。周旋：交往，来往。

❺"中心"二句：意谓自己对往日受辱情景永远不忘。

❻收：逮捕。欧阳坚石：欧阳建，字坚石。西晋渤海南皮（今河北南皮东北）人。历任尚书郎、冯翊太守等。后与石崇、潘岳同时遇害。

❼市：刑场。

❽白首同所归：谓年俱老而同时命终。白首，白头，人老发白，因指年老。

❾《金谷集诗》：潘岳于金谷集会时所作诗集。

❿投分：相知，志向相合。分，情谊。石友：情谊坚固如金石般的朋友。

⓫谶（chèn）：预言，预兆。

【原文】

刘玙兄弟少时为王恺所憎❶。尝召二人宿，欲默除之。令作坑，坑毕，垂加害矣❷。石崇素与玙、琨善，闻就恺宿，知当有变❸，便夜往诣恺，问二刘

【译文】

刘玙兄弟二人年轻时被王恺憎恨。王恺曾经叫他二人到家里过夜，打算暗暗地害死他们。叫人去挖坑，坑挖好了，马上就要活埋他俩。石崇一向和刘玙、刘琨兄弟交好，听说二人去王恺家过夜，料定会发生突然变故，就连夜赶到王恺家，问二刘在哪里。王恺仓促忙迫之中没能隐瞒，

所在。恺卒迫不得讳④，答云："在后斋中眠⑤。"石便径入，自牵出，同车而去，语曰："少年何以轻就入宿？"（36.2）

就回答道："在后面房舍中睡觉。"石崇径直进了后房，亲自把他二人拉了出来，让他们和自己同乘一辆车子而去，并对他俩说："年轻人哪能轻率地就在别人家里过夜？"

注释

❶刘玙：字庆孙。晋中山魏昌（今河北定州东南）人。刘琨兄。
❷垂：将近。
❸变：指突然发生的非常事件。
❹卒迫：仓促忙迫。讳：隐瞒。
❺后斋：后房。一般为后院中的房舍。

【原文】

王孝伯死①，县其首于大桁②。司马太傅命驾出③，至标所④，孰视首⑤，曰："卿何故趣欲杀我邪⑥？"（36.7）

【译文】

王恭被杀死后，朝廷把他的首级挂在朱雀桥上示众。司马道子乘车来到悬挂首级的高杆处，仔仔细细看着王恭的首级，说："你为什么那么迫不及待地想杀死我啊？"

注释

❶王孝伯：王恭，字孝伯。晋安帝隆安二年（398），王恭联合殷仲堪、桓玄起兵，讨伐司马道子，兵败后被杀。
❷县：同"悬"，悬挂。大桁（háng）：大浮桥，指秦淮河上的朱雀桥。

③司马太傅：会稽王司马道子。命驾：命人驾驶车辆。

④标所：指悬挂罪犯首级的高杆，即挂王恭首级之杆。所，处所，地方。

⑤孰视：熟视，仔细看。

⑥趣：急促。

【原文】

桓玄将篡①，桓脩欲因玄在脩母许袭之②。庾夫人云："汝等近③，过我余年④，我养之，不忍见行此事。"（36.8）

【译文】

桓玄将要篡位时，桓脩想趁桓玄在自己母亲那里时袭杀他。桓脩母亲庾夫人说："你们是近亲，我死后的事我管不了，我抚养桓玄长大，不忍心看见你做出这样的事情来。"

注 释

①桓玄将篡：指桓玄将要篡位。桓玄于晋安帝时掌朝政，迫使晋安帝禅位，建国号为"楚"。后被刘裕讨灭。

②桓脩：桓冲第三子，桓玄之叔伯兄弟。因：趁着，趁机。脩母：桓脩的母亲庾氏。许：处，地方。

③汝等近：关系亲近，近属。

④余年：一生中剩余的年月。指晚年，暮年。